-A.W. BENEDICT-
Beanstock
-ERMITTELT-

MORD
IM ERSTEN AKT

Der zwölfte Fall

Ähnlichkeiten mit lebenden oder toten Personen in diesem Buch wären reiner Zufall und nicht beabsichtigt. Alle Unternehmen, Behörden oder Institutionen, die erwähnt werden, sind fiktiv.

Die automatisierte Analyse des Werkes, um daraus Informationen insbesondere über Muster, Trends und Korrelationen gemäß §44b UrhG (Text und Data Mining) zu gewinnen, ist untersagt.

© 2024 A.W. Benedict
All rights reserved.
a.w.benedict@t-online.de
Facebook: A.W. Benedict
Instagram: @awbenedict_autorin
Webseite: awbenedict.de
Marketing: C. Wieduwilt

Umschlaggestaltung: www.wolf-photoart.de
Schriftdesign: T. Wieduwilt

Korrektorat: SchriftWerk - Jona Gellert

Verlag: BoD · Books on Demand GmbH,
In de Tarpen 42, 22848 Norderstedt
Druck: Libri Plureos GmbH, Friedensallee 273,
22763 Hamburg

ISBN: 978-3-7693-0765-8

**Bibliografische Information
der Deutschen Nationalbibliothek:**
Die Deutsche Nationalbibliothek verzeichnet diese Publikation in
der Deutschen Nationalbibliografie.
Detaillierte bibliografische Daten sind im Internet über
http://dnb.de abrufbar.

-A.W. BENEDICT-
Beanstock
-ERMITTELT-

MORD
IM ERSTEN AKT

Der zwölfte Fall

»ES KOMMT ALLES AN DEN TAG,
WAS UNTERM SCHNEE
VERBORGEN LAG.«

EIN SCHWEDISCHES SPRICHWORT

Mord im ersten Akt
1948, Pilpots

Der junge Mann, den alle hier nur liebevoll Mandy nannten, lief durch die verzweigten Gänge hinter der Bühne des ehrwürdigen Theaters. Er klopfte an jeder Garderobentür an, horchte einen Moment nach Geräuschen, rief einen Namen und lief schnell weiter. Auf seiner Liste, die er in der rechten Hand hielt, war genau notiert, wer demnächst auf der Bühne zu erscheinen hatte. Hinter seinem rechten Ohr lugte ein Stift hervor. Er stoppte an der nächsten Tür, klopfte und horchte.

»Mr Atkins, auf die Bühne! Noch zwei Minuten!«

Von jenseits der Tür war ein tiefes Brummen zu hören. Der junge Mann verdrehte die Augen. Atkins sollte bereits seit fünf Minuten in seinem Sarg liegen. Er spielte die Hauptrolle in dem vergnüglichen Stück des Autors August Piggyback. *Der Geist des Wilbur Willoby.*

Premierentag. Inspizient Mandy hatte alle Hände voll zu tun, die Truppe rechtzeitig auf die Bühne zu bekommen.

Einer der Bühnenarbeiter ging mit einem Stuhl in

den Händen an dem jungen Mann vorbei und grinste. Mit seiner Hand machte er eine Bewegung, die ausdrücken sollte, dass der erfolgreiche Schauspieler wohl wieder einmal getrunken hatte.

Mandy zuckte die Schultern und lief weiter. Er hatte sein Bestes getan. Nun brauchte man ihn am Bühnenrand.

Die Tür der Garderobe flog auf. Mr Atkins trat heraus, schwankte leicht und hielt sich mit einer Hand am Türrahmen fest. Er trug ein langes weißes Nachthemd mit Spitzenbesatz und weiße Lacklederschuhe an den Füßen. Seine Augen waren blutunterlaufen und die Schminke, von einer Maskenbildnerin aufgetragen, war leicht verschmiert.

Aus einer der anderen Garderoben kam eine ältere Dame in einem langen wallenden Kleid. Sie schob sich an Atkins vorbei und sah ihn kopfschüttelnd an.

»Du meine Güte, Dan! Kannst du nicht wenigstens zur Premiere versuchen, nüchtern zu erscheinen? Reiß dich doch endlich mal zusammen«, sagte sie und ging davon.

Atkins sah ihr mit verschleiertem Blick nach. Er streckte seinen Rücken durch und machte sich schwankend, mit ausgestreckten Armen an den Wänden entlang hangelnd, auf den Weg zur Bühne.

Der Requisiteur Jasper kam ihm entgegen und bückte sich unter einem der ausgestreckten Arme hindurch. Tief musste er sich nicht bücken, denn Jasper war nur etwas mehr als vier Fuß groß. Damit war er der gefragteste Mann im Theater. Immer wenn es galt, eine besonders komplizierte Reparatur in engen Bereichen der Bühne zu vollbringen, holte man

Jasper.

Er kannte dieses Benehmen bereits von Mr Atkins, dem Star des Stückes, und nahm es gelassen hin. Eigentlich wussten alle über ihn Bescheid. Aber der Regisseur Peter Porter hatte keine Wahl gehabt. Der Autor des Stückes hatte auf diesen speziellen Schauspieler bestanden.

Dan Atkins war vor dem Krieg eine Berühmtheit in Theaterkreisen gewesen. Das war aber sehr lange her und seit Jahren, vor allem seitdem der Mann durch seinen Alkoholkonsum als schwierig eingestuft worden war, vorbei. Niemand wollte ihn noch in einem Stück oder Film besetzen. Dabei war er einmal einer der besten Hamletdarsteller seiner Zeit gewesen. Der Krieg hatte viele Menschen verändert. Und der schlimme Winter des letzten Jahres, dessen Auswirkungen auch jetzt im März achtundvierzig noch zu spüren waren, und die vielen Rationierungen hatten die Menschen ausgelaugt.

Als Atkins endlich die Bühne erreichte, war es höchste Zeit für ihn, in den aufgestellten Sarg zu steigen. Die beiden Bühnenarbeiter, Lou und Andy, standen bereit, ihm dabei zu helfen. Anweisung des Regisseurs. Als sie den angetrunkenen Schauspieler endlich im Sarg verstaut hatten, wischten sich die Männer den Schweiß von der Stirn und gingen zurück hinter die Bühne. Dort ging es zu wie in einem Bienenkorb. Es gab hunderte Sachen zu bedenken am Tag der Premiere.

Mandy kam auf die Bühne und überprüfte den Sarg. Da schnarchte Atkins bereits.

»Wenn das man gut geht«, flüsterte er dem Regisseur zu, als er wieder links der Bühne neben ihm stand.

Dann überprüfte er, ob sich die restlichen Schauspieler auf den Brettern, die die Welt bedeuten sollten, an ihrem richtigen Platz befanden.

Alle standen oder saßen bereit, denn man war Profi.

»Vorhang auf!«, rief Mandy. Der schwere rote Samtvorhang schwang zur Seite und ließ einen Blick auf den prall gefüllten Zuschauerraum zu. In der ersten Reihe saßen die geladenen Gäste mitsamt dem Impresario Mr Nickel. Er rieb sich die Hände. Die Premiere war ausverkauft. So kurz nach dem Krieg dursteten die Menschen nach Kultur und ein bisschen Freude. Der Autor des Stückes, August Piggyback, saß in der Reihe hinter dem Impresario.

Auf der Bühne war ein Salon zu sehen. Vor dem großen Kamin stand aufgebahrt ein dunkler Sarg mit weißer Seide ausgeschlagen. Darin Mr Atkins, oder wie er im Stück hieß, Wilbur Willoby.

Zum Glück hörte man in den Zuschauerreihen nichts von den Schnarchgeräuschen des Hauptdarstellers. Dann war Atkins plötzlich ganz still. Die anderen Schauspieler sahen sich aufatmend an.

Vor dem Sarg standen mehrere Stühle aufgereiht. Darauf hatten die trauernden Angehörigen und Freunde Platz genommen. Neben dem Sarg stand ein Herr in Soutane, offensichtlich ein Geistlicher, der dem armen Toten die letzten sanften Worte des Herrn mitteilen sollte.

Im Hintergrund vor einer offenen Terrassentür sah man eine junge Dame, angezogen wie ein Hausmäd-

8

chen mit Schürze und Haube. Der traurigen Angelegenheit angepasst, hatte sie an ihrem rechten Arm eine schwarze Armbinde übergezogen.

Ein Mann in einem Butleroutfit betrat den Raum, ging gemessenen Schrittes zu dem Sarg, stolperte über ein Stück herunterhängender Seidendecke und fiel fast über den armen Toten.

Er schreckte zurück und machte ein paar unbeholfene Schritte rückwärts. Dabei wäre er um ein Haar auf dem Schoß einer der Damen auf den Stühlen gelandet.

Theaterimpresario Nickel wurde blass und sah sich lächelnd zu seinen Gästen in der ersten Reihe um. Doch diese dachten, es gehörte zum Stück, und kicherten leise.

Die Schauspieler auf der Bühne sahen sich an und warteten immer noch auf die Worte des Butlers, der eigentlich mit seinem Monolog dran war. Der Butler schwieg. Seine nervös zuckenden Augen richteten sich Hilfe suchend auf den Regisseur hinter der Bühne.

Peter Porter wedelte mit den Händen, um ihn an seinen Monolog zu erinnern. Der Butler machte keine Anstalten. Hatte er den Text vollkommen vergessen?

Der Souffleur in seinem Kasten unterhalb der Bühne flüsterte schon lange nicht mehr und rief den notwendigen Text laut auf die Bühne.

Mrs Dora Drummond, die die Schwester des Verblichenen spielte, ging langsamen Schrittes zum Sarg, um dem armen Mann in seiner Not zu helfen.

Der Butler zeigte wortlos auf das Innere des Sarges und fiel in Ohnmacht. Mrs Drummond warf einen Blick auf das Gesicht des angeblich Verstorbenen und musste feststellen, dass Mr Atkins wohl wirklich nicht mehr unter den lebenden Akteuren dieses heiteren Kriminalstückes wandelte. Sie schrie aus vollem Halse.

Der Impresario wurde blass um die Nase.

Der Inspizient bekam vom Regisseur einen Stoß in den Rücken und ließ schnellstens den Vorhang herunter.

Gemurmel im Zuschauerraum, das anschwoll.

Nach etwas mehr als einer Stunde waren die Theaterbesucher fort, die Polizei vor Ort und ein Rechtsmediziner beugte sich interessiert über den Sarg mit dem echten Toten.

»Der gute Mann wollte sich seinen Sarg und sein Hemd wohl gern selbst aussuchen. Todeszeitpunkt ist endlich einmal ganz sicher zu benennen. Das wird den Inspector freuen«, sagte er und widmete sich weiterhin seiner Arbeit.

Mr Atkins hatte sein letztes Glas getrunken und lag fix und fertig im Sarg, bereit, beerdigt zu werden.

»Was für eine Ironie«, sagte der Impresario Mr Nickel einige Zeit später und wischte sich die Schweißtropfen vom Gesicht. »Das war dann der letzte Nagel zu unserem Sarg. Das Elysion-Theater in Pilpots ist am Ende. Dieses Stück hätte uns retten sollen. Vorbei, vorbei.«

Parsley Manor

Die Aufgaben des Tages waren wieder einmal vielfältig an diesem Tag im Oktober. Die ersten bunten Blätter zierten die Bäume in Garten und Park des Hauses. Ein Hauch von Herbst lag in der frischen Luft des Morgens. Schon legten sich die Eichhörnchen im nahen Wald ihre Nusslager an und der schlaue Fuchs suchte nach einem neuen Bau, um der bevorstehenden Jagdsaison möglichst zu entkommen.

Um den Tisch des Dienstbotenspeiseraums auf Parsley Manor hatten sich, wie an jedem Morgen, die Angestellten versammelt und lauschten den Ausführungen des Butlers.

Beanstock sah in sein kleines schwarzes Buch und dann in die aufmerksamen Gesichter ringsum. Phillis kam aus der Küche, stellte für Beanstock eine Schüssel Porridge und einen aufgeschnittenen Apfel auf den Tisch und setzte sich dann wieder.

Routine.

Alles war wie immer und auch wenn Phillis oder Lucinda so manches Mal anregten, die Routine zu durchbrechen und irgendetwas zu ändern, kam man doch wieder auf diese Konstellation der morgendlichen Routine zurück. Schnell merkten alle, dass es so, wie es Beanstock handhabe, am besten war.

»Heute Nachmittag werden Gäste erwartet. Lord Mortimer und Lady Marjorie, Sir Roderick Exeter, ein Bekannter seiner Lordschaft, Mr Emmet Smith, der Bürgermeister aus Pilpots, und Ehegattin Mrs Sophie Smith, Mr Nickel, ehemals Theaterdirektor in Pilpots, nebst seiner Gattin Esmeralda Nickel, sowie ein Mr ... August Piggyback.« Beanstock räusperte sich, während Lucinda und Phillis kicherten. Mrs Argyle warf nur einen vielsagenden Blick in ihre Richtung und die beiden verstummten sofort. Dafür begann Gonzales zu kichern. Mrs Porkpie hielt sich ein Taschentuch an den Mund, damit niemand sah, wie sie lachte. Der Name brachte alle zum Schmunzeln. Außer natürlich Mr Beanstock. Das vertrug sich nicht mit seiner Auffassung, wie sich ein Butler zu benehmen hatte.

Er räusperte sich erneut.

»Nun also. Mr ... ich werde den Namen nicht wiederholen.« Er sah streng in die Runde der Angestellten des Hauses. »Es handelt sich um den Autor eines Theaterstückes, das kurz nach dem Krieg im alten Theater Pilpots aufgeführt wurde. Dann erwarten wir noch Miss Patricia Robin, die Sekretärin des ehemaligen Impresarios Mr Nickel.«

Mrs Argyle meldete sich zu Wort.

»Weiß man, warum man sich hier in Parsley Field treffen möchte und nicht in Pilpots? Es geht ja um das alte Elysion-Theater dort. Liege ich da falsch, Mr Beanstock?«

»Nun, Sir Percival hat vor ein paar Tagen, als die

Angelegenheit besprochen wurde, weise vorgeschlagen, einen neutralen Treffpunkt zu wählen, da man noch keine Einigung erreichen konnte. Es gibt so einige Diskussionspunkte der Herrschaften, die ungeklärt geblieben sind und bei dem letzten Treffen auf dem Schloss der Southcoffeltons nicht gelöst werden konnten. Es geht darum, das alte Theater in Pilpots neu zu beleben«, sagte der Butler und sah erneut in sein kleines Buch. Er setzte zum Reden an, wurde aber von Lizzy unterbrochen.

»Ein Theater hier ganz in der Nähe! Das wäre so wunderbar!«

Plötzlich redeten alle durcheinander.

Das neue Hausmädchen Mairi erklärte Mrs Porkpie, dass sie selbst einmal eine kleine Rolle in einem Stück hatte spielen dürfen.

»Es war eine wunderbare Erfahrung für mich. Ein Theaterstück von H. D. Cosgood wurde auf die Bühne gebracht. Ich spielte ein Hausmädchen. Es war so lustig. Wie hieß das Stück doch gleich? Denk an September, oder so ähnlich. War nicht besonders gut, aber sehr lustig. Wir hatten alle viel Spaß bei den Proben. Es waren nur Laiendarsteller dabei.« Sie lächelte glückselig in Erinnerung daran.

Lucinda bekam rosa Wangen und fragte quer über den Tisch Gonzales, wie man sich für einen Theaterbesuch kleiden musste. Der Chauffeur lächelte und verwies sie auf das hübsche, mit bunten Blüten bestickte Seidenkleid, das sie im letzten Jahr von Lady Fedora bekommen hatte.

»Wir beruhigen uns jetzt wieder alle!«, rief Beanstock. Das hatte er nicht erwartet. Wenn er geahnt hätte, dass die Emotionen wegen eines Theaters so hochschäumen würden, hätte er darauf verzichtet, es zu erwähnen.

Alle Anwesenden verstummten. Aber das Lächeln auf ihren Gesichtern würde noch lange dort verweilen.

»Nun denn. Darf ich eventuell fortfahren? Mrs Porkpie, Sie haben sicher die Vorgaben für Teatime und Dinner von Lady Fedora erhalten und vorbereitet.«

Die Köchin nickte.

»Gebäck steht in der Kammer bereit, Scones werden heute von mir frisch zubereitet, Lady Fedora wünschte sich die gute Kirschmarmelade vom Sommer dazu, eine Pflaumentorte steht fertig in der Kühlung. Zum Dinner wird es eine Consommé vom Rind geben, Wildgulasch, verschiedene Gemüse, sowie gedünsteten Fisch. Ich hoffe, der von mir bestellte Kabeljau ist wirklich frisch. Ich werde das prüfen, wenn der Händler kommt. Der alte Dick wird in letzter Zeit etwas nachlässig. Zum Nachtisch wird Phillis heute ein Trifle aus Früchten, Sherry getränktem Biskuit, Vanillesauce und Sahne herstellen.«

»Das klingt sehr gut. Vielleicht sollten wir uns nach einem anderen Fischhändler umsehen. Ich werde mich informieren. Rufen Sie mich, wenn Dick kommt. Ich möchte die Lieferung selbst prüfen«, sagte Beanstock und sah erneut auf seine Notizen.

Mrs Porkpie nickte zufrieden.

»Harrison, die Kamine in der Bibliothek und im Esszimmer sollten gereinigt und rechtzeitig angeheizt werden. Die Herrschaften werden sich nach dem Tee bis zum Dinner in die Bibliothek zurückziehen. Mr Herringbone, sind die Gestecke für die Tische fertig?«

»Alles bereit, Mr Beanstock. Ich werde sie nach dem Frühstück der Herrschaften in Salon, Esszimmer und Bibliothek aufstellen. Sollte im Foyer ebenfalls etwas stehen? Es sieht dort im Moment etwas trostlos aus, seit die bunten Sommersträuße von mir entsorgt wurden.«

»Eine gute Idee. Tun Sie das. Lizzy, Sie helfen, nachdem Sie Lady Fedora versorgt wissen, bitte beim Servieren und Mairi, überprüfen Sie heute Vormittag die Sauberkeit der Räume erneut. Mrs Argyle wird Sie unterstützen. Wir werden keine Übernachtungsgäste haben. Ein paar der Herrschaften werden in Pilpots im Schloss übernachten. Also müssen keine Zimmer vorbereitet werden.«

Mairi Logan war seit einigen Monaten das neue Hausmädchen auf Parsley Manor. Sie war schon etwas älter, aber hatte sich vielleicht gerade durch ihren Schatz an Erfahrungen sehr gut in die kleine Gruppe im Dienstbotenbereich eingefügt. Sie verstand sich mit jedem gut, Mrs Porkpie war sehr zufrieden, eine neue Freundin gefunden zu haben, und sie machte ihre Arbeit ausgezeichnet. Außerdem hatte Beanstock an ihrem Revers den kleinen unscheinbaren Gänseblümchenanstecker entdeckt. Er hatte sie darauf angesprochen und sie hatten sich über die Verbindung *Daisy Chain* unterhalten. Es gefiel Beanstock sehr gut, dass es im Haus neben Mrs Argyle noch jemanden gab, der die Verbindung zur Unterstützung der Dienstboten kannte.

15

Seit dem neunzehnten Jahrhundert gab es in drei Büros des Königreiches gewählte Vertreter, die sich um die Belange der Dienstboten kümmerten. Es war ein verantwortungsvoller Beruf und nach außen hin streng geheim. Nur die Dienstboten wussten, dass sie sich in jeder Notlage dorthin wenden könnten. Um sich untereinander zu erkennen, gab es den kleinen unscheinbaren Gänseblümchenanstecker und das Codewort *Daisy Chain*. Die geheime Verbindung hatte sich über die Jahrzehnte entwickelt und nun hatte sie sich zu einem weitgefächerten Netz im ganzen Land erweitert. Immer wenn ein Mitglied Hilfe benötigte, war man schnell, effizient und ohne Spuren zu hinterlassen zur Stelle. Dienstboten waren integer, aber sie hörten auch Dinge, die nicht für die Öffentlichkeit bestimmt waren. Damit waren sie oft schneller als Scotland Yard.

Einmal im Jahr gab es ein Treffen der oberen drei Büroleiter; Mr Black kam aus London, Mrs Red aus Edinburgh und Mr Green aus Cardiff.

Beanstock strich über die winzige Gänseblümchenbrosche hinter dem Revers seines Jacketts. Er wusste, man bekam stets Hilfe, wenn man sie benötigte. Zumal er mit Mr Black gut bekannt war. Er hatte die Verbindung vor ein paar Jahren bei der Suche nach einem Mörder unterstützt, der es vor allem auf Dienstboten abgesehen hatte. Beanstock räusperte sich kurz, streckte den Rücken durch und senkte den Blick zurück auf sein Notizbuch.

»Mairi, wenn Sie hier fertig sind, können wir nach dem Lunch der Baronets den Tisch für die Teatime vorbereiten. Ich werde Sie natürlich, wie immer, unterstützen.« Beanstock las weiter in seinem Buch. Wer fehlte noch?

»Gonzales, mit dem Zug um fünfzehn Uhr dreißig wird Sir Roderick Exeter erwartet. Bitte holen Sie ihn vom Bahnhof ab. Die anderen Gäste kommen selbstständig nach Parsley Field. Aber es wäre möglich, dass Sie am Abend nach dem Dinner einige der Gäste zurück nach Pilpots bringen müssen. Sir Percival konnte mir dahingehend noch keine Auskunft erteilen.«

Der Chauffeur nickte ihm zu.

»Ich bin vorbereitet, *Señor*!«

Beanstock schloss das Notizbuch und widmete sich seinem Frühstück. Lucinda meldete sich.

»Was ist mit mir? Kann ich auch etwas tun?«, fragte sie etwas traurig, weil Beanstock sie wohl vergessen hatte.

»Für dich habe ich eine Sonderaufgabe«, sagte der Butler lächelnd. Lucinda rieb sich in froher Erwartung die Hände. Herringbone zwinkerte dem Mädchen aufmunternd zu.

»Ich möchte dich bitten, heute besonders aufmerksam auf die beiden Vierbeiner unseres Hauses zu achten. Mortecai stolziert wie die Palastwache am Buckingham Palace seit gestern Vormittag vor der Tür zur Küche herum. Der Kater meint, ich würde es nicht bemerken. Er hat natürlich sofort erschnüffelt, dass wieder einmal besonders gute Sachen vorbereitet werden. Achte auf den Kater. Und zweitens musst du bitte Junior für die Zeit des Besuches von den Gästen fernhalten. Ich schlage dir vor, am Nachmittag den Garten zu bevorzugen und am Abend ausnahmsweise

17

dein Zimmer. Vielleicht bringst du sein Hundebett in deinen Raum. Dann fühlt sich das Tier zu Hause. Er könnte auch im Schlafzimmer der Baronets für die Zeit des Besuches untergebracht werden. Aber dort wäre er sehr lange allein.«

»Aber Junior tut doch niemandem etwas. Im Gegenteil. Wenn Lady Marjorie kommt, wird sie ihn sofort vermissen. Sie liebt doch Hunde so sehr.« Lucinda war überrascht. Wer sollte etwas gegen das Tier haben?

»Vor allem Lady Marjorie hat darauf hingewiesen. Unter den Gästen gibt es einen Herrn, ich werde den Namen nicht noch einmal nennen ...« Trotzdem begannen einige der Anwesenden, natürlich möglichst leise, sofort zu kichern. Jeder wusste, wer gemeint war.

»Dieser Herr hat auf dem Anwesen der Southcoffeltons eine Panikattacke bekommen, weil es durch den Zuchtbetrieb Lady Marjories natürlich vor Hunden nur so wimmelt. Und als er dann im Haus auch noch den Lieblingshund Miladys, die kleine Blossom, gesehen hat, wäre er fast in Ohnmacht gefallen. Wir sollten, mit Rücksicht auf die Gäste der Baronets, dafür sorgen, dass es jedem Gast bei uns gut gehen wird. Verstehst du, mein Kind?«

»Ich kümmere mich um die Tiere. Das ist die richtige Aufgabe für mich! Danke, Arthur!« Lucinda stand auf und salutierte strammstehend. Das führte natürlich zu einem weiteren Lachanfall im Raum.

»Ich muss doch sehr bitten. Herrschaften, es gibt viel zu tun. Irgendwie führt wohl der beginnende Herbst zu unkontrollierten Humoranfällen. An die

Arbeit. Ich werde das Frühstück für die Baronets vorbereiten. Danach sehen wir uns das Silber an, Mrs Argyle«, sagte Beanstock.

Das war das Signal.

Alle wollten an ihre Arbeit gehen und standen auf.

Es klopfte an der Tür zum Küchengarten.

»Sicher der Postbote. Ich öffne schnell«, sagte das Kind und lief zur Tür.

Aber es war nicht der Postbote.

Seit einiger Zeit gab es zum Glück wieder jemanden in der kleinen Poststelle von Parsley Field. Jasper Bing war ein netter junger Mann, der, genau wie damals Mr Partridge, mit seinem Fahrrad durch den Ort radelte und jedem, der es wollte, die neuesten Nachrichten zukommen ließ. Aber um diese Zeit war er meist dabei, die mit dem ersten Zug angekommene Post zu sortieren. Danach machte er sich auf seinen Weg. Lucinda mochte den immer fröhlichen jungen Mann.

Das Kind hatte die Tür geöffnet, hielt einen Moment inne und sah die Person, die dort mit einem kleinen Koffer in der Hand vor der Tür stand, interessiert an.

»Hallo, Azor«, sagte Emily und blickte in das überraschte Gesicht des Butlers Beanstock.

Emily Beanstock

Gonzales, ganz Gentleman, nahm der jungen Dame sofort den Koffer aus der Hand und winkte sie in den Essraum.

Sie sah hübsch aus mit ihrem dunklen Haar, das in weichen Wellen bis über die Schultern fiel.

Als Beanstock seine Schwester damals im Gefängnis Dartmoor besucht hatte, hatte die junge Frau furchtbar mitgenommen gewirkt. Die Gefängniskleidung hatte ein Übriges getan. Darin würden wohl die meisten Menschen krank wirken.

Emily trug ein leichtes dunkelgrünes Kostüm unter einem braunen Mantel und eine kleine glänzende Spange im Haar. Die Sommersprossen, die sich über ihre Nase verteilten, hatte sie bereits in ihrer Kindheit gehabt.

»Das ist eine Überraschung! Das ist dir gelungen, Emily«, sagte Beanstock, ging zu seiner Schwester und umarmte sie liebevoll.

Phillis riss vor Erstaunen die Augen auf und stieß Mrs Porkpie leicht in die Seite. Sie konnte sich noch gut daran erinnern, dass Mr Beanstock sie vor langer

Zeit gemaßregelt hatte, weil sie im Dienstbotenbereich ihren Vater umarmt hatte. So konnten sich die Zeiten ändern und damit auch die Menschen.

»Bist du zufällig in der Gegend?«, fragte ihr Bruder.

»Ich hoffe, ich störe nicht. Aber die Nachrichten von Isidora, ich meine natürlich Mrs Argyle, waren etwas beunruhigend. Sie berichtete von deinem Krankenhausaufenthalt in Penzance. Ich habe mir Sorgen gemacht.«

Gonzales half Emily aus dem Mantel und schob ihr einen Stuhl zurecht, damit sie sich setzen konnte. Beanstock räusperte sich.

»Mrs Argyle? Soso!«, sagte er und schaute sich nach der Hausdame um.

Diese warf schnell einen Blick auf ihre Armbanduhr.

»Du meine Güte. Ist es schon spät. Ich werde heute das Frühstück für die Baronets übernehmen. Das mache ich doch gern«, sagte sie und verschwand, so schnell es ihr möglich war, aus dem Gesichtsfeld des Butlers.

»Wir reden noch darüber!«, rief ihr Beanstock nach.

Dann setzte er sich neben seine Schwester und sah die anderen Anwesenden, die keine Anstalten machten, den Raum zu verlassen, mit großen Augen an. Alle begannen etwas zu murmeln.

»Die Gestecke, natürlich, und Mortecai will seinen Tageshering bekommen ...«, sagte der Gärtner und ging. Harrison folgte ihm grinsend. Er war immer schon ein wortkarger Mann gewesen.

»Ach, der Tee für das Frühstück der Baronets muss aufgebrüht werden. Phillis! Steh nicht mit offenem Mund herum. Eine Fliege könnte hineinfliegen!«, rief die Köchin und schob das maulende Küchenmädchen vor sich her nach nebenan. »Lizzy, wartet nicht Lady Fedora auf dich, meine Gute?«, setzte sie noch hinzu und auch Mairi und Lizzy verließen das Esszimmer.

Lucinda ging zu Emily und umarmte sie herzlich.

»Du bist also Emily. Ich bin Lucinda Parish. Arthur ist mein Pflegevater«, erklärte sie mit Stolz in der Stimme.

»Das hat er mir erzählt, Luci. Ich glaube, er ist sehr froh, dein Pflegevater sein zu dürfen.«

Beanstock hustete kurz.

Lucinda hüpfte vor Freude auf und ab.

»Du solltest dich jetzt um Junior kümmern, Luci. Er wartet sicher auf dich. Ich denke, du hast auch noch Hausaufgaben zu erledigen. Du kannst dich später noch mit Emily unterhalten«, sagte Beanstock. Das Kind winkte Beanstocks Schwester fröhlich zu und hüpfte aus dem Raum in Richtung Eingangshalle.

Blieb der Chauffeur.

Er machte keine Anstalten, zu gehen, und zog sich einen Stuhl neben Emily heran. Beanstock sah ihn erstaunt an.

»Ich habe noch Zeit, *Señor*«, sagte er und setzte sich grinsend. Emily musste lachen.

»Ihr seid ja ein lustiger Haufen hier. Das hast du nie erzählt, Arthur.«

»Ich freue mich dich zu sehen. Du siehst wieder wie meine altbekannte Emily aus. Wie lange kannst du denn bleiben?«, fragte Beanstock.

»Meine Ausbildung ist abgeschlossen, lieber Arthur. Das hatte ich dir ja geschrieben. Nun denke ich über die nächsten Schritte nach. Oh, ich soll dich ganz lieb von Constable Blackberry grüßen. Er hat mir so geholfen in der letzten Zeit. Ich denke, ich kann eine Weile bleiben. Wirst du denn Zeit für deine Schwester haben?«, fragte Emily und lächelte Gonzales dabei zu. Der Spanier bekam tatsächlich rosa Wangen. Das bemerkte Beanstock erstaunt.

»Natürlich werden wir Zeit haben, über die nächsten Schritte für deine Zukunft zu sprechen. Heute ist es allerdings etwas schwierig. Gäste sind avisiert und es gibt unglaublich viel Arbeit.«

Beanstock überlegte einen Moment.

»Wie wäre es, wenn du erst einmal eine gute Tasse Tee trinkst und eine Kleinigkeit isst?« Die beiden Küchendamen hatten natürlich alles mitgehört. Phillis erschien kurz danach mit einem Tablett. Darauf standen Sandwiches und eine Teetasse samt Kanne, aus der es verführerisch duftete.

Sie stellte das Tablett auf den Tisch und Gonzales goss Tee in die bereitstehende Tasse. Phillis stand einen Moment neben dem Tisch. So lange, bis Beanstock sie aufforderte, an ihre Arbeit zurückzukehren.

»Gonzales, ich möchte Sie bitten, wenn meine Schwester gegessen hat, mit ihr zum örtlichen Pub zu fahren. Ich werde Mr O'Donoghue anrufen und ein Zimmer reservieren. Was denkst du, Emily?«

Sie nickte zustimmend und Gonzales lächelte wiederum ausgiebig.

»Das mache ich doch sehr gern, *Señor*. Aber sollte

Señorita Emily nicht hier im Haus wohnen? Das wäre doch sicher bequemer.«

Für wen das bequemer wäre, weiß ich schon, Gonzales, dachte Beanstock.

»Das ist vollkommen in Ordnung, Mr Gonzales, es ist mir so auch angenehmer. Ich möchte hier im Haus niemanden stören«, sagte Emily und widmete sich einem Sandwich.

»Enrico, *Señorita* Emily, Enrico«, sagte der Chauffeur mit verträumtem Blick zu der Schwester des Butlers.

Beanstock hätte am liebsten die Augen verdreht in diesem Moment. Aber er war der Butler des Hauses. Butler verdrehten nicht die Augen und fluchten niemals, jedenfalls fast nie. Er erhob sich und nickte Emily zu.

»Das ist sehr schön. Sobald es geht, werde ich zu dir kommen. Dann machen wir uns einen Plan. Ich kann mir sicher freinehmen«, sagte er. »Entschuldige, aber ich muss dich nun leider verlassen.«

Nachdem er mit dem Wirt des *Jack O'Lantern* telefoniert hatte, ein hübsches Zimmer reserviert war, widmete sich Beanstock endlich den Aufgaben des Tages.

Zuerst in den Salon und prüfen, ob die Baronets alles Nötige für ihr Frühstück hatten. Als er die Halle durchquerte, hörte er bereits das helle Lachen Lady Fedoras und die polternde Stimme Sir Percivals.

»Was für eine wunderbare Überraschung!«, rief dieser.

Also wussten auch die Herrschaften bereits von dem unangekündigten Besuch seiner Schwester. Es wäre wieder eine Möglichkeit, genervt die Augen zu rollen. In seinen Gedanken würde es niemandem auffallen. Also gönnte sich Beanstock in Gedanken ein Augenrollen.

»Sie werden uns doch Ihre Schwester einmal vorstellen, oder, mein guter Beanstock?«, fragte Sir Percival in seiner unnachahmlichen Art, nachdem der Butler einen guten Morgen gewünscht hatte.

»Sie hätten ihr gern ein Zimmer hier im Haus anbieten können. Ich hörte, sie soll im Pub logieren. Das ist sicher furchtbar unbequem«, resümierte Lady Fedora.

Beanstock warf einen vorwurfsvollen Blick zu der Hausdame, die im Moment nichts Besseres zu tun hatte, als die unzähligen gerahmten Fotos auf dem nahen Klavier zu ordnen. Er musste sich dringend mit ihr über ihre ausufernde Informationsfreude unterhalten. Beanstock hatte gar nicht gewusst, dass sie Kontakt zu Emily gehabt hatte. Das galt es zu klären.

»Der Pub ist sauber und gut geführt. Sie wird sich dort sicher wohlfühlen für die kurze Zeit ihres Aufenthalts. Vielen Dank für Ihre Sorge, Milady.«

»Dann muss sie in den nächsten Tagen einmal zum Tee kommen. Ich bestehe darauf, Beanstock«, sagte Lady Fedora und duldete keine Widerrede.

Beanstock neigte nur ergeben den Kopf.

Seine Schwester wusste gar nicht, was sie mit ihrem außerplanmäßigen Kommen durcheinandergebracht hatte. Er liebte Emily über die Maßen. Aber er liebte auch seinen Butlerberuf und der hatte immer noch Vorrang.

Theater, Theater

Eine illustre Gesellschaft hatte sich an diesem Nachmittag auf Parsley Manor zusammengefunden.

Soeben war mit quietschenden Reifen ein Sportwagen vorgefahren. Seit einiger Zeit hatten die Southcoffeltons einen Chauffeur, aber Milady liebte es, selbst und sehr schnell zu fahren. Da konnte ihr Gatte Mortimer lamentieren, so viel er wollte. Dementsprechend zornig und mit verwuschelter Haarpracht betrat der gute Freund des Hausherren nach einer Minute das Esszimmer des Hauses, wo der Tee serviert werden sollte.

Somit war man vollzählig.

Sir Percival begrüßte die Anwesenden herzlich und bat sie, Platz zu nehmen. Beanstock bekam ein Nicken von ihm und es wurde sofort serviert.

Um den Tisch versammelt saßen Lord Mortimer und Lady Marjorie, neben ihnen der Bürgermeister von Pilpots, Mr Smith, und dessen Gattin, Mrs Sophie Smith.

Gegenüber hatte der ehemalige Theaterdirektor Mr Nickel und Mrs Esmeralda Nickel, seine Gattin, zusammen mit Miss Patricia Robin Platz genommen. Miss Robin war die ehemalige Sekretärin des Theaterdirektors gewesen. Sie war über die Jahre mit Mr Nickel in Kontakt geblieben und hatte sich für die Teatime bei den Baronets sehr fein gemacht. Sie trug einen hübschen kleinen Strohhut auf dem frisch blondierten Haar. Mrs Nickel war von der Anwesenheit der Dame nicht sehr angetan und warf ihrem Gatten immer wieder einmal zornige Blicke zu. Ihre Lippen zog sie dabei spitz nach vorne und ihre Augenbrauen so weit nach oben, dass sie unter dem überaus exakt geschnittenen Pony kaum sichtbar waren. Da sie noch dazu stark geschminkt war, bekam man den Eindruck, dass sie eine boshafte Maske trug.

Sir Roderick Exeter, der Besitzer des alten Elysion-Theaters, stand neben der offenen Terrassentür und sah in den herbstlichen Garten, als würde ihn die gesamte Geschichte nichts angehen.

Der Herr hatte sich damals, als das Theater geschlossen worden war, vom Kauf des Hauses einiges versprochen. Er hatte es zu einem Spottpreis erworben. Aber es hatte ihm kein Glück gebracht. Niemand war an diesem Bauplatz und dem Abriss des alten Theaters interessiert gewesen. Die Nachkriegsjahre waren hart für den Immobilienmarkt gewesen. Dazu waren die langjährigen Rationierungen gekommen und nicht zuletzt der schwere Winter siebenundvierzig. Die Menschen hatten andere Probleme gehabt, als ein Theater abzureißen und neue Häuser zu bauen. Es war für den Besitzer ein Verlustgeschäft. Aber ein Glücksfall für die heute hier versammelten Leute. Denn man wollte das Theater mithilfe eines Fördervereins neu beleben. Die Idee war von den Damen Fedora und Marjorie gekommen, die etwas mehr Kultur in der Nähe sehr gerne sehen würden. Die Fahrt nach London zu den großen Theatern war nicht immer machbar.

Gonzales hatte Sir Roderick Exeter pünktlich vom Bahnhof abgeholt. Er hatte bei dem Spanier keinen guten Eindruck hinterlassen. Und das hatte Gonzales auch Beanstock gegenüber sofort erwähnt.

Dieser Mann hatte sich erlaubt, in dem guten Bentley zu rauchen. Als er sich bei dem Chauffeur beschwert hatte, dass es hier im Wagen keinen Aschenbecher geben würde, hatte der Herr Asche auf den Boden des guten Bentleys fallen lassen. Die Baronets mochten Rauchgeruch in ihrem Wagen ganz und gar nicht. Aber was hätte Gonzales tun sollen? Er hatte den Gast nicht maßregeln können. Also hatte er dem Butler die Sache berichtet und gemeint, er hoffe, dass er den Mann nicht heute Abend nach Pilpots fahren müsse.

Der gefeierte Autor August Piggyback saß an der Stirnseite des Tisches, die eigentlich dem Hausherren vorbehalten sein sollte. Beanstock, der dem Herrn seinen zugewiesenen Stuhl bereitgehalten hatte, hatte gehustet, was den Mann zu der Aussage gebracht hatte, dass wohl eine Grippewelle umginge und der Butler sich von ihm fernhalten solle. Schließlich würde seine Kunstfertigkeit wieder gebraucht werden. Er könne sich keinen Husten leisten.

Beanstocks rechte Augenbraue schoss daraufhin nach oben. Mairi, die es gesehen hatte, schmunzelte und würde es demnächst natürlich in der Küche erzählen. Aber nun sollte sie beim Servieren helfen. Lizzy goss den Tee ein.

Auf dem Tisch stapelten sich die Köstlichkeiten; saftige Sandwiches mit verschiedenen Belägen, knusprige Scones mit und ohne Rosinen, Kirschmarmelade, Clotted Creme, eine wunderbare Pflaumentorte, sowie diverse Törtchen mit verschiedensten Früchten.

Ein Augen- und Gaumenschmaus.

Beanstock öffnete Champagnerflaschen und goss das prickelnde Getränk für die Gäste in hohe Kristallgläser.

Sir Roderick hatte sich nun endlich auf seinen Platz gesetzt und saß mit ausdruckslosem Gesicht da. Sein extrem pomadisiertes Haar glänzte im Schein der Wandlampen. Die Tage wurden kürzer und man benötigte bereits am Nachmittag künstliches Licht in den Räumen.

»Sir Roderick, schön, Sie hier zu haben. Wie geht es denn der Frau Mama? Ich hörte, sie ist nicht mehr so ganz in der besten Form im Moment.« Sir Percival versuchte, die Stille am Tisch, die nur vom Klappern des Bestecks oder dem lautstarken Rühren in den Teetassen durchbrochen wurde, mit Konversation zu füllen.

Es war eine etwas unangenehme Stimmung im Raum. Das bemerkten die beiden Gastgeber. Beim letzten Treffen auf dem Stammsitz Sir Mortimers in Pilpots waren die Anwesenden nach heftigen Diskussionen ohne Ergebnisse auseinandergelaufen. Man hatte sich nicht einigen können. Das lag vor allem an Sir Roderick, der nicht bereit war, eine Miete des

29

Theaters zu akzeptieren, geschweige denn eine Mitgliedschaft im Verein. Er wollte nur einem Verkauf zustimmen und der Preis, den er genannt hatte, war unerschwinglich.

»Meine Mutter befindet sich zur Kur in Bath. Es geht ihr den Umständen entsprechend gut. Ich bin auch nur hier, weil sie mich darum gebeten hat. Ich habe andere Angebote bekommen, die ich gewillt bin, zu akzeptieren, wenn man mir hier nicht entgegenkommen will«, erklärte der Herr, verschränkte trotzig seine Arme und sah mit arrogantem Blick in die Runde.

Vergessen zu erwähnen hatte er dabei, dass seine liebe Mutter, die eine gute Bekannte Lady Fedoras war, ihn an den Verhandlungstisch zurückbeordert hatte. Denn immer noch war die alte Dame das Oberhaupt der Exeter-Familie und sie hatte ihrem Sohn mit harschen Worten klargemacht, dass er nicht zurückkommen solle, ohne das Theater an den Verein übergeben zu haben. Und auch ein geldlicher Verlust wäre zu verkraften. Was Sir Roderick ebenfalls nicht wusste, war, dass die alte Dame mit Lady Fedora telefoniert und ihr von dem unangenehmen Gespräch mit ihrem Sohn berichtet hatte. Außerdem lag von ihr bereits ein Verkaufsangebot vor, das der Verein, allen voran Sir Percival und Sir Mortimer, durchaus gewillt waren, anzunehmen.

Lady Fedora und ihr Gatte sahen sich vielsagend an. Sie hatten sich geeinigt, den Herrn etwas schmoren zu lassen, bevor sie erklären würden, dass der Verkauf im Prinzip bereits erledigt war. Dieses Treffen mit Sir Roderick war reine Formsache.

»Ich gedenke, das alte Theaterstück unseres lieben Augusts neu zu inszenieren. Sicher werden noch einige Bühnenaufbauten und Requisiten vorhanden sein. Mit etwas Aufmerksamkeit kann man doch bestimmt noch einiges davon verwenden. Ich erinnere mich, dass alles am Ende in Kisten verpackt wurde und ...«, sagte der ehemalige Theaterdirektor und wurde von August Piggyback unterbrochen. Der gute Mann hatte sich gerade von Mairi ein weiteres Stück Torte auf dem Teller bringen lassen und sprach nun nuschelnd mit vollem Mund. Das brachte die Augenbrauen des Butlers erneut in die Höhe.

»Was heißt denn neu inszenieren? Das Stück ist absolut perfekt, so wie es ist. Da muss nicht dran herum inszeniert werden. Vielleicht einige unwichtige Details.« Ein paar Krümel seiner Torte waren, da er sich beim Sprechen hin und her bewegte, auf dem Strohhut der Dame neben ihm gefallen. Miss Robin sah ihn zornig an. Aber sie sagte kein Wort. Sie erinnerte sich noch sehr gut, wie anstrengend dieser Piggyback bei der letzten Theateraufführung gewesen war.

»Das sind Probleme, die wir später besprechen können, lieber August. Zuerst muss das Theater neu belebt werden. Ich war seit der Schließung nicht mehr dort und kann mir denken, dass so einige Reparaturen anstehen. Was man beim Ankauf des Gebäudes auch berücksichtigen sollte«, sagte Mr Nickel und warf einen vielsagenden Blick zu Sir Roderick. Der tat so, als hätte er es nicht gehört, und begutachtete stattdessen das Wappen auf dem guten Silberbesteck neben seinem Teller. Die Qualität fand nicht seinen

Beifall und er legte das Besteck mit einem arroganten Lächeln zurück auf die Tischdecke. Demonstrativ wischte er sich die Finger an seiner Serviette ab. So als wolle er sagen, was für ein schlechtes Besteck, unter meiner Würde, mir so etwas Primitives vorzusetzen.

Beanstock wurde blass.

»Meinen Sie denn wirklich, dass es eine gute Idee ist, ein Stück wieder aufzuführen, das damals so einen Eklat verursachte?«, fragte Lady Marjorie. »Es ist ein Mann zu Schaden gekommen. Soviel ich weiß, wurde der Mörder nie gefunden. Es war eine schwierige Zeit, so kurz nach dem Krieg und diesem furchtbaren Winter. Viele Männer waren noch nicht wiedergekommen und die Polizei war extrem unterbesetzt. Wäre es nicht besser, neu anzusetzen und ein anderes Stück zu wählen?«

»Ich habe noch jede Menge Theaterstücke zur Verfügung!«, rief Mr Piggyback und spuckte dieses Mal Krümel in Richtung Lady Marjories.

»Ich meine, dieser Vorfall wird vielen Leuten noch in Erinnerung sein. Um genügend Publikum müssen wir uns also nicht sorgen«, sagte Mrs Nickel, eine magere Person mit einem seltsamen Haargeflecht am Hinterkopf, das einem Vogelnest unglaublich ähnlich sah. Für diese Aussage bekam die Dame einen erschrockenen Blick von Lady Marjorie. Milady fand dies überaus unsensibel. Ihre Freundin Fedora, die neben ihr saß, drückte beruhigend ihre Hand.

Die nächste halbe Stunde verging mit Diskussionen über Kostüme, Bühnenbilder, Bestuhlung des

Zuschauerraums und der Gage der Schauspieler, die nicht unerheblich sein würde.

»Nun, da habe ich eine gute Nachricht. Ich habe sämtliche Schauspieler von damals angeschrieben ... fast alle. Sie würden im Zuge einer ersten Benefizaufführung, ohne eine allzu hohe Gage zu erwarten, sowie freier Verpflegung, Logis und Übernahme der Fahrtkosten, gern kommen«, erklärte Miss Patricia Robin und lächelte mit rosa Wangen in die Runde. Mr Nickel nickte ihr zu. Mrs Nickel lächelte nicht. Sie mochte die ehemalige Sekretärin nicht.

Lady Fedora klatschte in die Hände.

»Das ist ja eine wunderbare Nachricht, liebe Patricia. Sehr gut gemacht.«

»Ich weiß nicht, warum Sie bereits so viele Pläne machen, obwohl der Verkauf meines Theaters noch gar nicht abschließend besprochen wurde«, sagte Sir Roderick Exeter und machte ein hochmütiges Gesicht. Er war sich seiner Sache unglaublich sicher.

Sir Percival und sein Freund Mortimer erhoben sich.

»Wenn alle so weit wären, bitte ich die Herrschaften, bis zum Dinner in die Bibliothek zu kommen. Dort können wir die Einzelheiten besser besprechen«, sagte der Baronet und nickte Beanstock zu. Der Butler öffnete die beiden Flügeltüren zur Halle und brachte die Gäste in die Bibliothek, wo Harrison bereits am Vormittag ein Feuer im Kamin entfacht hatte.

Es gab gemütliche Sessel und ein Sofa. Beanstock servierte Getränke und ließ die Herrschaften dann allein. Das Esszimmer musste für das Dinner vorbereitet werden. Lizzy und Mairi hatten den Tisch inzwischen vom Teegeschirr befreit. Herringbone brachte ein wunderbares neues Gesteck mit Rosen und Herbstastern für den Esstisch und stellte das andere, das er für die Teatime arrangiert hatte, auf eine der Anrichten.

»Wunderschön, Herringbone. Danke«, sagte Beanstock.

Mrs Argyle deckte mit Lizzy den Tisch neu und da sie ein eingespieltes Team waren, liefen alle Arbeiten wie am Schnürchen. Natürlich musste das Lineal des Butlers zu Rate gezogen werden. Alles sollte an seinem Platz sein. Mairi brachte die weißen Damastservietten auf einem Tablett herein. Sie war meisterhaft im Falten der Tücher und Beanstock übergab ihr diese Aufgabe inzwischen sehr gern.

Ein letzter Blick auf die Tafel. Alles war für das Dinner bereit.

Nebenan in der Bibliothek wurde heiß diskutiert. Die Tür zur Halle flog mit einem Knall auf und Sir Roderick Exeter lief wutentbrannt mit hochrotem Kopf in die Halle. Er griff zum Hörer des Telefons, das dort auf einem Tisch stand, und wählte das Amt. Dann ließ er sich mit einem Kurhotel in Bath verbinden. Er wartete, während Beanstock in der offenen Tür zum Esszimmer stand und ihn beobachtete.

»Verbinden Sie mich sofort mit Lady Exeter!«, rief seine Lordschaft laut, als sich das Hotel in Bath gemeldet hatte.

Das Hotel verband und am anderen Ende des Telefons meldete sich eine Lady. Beanstock konnte die Stimme gut verstehen, so laut und herrisch sprach die

Dame am anderen Ende.

»Rodi, was willst du schon wieder?«

»Mutter! Was hast du ...«, brüllte Sir Roderick in den Telefonhörer. In der Bibliothek waren die Gespräche verstummt.

»Du bist jetzt ganz still, Rodi, es ist alles bereits mit einem Notar geklärt und du wirst dich daran halten und unterschreiben«, sagte die Mutter des Mannes, Lady Olivia.

»Aber diese Summe ist lächerlich!«

»Du wolltest damals entgegen meiner Empfehlung dieses alte Haus kaufen. Nun finde dich gefälligst damit ab und benimm dich, wie es deinem Stand zukommt! Aus! Ich habe jetzt ein Wannenbad!« Der Hörer wurde von der Dame aufgelegt und es wurde ganz still im Raum.

Sir Roderick knallte den Hörer zurück auf die Gabel des Telefons und lief durch die immer noch offene Tür zurück in die Bibliothek, griff sich einen Füllhalter, nahm die Papiere, die auf dem großen Tisch auslagen, unterschrieb und warf böse Blicke in die Runde.

»Was haben Sie der alten Fregatte dafür versprochen? Hinter meinem Rücken? Es ist noch nicht zu Ende! Ich werde Mittel und Wege finden!«, schrie er den Herrschaften in der Bibliothek zu und fuchtelte aufgebracht mit seinem rechten Arm in der Luft herum. Miss Robin griff sich erschrocken an den Hals und wurde leichenblass.

»Lady Olivia Exeter ist nun Ehrenmitglied im Förderverein und erhält eine Ehrenloge im Elysion-Theater«, sagte Sir Percival.

»Das ich nicht lache! In einem uralten Provinz-theater! Machen Sie lieber eine Marionettenbühne daraus!«, schrie Rodi, wie ihn seine Mutter liebevoll nannte. Das kam nicht sehr oft vor, denn das Verhältnis der beiden war seit Jahren angespannt. Sir Roderick hatte sich nicht zum ersten Mal verkalkuliert und dem Vermögen der Familie Exeter Schaden zugefügt.

Er lief zurück in die Halle.

»Mein Mantel! Hopp!«, brüllte er Beanstock an. Der Butler hatte ihn inzwischen schon geholt. In weiser Voraussicht der kommenden Dinge hatte er gewusst, dass der Herr gehen wollen würde. Er half ihm in den Mantel, öffnete die Vordertür, winkte dem Chauffeur, der gerade vor dem Eingang den Innenraum des Bentleys putzte, und öffnete Sir Roderick die Tür des Wagens. Der Mann stieg rot vor Zorn ein und ließ sich auf den Rücksitz fallen.

»Fahren Sie den Herrn bitte zum Bahnhof, Gonzales. Soviel ich weiß, fährt in einer halben Stunde ein Zug nach London. Ich denke, diesen würde der Herr gern nehmen«, sagte Beanstock und schloss die Autotür vor dem zornigen Gesicht Sir Rodericks.

Gonzales stieg in den Bentley, ließ ihn an und fuhr mit einem Lächeln in Richtung Parsley Field davon.

So kamen die Baronets von Parsley Manor und ihre Freunde aus Pilpots zu einem Theater. Die Finanzierung stand auf sicheren Beinen und der gegründete Theaterverein würde sich um die laufenden Geschäfte kümmern. Dazu gehörte auch, dass nach der Benefizgala und der Premiere des neu aufgelegten Vierakters von Mr Piggyback die Laienschauspielgruppe der Region die laufenden Aufführungen übernehmen sollte. Hohe Gagen für eine ständige Schauspieler-riege waren finanziell noch nicht zu händeln. Vielleicht später, wenn sich die Eröffnung des Theaters herumgesprochen hatte.

Wie man ein altes Theater belebt ...

Ein paar Tage später, nachdem der Notar die Vertragspapiere und Eigentumsverhältnisse mit den neuen Besitzern geklärt hatte, wurde Sir Mortimer der Schlüssel zum Theater überreicht und man konnte endlich mit den Arbeiten beginnen.

Es war ein sonniger Herbsttag, an dem sich vor dem alten Theater in Pilpots eine bunte Gesellschaft traf. Die Mitglieder des neu gegründeten Theatervereins standen vor dem Eingang, um dem Haus neues Leben einzuhauchen. Beanstock, Mairi, Lizzy, Phillis und Harrison waren mit Eimer, Besen und Werkzeugtasche ebenfalls anwesend. Sie waren voller Tatendrang. Beanstock nahm sein Notizbuch und einen Stift zur Hand. Er würde notieren, was in der nächsten Zeit zu erledigen wäre.

Von außen machte das Theater noch einen recht guten Eindruck. Es war im neunzehnten Jahrhundert gebaut worden, hatte eine rötliche Backsteinfassade, einen symmetrischen Grundriss, weiß aufgesetzte Ziergiebel über den hohen Fenstern und eine Freitreppe, die sich in weitem Schwung zu der doppelten

Eingangstür hinaufzog. Neben der Doppeltür, deren rote Farbe nur noch zu erahnen war, standen zwei helle Säulen, die auch schon leicht angegraut waren. Über dem Portal war in Stein der Name des Theaters, Elysion, gemeißelt. Die Buchstaben sahen etwas verwittert aus und waren teilweise zerstört. Da hatte sich wohl die Dorfjugend ausgetobt.

»Sehen wir uns das gute Stück von innen an und machen eine Liste, was zu tun ist. Ich hoffe, Besen und Wassereimer werden genügen, um unser Theater neu zu beleben«, sagte Sir Mortimer voller Tatendrang, klatschte in die Hände und stieg die Stufen der Treppe hinauf. Die anderen folgten ihm sehr langsam, als würden sie den alten Stufen nicht trauen.

»Nun gut, diese Tür benötigt einen neuen Anstrich. Notieren Sie das bitte, Beanstock«, sagte Sir Percival.

Der Earl of Southcoffelton steckte den Schlüssel, ein riesiges Ding wie für eine Kirche gemacht, in das Schlüsselloch und drehte ihn. Es knirschte, aber das Schloss war noch intakt. Beanstock notierte: *Das Schloss überprüfen. Öl wird genügen.*

Er schob die Doppeltür auf. Es war dunkel dahinter. Man hatte die Fenster zum Schutz von außen mit Brettern bedeckt.

»Die Fenster befreien, Beanstock«, diktierte Sir Mortimer.

»Das mache ich sofort, kein großes Ding, hab mein Werkzeug dabei und draußen eine Leiter gesehen«, sagte Harrison und ging wieder zurück nach draußen. Beanstock war überrascht. So kannte er den wortkargen Knecht von Parsley Manor gar

39

nicht.

»Guter Mann!«, rief ihm Lady Fedora nach. »Ich habe Harrison noch niemals so viele Worte aussprechen hören«, flüsterte sie Beanstock zu.

»In der Tat, Milady«, antwortete ihr Butler.

Es dauerte nicht lange, da waren die ersten Fenster der Eingangshalle von der Verdunkelung befreit und Licht fiel ein. Tanzende Staubflusen und die schräg durch schmutzige Fenster einfallende Herbstsonne gaben der Szenerie einen etwas unheimlichen Anstrich.

Sir Percival und sein Freund Mortimer nahmen den Grundriss des Theaters zur Hand und legten ihn auf einen Tresen, der einstmals wohl zum Kartenverkauf gedient hatte. Wie man unschwer sehen konnte, hatten sich Holzwürmer darin ausgetobt.

»Sehen wir uns doch nochmals genauer an, wie das Theater aufgebaut ist. Hinter der Eingangshalle kommt man zu einem Umgang und dann in den Zuschauerraum und zur Treppe nach oben zum ersten Rang. Dort gibt es ein paar Logenbalkone. Insgesamt sollten etwa siebenhundert Menschen das Theater besuchen können. Hinter der Bühne gibt es Räume für die Schauspieler, einen Fundus, ein Möbelmagazin, die Räume der Kostümbildner und das Büro des Impresarios. Das sind die wichtigsten Räume. Daneben hat das Theater noch einen Erfrischungsraum über der Eingangshalle und für die Angestellten eine kleine Teestube hinter der Bühne. Gut. Das ist erst einmal nicht so wichtig«, erklärte Sir Mortimer mit Blick auf den Plan.

»Das finde ich aber sehr wichtig«, raunte Mairi

Phillis zu, die ihr zunickte. »Manchmal ist ein Theaterstück so trocken, dass man durchaus eine Erfrischung benötigt.«

»Sehen wir uns den Zuschauerraum und die Bühne an. Ich bin gespannt, wie es der Bestuhlung ergangen ist. Ich erinnere mich an wunderschöne rote Samtsessel. Hoffentlich hat ihnen der Staub der Jahre nicht den Garaus gemacht«, sagte Lady Fedora, ging über ein paar Stufen durch einen Säulendurchgang voran und öffnete die Doppeltür zum Zuschauerraum.

Beanstocks Blick war in der Halle nach oben gegangen. Er verweilte staunend.

Lizzy folgte seinem Blick und riss die Augen auf.

»Ich wollte sehen, wie es mit den Lampen aussieht, aber so etwas hätte ich nicht erwartet«, sagte der Butler. Alle Anwesenden sahen nach oben, blieben stehen und sahen sich das Kunstwerk an der Decke an.

»Was für ein wunderschönes Deckengemälde rund um den Kristallleuchter. Sehen Sie nur, Mr Beanstock. Was meinen Sie, was es darstellt?«, fragte Mairi. In diesem Moment hatte Harrison außen die letzten Bretter entfernt und die Farben des Deckengemäldes leuchteten in alter Pracht.

»Da das Theater Elysion heißt, was in der römischen Mythologie die Insel der Seligen ist, denke ich mir, dass dies hier dargestellt wurde. Die Farben sehen so frisch aus, als würde das Theater immer noch geöffnet sein. Schön, dass jemand vor der Schließung den Kristallleuchter mit Tüchern abgedeckt hat. Ich hoffe, dass derjenige im Innenraum genauso sorgfältig gewesen ist«, sagte Beanstock und notierte, dass man die Elektrik überprüfen müsse. Dann folgte er mit den anderen Lady Fedora.

Die Sessel im Zuschauerraum waren mit weißen Tüchern abgedeckt.

»Irgendjemand muss dieses Theater wirklich sehr geliebt haben. Man hat sich viel Mühe gemacht, um es für die Nachwelt zu erhalten. Wunderbar. Mairi, machen Sie sich bitte gleich an die Arbeit und decken Sie mit Lizzy und Phillis die Tücher ab. Dann sehen wir, ob die Sessel noch in Ordnung sind«, sagte Beanstock.

»Ich bin sicher, dass die beiden Bühnenarbeiter, Lou und Andy, hier am Werke waren. Sie waren die letzten Mitarbeiter, die gehen mussten, und haben vor der endgültigen Schließung alles in Ordnung zurücklassen wollen. Da war ich bereits fort. Die beiden sind etwas einfältig, aber gute Seelen«, erklärte die Sekretärin Miss Robin dem Butler. Sie war gerade hereingekommen und bot ihre Hilfe an. »Ich habe den beiden schon geschrieben, ob sie Lust hätten, mitzumachen. Sie wohnen gar nicht weit von hier zusammen in einem Seniorenheim. Sind schon etwas älter.«

Im Laufe des Tages wurde geräumt, geputzt, geschrubbt und poliert. Jeder Raum bekam Besuch von den Vereinsmitgliedern und wurde überprüft.

Lady Fedora und ihre Freundin Marjorie waren sich dabei nicht zu schade, kräftig mit anzupacken. Harrison hatte, nachdem er mit Beanstock die Vorrichtung für das Absenken der Kronleuchter im Saal und in der Eingangshalle gefunden hatte, die Lampen von der wundervoll bemalten Decke herabgelassen und die Damen putzten sie blank. Es war mühselig, aber wichtig. Beanstock war den Damen behilflich.

»Was ist vor ein paar Jahren passiert, während der ersten Aufführung dieses Kriminalstückes, Milady? Wissen Sie mehr darüber? Ist der Fall aufgeklärt worden?«, fragte Beanstock. Die beiden Damen hielten in ihrer Tätigkeit inne und sahen sich verschmitzt lächelnd an.

»Wir haben uns schon gefragt, Beanstock, wann Sie danach fragen werden«, sagte Lady Fedora.

»Sehr viel weiß ich nicht über diesen Mordfall. Ich war zu dieser Zeit in London bei Mortimer. Er lag mit einer Kriegsverletzung im Krankenhaus. Ich hörte erst davon, als ich nach einem Monat mit ihm zurück nach Pilpots kam. Man erzählte mir, dass der Hauptdarsteller des Stückes auf der Bühne im ersten Akt vor dem versammelten Publikum tot aufgefunden worden war. Der hinzugezogene Rechtsmediziner hat später eine hohe Dosis Morphium in seinem Blut gefunden«, berichtete Lady Marjorie. »Es wurde festgestellt, dass er nicht nur schwerer Alkoholiker gewesen war, sondern wohl auch eine Abhängigkeit gegenüber Schmerzmitteln bestanden hatte. Zeugen hatten auch berichtet, dass er ständig irgendwelche Pülverchen gegen seine Kopfschmerzen eingenommen hatte. Vielleicht hätte er durch weniger Alkohol seine Kopfschmerzen eher in den Griff bekommen. Es war alles sehr nebulös.«

Beanstock horchte auf.

»Morphium. Wie überaus interessant. Ein Medikament, das zur Schmerzlinderung verwendet wird. Es wird aus dem getrockneten Milchsaft des Schlafmohns gewonnen und wurde nach dem griechischen Gott der Träume, Morpheus, benannt. Vielleicht hat jemand seine Schmerzpulver gegen Morphium ausgetauscht. Wie wurde es verabreicht?«

»Das weiß ich nun wirklich nicht. Vielleicht in Rotwein. Er trank wohl gern vom roten Rebensaft. Fakt ist aber, der Mörder wurde niemals gefasst. Man hatte die Gattin des Dan Atkins, Clarissa, unter Verdacht festgenommen. Sie konnte aber wieder gehen. Es gab nicht genügend Beweise. Das Paar war damals bereits getrennte Wege gegangen«, erzählte Lady Marjorie und polierte dabei weiter an den Messingteilen des Kronleuchters.

»Hat Clarissa Atkins nicht auch eine Rolle in der Aufführung gehabt?«, fragte Lady Fedora. Sie war mit dem Säubern der Kristallteile des Leuchters beschäftigt.

»Das ist allerdings wahr. Sie spielte in dem Stück die Gattin des Neffen. Wie hieß doch gleich der Schauspieler des Neffen?« Lady Marjorie überlegte. »Es fällt mir sicher noch ein. Aber diese Information finden Sie in dem alten Programmheft, Beanstock. Im Büro des Theaterimpresarios liegen noch stapelweise alte Hefte herum. Das habe ich bei unserem ersten Rundgang in einem Schrank entdeckt.«

»Ich werde mir das einmal ansehen«, antwortete Beanstock und verbeugte sich leicht. Im Moment waren sie im Zuschauerraum. Beanstock ging in Richtung des Büros davon, das sich rechts von der Bühne im hinteren Teil des Theaters befand. Es gab ebenfalls einen Zugang von der Eingangshalle aus.

Die beiden Freundinnen sahen sich amüsiert an

und begannen zu kichern.

»Er wird sich nicht mehr ändern, Marjorie. Seine Augen haben schon wieder im Detektivmodus geglitzert. Ich denke, der gute Beanstock braucht das, um sich lebendig zu fühlen«, sagte Lady Fedora und polierte weiter an den Kristallhängern der Lampen.

»Ich hoffe nur, er wird uns nicht eines Tages verlassen und ein Detektivbüro eröffnen. Ich würde Beanstock ungern verlieren«, setzte sie nach ein paar Minuten noch hinzu. Sie seufzte und ihre Freundin lächelte.

»Ich denke, da musst du keine Angst haben, meine liebe Fedora. Dieser Butler ist durch und durch Butler. Er liebt seinen Beruf und will niemals etwas anderes machen. Für ihn ist das Nervenkitzel und zugleich irgendwie eine Pflicht. Er kann nicht anders und will den Verbrecher mit allen Mitteln überführen.«

Im Büro des Impresarios fand Beanstock die Programmhefte und steckte sich eines davon in seine Jackentasche. Er würde sich später damit beschäftigen.

Am späten Nachmittag konnte ein positives erstes Resümee gezogen werden.

Zur Teatime fuhr Gonzales vor und kam mit Mrs Porkpie. Sie brachten Tee, Gebäck und Sandwiches. Inzwischen hatte Mairi die kleine Teestube gesäubert und aufgeräumt. Alle waren für eine Erfrischung dankbar.

Beanstock bekam noch eine besondere Überraschung, als Gonzales auch seiner Schwester Emily aus dem Wagen half.

»Emily? Was bringt dich hierher?«, fragte der Butler und warf einen vorwurfsvollen Blick zu dem Chauffeur, der sich pfeifend auf den Weg in die Teestube machte.

»Es war so langweilig im Pub. Wir wollten uns zwar heute Abend treffen, aber Gonzales fuhr in Parsley Field an mir vorbei. Ich hatte einen Spaziergang unternommen. Er hielt an und fragte, ob ich mitkommen wolle. Ich finde dieses Theaterprojekt ungemein interessant. Meine Kamera und ich werden die Arbeiten dokumentieren. Wie findest du das? Ach bitte, sag ja.« Zur Unterstützung hielt seine Schwester die Kamera hoch, die um ihren Hals hing.

»Was gibt es denn da zu überlegen, Beanstock? Endlich lernen wir Ihre Schwester kennen«, meinte Lady Fedora, die dazukam, und reichte Emily freundlich lächelnd die Hand. »Sie könnte später auch Szenenfotos von der Aufführung machen, die wir dann in der Halle aufhängen können. Eine wundervolle Idee. Emily, Sie müssen mir von dem Heimatort unseres geschätzten Butlers erzählen. Gehen wir doch einen Tee trinken. Ich hörte bereits von Ihrer Kunstfertigkeit auf dem Gebiet der Fotografie. Würden Sie vielleicht auch Bilder für meine Pflanzenbücher machen können? Das würde mich ganz besonders interessieren. Darüber können wir später ausführlich auf Parsley Manor reden. Marjorie!«, rief Milady, winkte ihrer Freundin zu und ließ den verdutzten Butler in der Halle stehen. »Marjorie, meine Liebe, darf ich dir jemanden vorstellen?« Mit diesen Worten verschwanden die Frauen im Zuschauerraum.

»Aber so lange will Emily doch nicht bleiben, oder?«, fragte Beanstock leise. Er wusste nicht, was er davon halten sollte. Das und die Eigenmächtigkeit des Chauffeurs mussten dringend geklärt werden.

Nach der Teepause packte Gonzales noch tatkräftig mit an, das Holz zusammenzuräumen, das Harrison von den Fenstern entfernt hatte. Beanstock konnte ihn deshalb nicht zur Rede stellen, warum er Emily mitgebracht hatte.

Ein Bauer aus der Umgebung von Pilpots holte das Holz kostenlos mit seinem Anhänger ab und war sehr zufrieden.

Die Anwesenden trennten sich am Abend in der Überzeugung, etwas geschafft zu haben, und verabredeten sich für die nächste Woche zu einer weiteren Aktion. Alles war noch nicht wieder in Ordnung gebracht im alten Theater.

In den kommenden Tagen würde sich Beanstock um einen Elektriker bemühen, der das Lichtproblem lösen sollte. Die Beleuchtung musste auf eventuelle Fehlerquellen überprüft werden. Man durfte nichts dem Zufall überlassen. Theaterbrände, ausgelöst durch marode Leitungen, hatte es in der Vergangenheit leider bereits gegeben. Ein Klempner musste ebenfalls bestellt werden und Maler sollten die Fassade und sämtliche Innenräume neu streichen, natürlich ohne die wunderschönen Deckengemälde in der Halle und im Zuschauerraum zu beschädigen. Alles in allem verzeichnete der Verein ein positives Ergebnis der Aktion. Vor allem blieben die anstehenden Kosten im Bereich des Machbaren.

Nun musste nur noch Leben ins Theater einziehen.

Der gefeierte Autor des Stückes, August Piggyback, hatte sich in diesen Tagen nicht blicken lassen. Obwohl er seine Bereitschaft erklärt hatte, tatkräftig bei der Renovierung mit anzupacken, nahm er wohl an, dass seine Hauptaufgabe darin bestand, das Stück zu liefern.

Im Dezember, kurz vor dem Weihnachtsfest, wollte der Verein zur Premiere laden. Da sollte dann auch die Heizung wieder funktionieren. Beanstock hatte zusammen mit Harrison das Monstrum im Keller begutachtet. Das musste sich ein Fachmann ansehen.

Es gab noch unendlich viel zu tun. Die Kostüme mussten gesichtet und gegebenenfalls ausgebessert werden. Dafür hatte man eine schneidernde Dame aus dem Ort gewinnen können.

Kulissen und Requisiten würden erneuert werden und vor allem mussten die Schauspieler vor Ort erscheinen. Der Impresario, Mr Nickel, hatte gemeinsam mit seiner Sekretärin bereits weitere Briefe geschrieben und versandt. Man wartete auf eine Rückantwort.

Und es musste ein neuer Hauptdarsteller gefunden werden. Das war eine schwierige Angelegenheit, da Mr Piggyback sich für keinen der Vorschläge des Regisseurs, Mr Porter, der inzwischen angereist war, erwärmen konnte. Er machte den Autor darauf aufmerksam, dass man die Kosten im Blick haben müsse und nicht den gefeierten Shakespeare Darsteller Laurence Olivier dafür engagieren könne. Abgesehen davon, dass Olivier wohl kaum in dieser Kriminalkomödie mitspielen wollte.

Streit war vorprogrammiert.

Die beiden Herren wohnten ausnahmsweise im Wasserschloss der Southcoffeltons und es gab keinen Tag, an dem nicht gestritten wurde. Später, wenn sich das Theater hoffentlich wieder selbst finanzieren konnte, wollte Mr Porter eine Wohnung in Pilpots beziehen. Er würde gern eine Weile hierbleiben. Lady Mildred und ihr Butler Henry konnten es kaum erwarten. Und die kleine Blossom, der geliebte Hund Miladys, war sicher der gleichen Meinung. Musste er doch ständig irgendwo eingesperrt bleiben, weil der gefeierte Autor furchtbare Angst vor Hunden hatte.

Das Tier war vollkommen verängstigt und versuchte, sich jeden Tag ein neues Versteck zu suchen, wo der Butler Henry es nicht finden könnte. Es gelang dem kleinen Hund nicht wirklich.

Arme Blossom.

Lady Marjorie versuchte, die kleine Blossom mit besonderen Leckereien aufzumuntern. Aber das Tier ließ sich nicht so leicht erpressen. Man merkte dem Hund die Traurigkeit an. Blossom warf seinem Frauchen ständig vorwurfsvolle Blicke zu.

Theatergeister

Im Zuschauerraum des Elysion-Theaters war es still. Die Kronleuchter mit den funkelnden Kristallen hingen wieder, nun sauber und strahlend, an ihrem Platz unter der Decke. Die burgunderroten Samtsessel waren abgebürstet und die Bühne sauber gefegt.

Der große Vorhang war abgenommen worden. Allein diese Tätigkeit hatte eine Stunde und die Kraft von fünf kräftigen Männern gebraucht. Der schwere Stoff war zerschlissen und musste dringend erneuert werden. Eine Firma aus der nahen Kleinstadt Maidstone würde das übernehmen. Es war nicht billig, aber leider notwendig. Wie würde das wirken, wenn beim Öffnen und Schließen Staub von dem alten, mottenzerfressenen Vorhang auf die Zuschauer herunterrieseln würde.

Lange Schatten fielen auf die Bühne und die Reihen der Sitze. Das einzige fahle Licht fiel durch die offenen Doppeltüren aus der Eingangshalle. Die Verdunkelungen waren beseitigt und durch die geputzten hohen Fenster fiel Mondlicht auf die Szenerie. Das Theater konnte erneut zum Leben erwachen.

Vor etwa einer halben Stunde hatte jemand die dicke Eingangstür von außen abgeschlossen und es war endlich wieder Ruhe eingetreten.

Eine Tür schwang auf und zu. Eine Diele knarrte lautstark. Es klang, als würde sie sich beschweren, dass man sie im wohlverdienten Schlaf gestört hatte. Die Kristalle an den Wandleuchtern klirrten. Man hörte jemanden mit leisen Schritten näher kommen.

Gab es etwa noch Geister im alten Theater? Hatte sich ein unverstandener Schauspieler von der Stätte seines Triumphs nicht lösen können und war einfach hiergeblieben? Vielleicht wollte ein geisterhafter König Lear nach seinen Töchtern Ausschau halten, um die Eine, die ihn eigentlich am meisten liebte, zum Bleiben zu bewegen. Oder ging das Gespenst Sir Simon de Cantervilles um in diesen heiligen Theaterhallen und versuchte, mit Pinsel und Farbe erneut einen roten Blutfleck auf die Dielen zu malen?

Ein Mensch aus Fleisch und Blut mit einem schlagenden Herzen erschien in der Halle, sah mit traurigem Blick zu der wunderschönen Deckenmalerei der Insel der Seligen und seufzte tief auf.

»So ist die Seligkeit nun dahin für mich«, sagte der Mann leise und sah dann zornig in Richtung der Eingangstür. Er ging vorsichtig leicht gebückt zu einem der hohen Fenster und blickte hinaus.

»Alle fort. Endlich Ruhe. Das war es dann, alter Freund, mit der schönen ruhigen Unterkunft. Hat lange gehalten. Und im Fundus der Kostüme werde ich mich bald auch nicht mehr bedienen können.«

Der Mann sah an sich hinunter und seufzte erneut. Die Pumphosen aus Samt waren etwas gewagt, aber sehr bequem. Dann kam ihm eine Idee. Die bis dahin traurige Miene hellte sich auf und er drehte sich um. Erneut fiel sein Blick auf das Deckengemälde. Er klatsche in die Hände und lief nun schnell und mit großen Schritten rechts durch eine Tür, eine Treppe hinauf, durch einen langen dunklen Gang, wiederum eine schmale Treppe hinauf und durch eine alte Tür. Nun stand er auf dem Speicher. Viel stand hier nicht, nur ein paar vernagelte Kisten mit alten Requisiten.

»Die Alte war oben auf dem Speicher. Ich habe von außen durch das hintere Fenster gesehen, dass sie raufgegangen ist. Hat rumgestöbert und dann dem komischen Kerl im Butleranzug hoffentlich gesagt, dass der Speicher fast leer und uninteressant sei. Wollen doch mal sehen, ob es den hinteren Speicher noch gibt. Konnte den ganzen Tag nicht in mein schönes Theater. Verdammt.«

Der Mann in dem viel zu großen schwarzen Mantel lief durch den Speicher bis zu einer weiteren Tür, die sich versteckt hinter einer riesigen Holzkiste befand. Diese Tür hatte die alte Frau hoffentlich nicht gesehen. Der Mann rieb sich die Hände.

Er zwängte sich durch einen schmalen Spalt zwischen Kiste und Tür und betätigte den Riegel. Es war eine etwas rostige Metalltür. Dahinter sah er Staubfussel wie lustige Motten in einem schmalen Lichtstreif des Mondes tanzen. Es gab ein rundes Fenster am Ende des Raumes.

Der Mann trat ein und wippte kurz auf seinen Füßen auf und ab.

»Alles gutes Zeug hier im Theater. Das wird noch hundert Jahre halten. Eine neue Wohnung für den alten Henry.«

An der Wand standen ein paar übereinandergestapelte Stühle und ein alter, staubiger Diwan. Dinge, die nicht mehr ganz in Ordnung und vergessen worden waren. Daneben gab es einen niedrigen Tisch, eine uralte Kiste und einen Überseekoffer. Auf den Seiten des Koffers konnte man noch die vergilbten Reste der Aufkleber sehen. Ein Kreuzfahrtschiff mit Namen *Olympic.*

Henry grinste.

»Na so was. *Old Reliable*, die alte Zuverlässige. Hast lange durchgehalten. Auf jeden Fall länger als die Titanic, dein Schwesterschiff. Hat schon bei der ersten Fahrt aufgegeben.« Er strich mit der rechten Hand liebevoll über den alten Koffer und öffnete ihn. Es roch intensiv nach Mottenkugeln, aber ansonsten sahen die Kleider im Koffer noch ganz gut aus. Henry zog eine Frackjacke mit glänzenden Seidenrevers heraus. Er pfiff durch seine Zahnlücke.

»Nicht schlecht. Hier wird sich der alte Henry ein neues Heim zurechtbasteln.« Er sah sich lächelnd um und strich sein graues Haar zurück, das bis auf die Schultern fiel. Dann machte er sich auf den Weg zurück nach unten, um seine Sachen zu holen. Hoffentlich hatte sie niemand entdeckt. Er hatte am Morgen sehr schnell handeln müssen und seine wenigen Besitztümer einfach zwischen die Requisiten geworfen. Da hatte er schon den Schlüssel in der vorderen Tür knarren hören. Dann hatte er das Theater durch seinen Privateingang, die noch unbenutzte Seitentür, verlassen.

Nun fehlten ihm nur ein paar Kleidungsstücke in

seiner neuen Wohnung. Bis zu diesem Zeitpunkt hatte der alte Henry einfach auf einem Berg alter Decken in der Requisite geschlafen. Er hatte es hier immer sehr gut gehabt. Niemand hatte gestört.

Am ersten Mittwoch des Monats holte er sich seinen Sozialscheck ab, den man ihm, als mit hohen Ehren ausgezeichneten Kriegsveteranen, zugestanden hatte. Davon konnte er gut leben. Er konnte sein Essen bezahlen, seinen billigen Whisky und seine Bücher. Die Bücher waren der einzige Luxus, den er sich gönnte.

In Pilpots wurde er belächelt. Aber niemanden hatte es bis zu diesem Zeitpunkt interessiert, wo er herkam, wohnte oder was ihn umtrieb. Man hatte ihn zum seltsamen Unikum des Dorfes ernannt. Jedes Dorf hatte einen. Warum sollte er es nicht in Pilpots sein? Ihm war das recht. Er wollte mit niemandem befreundet sein. Man kannte ihn nur als den alten verrückten Henry mit dem bunten Zylinder. Den Hut hatte er aus dem Fundus und ihn mit vielen bunten Bändern dekoriert. Die Kinder lachten, wenn sie ihn sahen, und riefen ihm Sprüche nach. Das störte Henry nicht. Er mochte keine Kinder. In seinem ersten Leben hatte er das alles gehabt. Das war lange vorbei. Er wollte in Ruhe gelassen werden. Der Krieg hatte so manchen Menschen verändert.

Bekleidung hatte er aus dem Kostümfundus des Theaters genommen und Miete musste er nicht zahlen. Nie hätte er gedacht, dass jemand das Theater wieder aufmachen wollen würde. Nicht nach diesem Vorfall vor vielen Jahren. Eine verdammte Schande war das. *Kennen diese Leute das Wort Pietät nicht,*

54

dachte Henry.

»Aber gut. Alles wird gut, alter Henry. Jetzt erst einmal alle meine Schätze nach oben schaffen.« Er klatschte in die Hände, was laut schallte im leeren Theater, und machte sich an die Arbeit. Seine Sachen lagen noch an Ort und Stelle. Zum Glück wollte man den Requisiten- und Kostümfundus erst beim nächsten Mal genaustens durchsehen.

Den ganzen Tag hatte er sich herumtreiben müssen. Er war im Wald unterwegs gewesen. Er war gern im Wald. Dort war es friedlich und es duftete gut nach allem, was im Wald wuchs. Einmal hatte er dort in einer Wildererfalle einen steckengebliebenen Fuchs gefunden. Das arme Tier war verängstigt gewesen. Henry hatte ihm geholfen, seine Pfote verbunden und ihn wieder laufen lassen. Zum Glück war das Tier so geschwächt gewesen, dass es ihn nicht gebissen hatte. Vielleicht hatte es auch gewusst, dass Henry nur helfen wollte. Danach hatte er es sich zur Aufgabe gemacht, die Fallen zu suchen und zu zerstören. Eine gute Aufgabe.

Am Abend hatte er sich aus dem Pub *Three Chattering Ducks* seine obligatorische Flasche Whisky geholt und war langsam zum Theater zurückgelaufen. Vor dem Haus waren Leute versammelt. Er hatte den Earl of Southcoffelton erkannt. Aber der würde sich sicher nicht an seinen Kameraden aus dem letzten Krieg erinnern, so wie der alte Henry jetzt aussah.

Er hatte sich hinter einer Gartenmauer in der Nähe versteckt und gewartet, bis die Leute endlich verschwunden waren. Henry hatte tief durchgeatmet und sich auf den Weg zu seinem geheimen Zugang gemacht.

Als er tief in der Nacht endlich fertig mit dem Umzug in seine neue Unterkunft war, stapelte er noch ein paar Kisten vor seine neue Wohnungstür. So konnte man von außen nicht sehen, dass dahinter eine Tür war. Er setzte sich auf den alten Diwan, den er sich als Bett zurechtgemacht hatte, und schaute den Staubflusen beim Tanzen im fahlen Mondlicht zu. Mit viel Mühe hatte er einen hölzernen Garderobenständer heraufgeschafft. Daran hingen nun diverse Kostüme aus dem Fundus. Sicher würde sie niemand vermissen. Aber ihm würde es helfen.

Der Whisky schmeckte gut. Es war keine teure Sorte. Das konnte er sich nicht leisten, aber er war nicht anspruchsvoll. Nicht mehr.

»Vielleicht ist es ja gar nicht schlecht, wenn wieder ein bisschen Leben in das Theater kommt. Zum einen, weil ich dann durch das Loch in der Decke des vorderen Speichers, an dem der große Leuchter im Zuschauerraum hängt, den Spielen auf der Bühne folgen kann, und zum anderen, weil dann etwas Gutes zu essen abfallen könnte.«

Heute hatte er, als er den kleinen Teeraum betreten hatte, tatsächlich ein paar Stück Kuchen gefunden. Solche leckeren Sachen hatte er seit Jahren nicht mehr gegessen. Erdbeertörtchen. Vielleicht wurde ja alles gut für den alten Henry.

Er legte sich auf sein Bett, sah einen Moment sinnend zur Decke und schlief friedlich ein.

Nach der Mühsal des Tages war es dem Mann zu gönnen. Er war etwas menschenscheu geworden auf seine alten Tage. Wie konnte man es ihm verdenken.

Als ihn nach dem Krieg seine eigene Familie nicht mehr verstehen wollte und verlassen hatte, blieb ihm nichts übrig, als allein zu bleiben. Über die Jahre hatte er sich damit abgefunden und sich mit seinem Schicksal arrangiert. Fast fühlte er sich glücklich, aber nur fast. Manchmal kam ihm die Erkenntnis, dass er eines Tages hier in diesem toten Theater selbst tot liegen würde, und das machte ihm Angst. Es würde keinen einzigen Menschen kümmern.

Emilys Wunsch

Am selben Abend stand Beanstock vor dem Spiegel
in seinem Zimmer und sah nun schon seit fünf Minuten hinein, ohne sich groß zu bewegen. Er hatte ein
frisches Hemd angezogen und war gerade dabei
gewesen, die Krawatte ordnungsgemäß zu binden, als
er innegehalten hatte. Er sah das Gesicht seiner
Schwester vor sich. Wie glücklich sie heute ausgesehen hatte.

In ein paar Minuten wollte er sich mit Emily im
Pub des Ortes treffen. Der *Jack O'Lantern* war nicht
weit entfernt vom Herrenhaus. Er wollte zu Fuß
gehen und sollte sich langsam auf den Weg machen.
Noch immer sah er sinnend in sein eigenes Gesicht.
Warum machte ihn der Besuch seiner Schwester so
nervös?

Es klopfte. Beanstock schloss kurz die Augen, um
die seltsamen Gedanken zu verscheuchen. Dann ging
er zur Tür und öffnete sie. Mrs Argyle stand im Flur
und knetete nervös ihre Hände.

»Was kann ich für Sie tun, Mrs Argyle?«

»Ich habe mich gefragt, ob Sie mir böse sind

wegen meiner vorwitzigen Korrespondenz mit Ihrer Schwester. Ich habe nur das Beste gewollt. Sie hatte sich nach Ihrem Befinden erkundigt. Daraus ist eine längere Korrespondenz geworden. Ich mag Ihre Schwester sehr.«

»Und woher wusste Emily von meinem kleinen Hospitalaufenthalt?«

Mrs Argyle sah zu Boden.

»Von mir, Sir.«

Beanstock nickte und lächelte dabei.

»Es ist alles in Ordnung. Bitte machen Sie sich keine Sorgen. Ich treffe mich in ein paar Minuten mit Emily und in ein paar Tagen wird sie zurück nach Little Chestnut fahren. Sie haben nichts falsch gemacht. Ich war nur etwas sehr überrascht, als sie so plötzlich vor mir stand. Eine Voranmeldung wäre angenehmer gewesen.«

Die Hausdame ging einen Schritt auf Beanstock zu und begann, seine etwas sehr krumm geratene Krawatte zu richten. Beanstock fühlte sich seltsam dabei. Noch niemals hatte ihm jemand beim Binden seiner Krawatte behilflich sein müssen.

»Dann ist es gut. Ich hatte mir Sorgen gemacht. So, nun sind Sie vorzeigbar. Einen schönen Abend, Mr Beanstock«, sagte Mrs Argyle und ging in Richtung ihres Zimmers davon. *Wenn das man gutgeht,* dachte sie. *Er weiß ja noch nichts von Emilys Vorhaben.*

Beanstock griff zu seinem Jackett, zog es an und machte sich auf den Weg nach Parsley Field. Er hatte ein ungutes Gefühl. Warum, konnte er sich nicht erklären. Aber je länger er lief, umso mehr verflogen die dunklen Wolken, die sich in seinem Kopf breitgemacht hatten.

»Dummer Butler«, murmelte er leise.

Der Pub war, wie immer an den Abenden, gut gefüllt. Sean, der Wirt, hatte alle Hände voll zu tun. Seine Köchin, die alte, fast gehörlose Donna, werkelte im Hinterzimmer und schimpfte leise vor sich hin. Alles also wie an jedem Abend.

Wenn sich die Tür öffnete, wandten sich automatisch sämtliche Köpfe der Leute zu dem Neuankommenden. War es ein bekanntes Gesicht, wurde das allseits beliebte *Hoho* angestimmt. Beanstock trat ein, schloss die Tür hinter sich und nickte den Leuten, die vor Ale oder Whisky saßen, freundlich zu.

»Mr Beanstock!«, rief Sean ihm vom Tresen aus zu. »Was darf es sein? Ihre Schwester sitzt hinten am Fenster. Nettes Mädchen. Da haben Sie uns all die Jahre ein kleines Juwel vorenthalten.«

»Ich hätte gern einen Whisky, Mr O'Doneghue«, antwortete Beanstock und legte das passende Geld auf den Tresen. Ansonsten gedachte er sich nicht zu äußern.

Sean gab ihm das Glas, gut gefüllt mit goldbraunem Whisky, und lächelte verschmitzt.

Im hinteren Teil des Pubs entdeckte Beanstock Emily und ging lächelnd auf sie zu. Jemand beugte sich neben seiner Schwester etwas vor und Beanstock verging das Lächeln.

»*Señor* Gonzales. Darf ich fragen, was Sie hier tun?«

Gonzales erhob sich, küsste Emilys Hand, nahm

sein Glas und verbeugte sich leicht vor dem Butler.

»Bin schon weg!«

Beanstock setzte sich.

Emily lachte leise und sah ihren Bruder belustigt an.

»Du kannst nicht aus deiner Haut, oder Arthur? Enrico Gonzales ist ein sehr netter, zuvorkommender Gentleman. Warum soll ich mich nicht mit ihm unterhalten? Er ist lustig.«

Beanstock räusperte sich, trank einen Schluck von seinem Whisky und holte dann tief Luft.

»Unser guter Chauffeur der Baronets meint es manchmal zu gut mit den hübschen jungen Damen. Ich will dich nur beschützen.«

»Ich glaube, ich bin inzwischen alt genug, um auf mich selbst aufzupassen. Auch wenn ich in der Vergangenheit mit der Wahl meiner Freunde etwas schlecht beraten gewesen war, muss das nicht so weitergehen. Ich habe dazugelernt. Es ist aber schön, dass man einen großen Bruder an seiner Seite weiß. Ich habe dich sehr vermisst.«

Beanstock lächelte.

»Du hast natürlich recht. Manchmal bin ich zu vorsichtig. Gonzales ist über die Jahre ein Freund geworden. Das solltest du ihm aber nicht unbedingt sagen. Was hast du denn nun in den nächsten Tagen vor? Wartet keine Arbeit auf dich in Little Chestnut? Und wie geht es unserem Freund Constable Blackberry? Ich hatte das Gefühl, dass sich zwischen euch etwas entwickelt hat in letzter Zeit. Oder liege ich da falsch? Ich bin in diesen Dingen etwas unbeholfen. Das ist nun wieder das Wissensgebiet des guten Gonzales.«

Emilys helles Lachen erfüllte den Raum. Einige Gäste sahen sich nach den beiden um und fragten sich, was das hübsche Mädchen mit dem allzu steifen Butler der Baronets zu tun hatte. Es wurde ausgiebig getuschelt, bis jeder im Gastraum informiert war, dass es sich um die Schwester des Butlers handelte.

»Da liegst du aber ganz schön falsch, lieber Bruder«, sagte Emily und amüsierte sich köstlich. »Wir sind die besten Freunde geworden, aber mehr wird daraus nicht. Der Altersunterschied ist auch etwas sehr groß, meinst du nicht? Aber der Constable ist ein sehr liebenswerter Mann, das steht fest. Er hat mir damals, als ich zurück aus dem Gefängnis Dartmoor gekommen bin, sehr geholfen. Ich werde dir und ihm auf ewig dankbar sein.«

Beanstock nippte an seinem Whisky.

»Nein, ich bin gekommen, um nach dir zu sehen. Wenn ich Mrs Argyle nicht hätte, würde ich nichts erfahren. Du könntest wirklich etwas mitteilsamer sein, lieber Bruder. Und dann habe ich mich entschlossen, hierzubleiben«, fuhr Emily fort.

Bis zu diesem Zeitpunkt hätte wohl niemand angenommen, dass Derartiges dem Butler der Baronets passieren könnte, aber Beanstock prustete den letzten Schluck Whisky aus seinem Mund über den Tisch. Dabei trafen ein paar Tropfen den Nachbartisch, an dem einige Männer Karten spielten. Gonzales, der am Tresen bei Sean stand, sah mit großen Augen zu Beanstock.

Der Butler nahm eines der Taschentücher aus der Jackettasche, die er natürlich wie immer in ausreichender Anzahl dabeihatte, und wischte sich den Mund trocken. Dann entschuldigte er sich bei den Herren am Nebentisch.

»Du willst hierbleiben?«, fragte er, da er es nicht glauben konnte. Sein Ton war etwas zu erschrocken.

Emilys Augen füllten sich mit Tränen. Sie sah ihren Bruder traurig an. Sicher hatte sie eine andere Reaktion erwartet. Natürlich nicht gleich Freudentänze, aber zumindest ein Wohlwollendes *wie schön, Emily.*

Das hatte er nicht gewollt. Es war ihm rausgerutscht. Eigentlich kannte er das nicht von sich. Er war doch immer die Ruhe in Person und in jedem Moment seines Butlerlebens seriös und überlegend.

Schnell griff er nach einem neuen Taschentuch und reichte es ihr.

»Emily, verstehe das bitte nicht falsch. Ich bin nur so überrascht. Das ist ein großer Schritt. Wir wollen vernünftig darüber reden. Und eines weißt du hoffentlich. Ich hätte dich sehr gern in meiner Nähe. Also, was hast du dir überlegt? Was willst du tun?«

Emily wischte sich die letzten Tränen aus den Augen und nahm einen großen Schluck aus ihrem Weinglas. Gonzales tauchte neben den beiden auf, stellte ein neu gefülltes Glas Wein vor Emily auf den Tisch und sah Beanstock strafend an. Er schüttelte den Kopf und ging zurück zum Tresen.

Als sich Emily endlich beruhigt hatte, berichtete sie ihrem Bruder von den letzten Tagen.

»Ich habe es mit Constable Blackberry besprochen. Er fand die Idee sehr gut und redete mir zu. Wir verkaufen das Haus unserer Eltern und ich miete hier ein kleines Häuschen oder eine Wohnung ... oder ein Zimmer. Je nachdem, was wir für das Haus bekommen. Meine Sachen, auch die ganze restliche Fotoausrüstung sind schon verpackt und auf dem Weg hierher. Gestern Abend habe ich mit dem Constable telefoniert. Stell dir vor, er hat bereits einen Käufer gefunden und wird alles in die Wege leiten. Ich habe mich umgehört. In der Nähe gibt es nirgendwo einen Fotografen. Je nachdem, ob ich ein Haus oder ein Zimmer mieten kann, würde ich am Anfang von dort aus arbeiten und später, wenn es gut laufen sollte, einen kleinen Laden mieten. Und dann kam gestern das Angebot von Lady Fedora, dass ich die Szenenfotos und Fotos von den Schauspielern für die Aushänge des Theaters übernehmen könnte. Das könntc cin Dauerauftrag werden.«

Emily war kaum zu bremsen. Beanstock ließ sie einfach reden. Er wollte seinen Fauxpas wiedergutmachen und seiner Schwester zeigen, dass er einverstanden wäre. Auch wenn es nicht so war. Andererseits hätte er seine Schwester dann besser im Blick, wenn sie in der Nähe wohnen und arbeiten würde. Er sollte sich doch langsam mit dem Gedanken anfreunden.

»Nun. Wir werden sehen, was der Verkauf ergibt. Ich habe auch ein paar Ersparnisse. Ich denke, ein kleines Haus zu mieten, wird sich machen lassen. Das wäre besser für dich. Dort könntest du deiner Arbeit nachgehen, ohne gleich zu Anfang einen Laden zu eröffnen. Wir finden sicher etwas. Ich werde mit Sir Percival reden. Ihm gehören ein paar kleine und große Cottages im Ort. Vielleicht ist eines davon frei und zu mieten. Was meinst du?«

Emily drückte liebevoll die Hand ihres Bruders. Sie atmete auf. Vor ein paar Wochen hatte sich ihre Idee so wundervoll angehört. Sie hatte ihre Ausbildung beendet, bereits gute Erfolge mit ihren Fotos erzielt und wollte nun einfach in der Nähe ihres Bruders sein. Constable Blackberry hatte die Idee sofort gefallen und versprochen, zu helfen.

Was für ein aufregender Tag das gewesen war.

Als Beanstock auf dem Weg zurück nach Parsley Manor war, dachte er darüber nach, wie schnell sich im Leben etwas ändern konnte. Ob die Idee seiner Schwester wirklich gut war, würde sich in den nächsten Wochen zeigen.

Am nächsten Tag war Emily zum Tee bei Lady Fedora geladen, dann könnte man über die Idee seiner Schwester nochmals ausgiebig philosophieren.

Wie er die Baronets kannte, wären sie begeistert von Emilys Vorhaben. Und ihm fiel noch jemand ein, der begeistert sein würde.

Gonzales.

Wer wird der neue Wilbur Willoby

Für das alte Elysion-Theater hatte sich alles zum Guten gewendet. Von der Besetzungsliste für die Benefizaufführung konnte man das nicht behaupten. Es fehlte immer noch der Hauptdarsteller.

Miss Robin, die alte und neue Sekrctärin des Impresarios, hatte an die fünfzig Briefe verfasst und an potenzielle Schauspieler oder Agenten verschickt. Entweder kamen gar keine Antworten oder nur Absagen. Meistens wurden keine Gründe angegeben, aber ab und zu meinte einer der Schauspieler, dass man es nicht angebracht finden würde, die Rolle eines Mannes zu übernehmen, der auf offener Bühne unter ungeklärten Umständen zu Tode gekommen war. Doch eigentlich war es wohl eher die Aussicht auf eine geringe Gage. Und an einem Provinztheater zu spielen, war nicht besonders förderlich für die Karriere.

Es gab einen Moment, wo die Mitglieder des Vereins für die Erhaltung des Elysion-Theaters über eine Verschiebung der Premiere oder sogar ein anderes Stück nachgedacht hatten. Da aber die Schauspieler bereits angereist waren und im Moment in Pilpots Pub probten, wurde dieser Gedanke fallen gelassen. Dann kam der Regisseur, Peter Porter, auf eine geniale Idee, die auch den Autor Piggyback einigermaßen zufriedenstellte.

»Wie wäre es, wenn wir die Besetzung umstellen. Ich weiß, dass unser guter Charles Tingerbell mit der Rolle des Sergeants unterfordert war. Hat sich ja deshalb oft genug beschwert.« Der Blick Peter Porters fiel auf den Angesprochenen, der stolz den Kopf hob.

»Wir besetzen die Rolle des Wilbur Willoby mit Alan Mort, der vorher den Anwalt mimte, und unser alter Sergeant, Charles Tingerbell, übernimmt die neue Rolle des Anwalts«, fuhr der Regisseur fort. Er sah erwartungsvoll in die Gesichter seiner Theatertruppe, die sich am heutigen Montag in einem der großen Nebenräume des Pubs versammelt hatte. Der neue Wirt des *Three Chattering Ducks* hatte sich bereit erklärt, diesen Raum der Theatertruppe unentgeltlich zur Verfügung zu stellen. Da die Schauspieler in seinem Haus wohnten und meist auch speisten, war es für ihn ausgesprochen profitabel.

»Und wer, bitteschön, soll den Sergeant spielen?«

Die Frage kam von Clarissa Atkins, die vor einer halben Ewigkeit mit Dan Atkins verheiratet gewesen war. Als ihr Mann damals getötet worden war, waren die beiden bereits geschieden. Aber sie hatte sich seitdem nicht geändert und führte sich immer noch, wie auch damals, wie eine Diva auf.

»Die gesamte Aufführung ist eine Farce«, fügte sie gelangweilt hinzu. Und die Dame war schnell gelangweilt. »Piggyback ist labil. Er bringt es nicht mehr.«

»Ich denke, du bist froh, dass du wieder einmal auf einer Bühne stehen darfst, meine liebe Clarissa. Ich habe gehört, dass du in den letzten Jahren eher für die komische Alte besetzt worden bist als für große Rollen.« Diese Anmerkung kam von Colette Saint-John, die damals das Hausmädchen Yvette gespielt hatte und die, mit ihrem blonden Haar und den vollen roten Lippen, immer noch eine Schönheit war. Clarissa sah sie zornig an, griff in ihre Handtasche und zog ein Zigarettenetui heraus. Mit einer großen Geste öffnete sie es, sodass auch wirklich jeder sehen konnte, dass im Inneren mit verschnörkelter Schrift eine Widmung stand.

Colette verdrehte die Augen.

»Jetzt bringt sie wieder die Errol-Flynn-Karte. Der hat doch jeder Frau, die irgendwann mal mit ihm bekannt gewesen war, so ein kleines glänzendes Ding geschenkt. Wahrscheinlich ist es unecht.«

Auf der Innenseite des vergoldeten Etuis stand eingraviert: *»Für meine angebetete C.A. von E.F.«*

»Hatte nicht auch Inga Hillman so ein Ding? Hat ihr das nicht den Garaus gemacht damals? Ich kann mich dunkel erinnern, dass sie hier in der Nähe umgebracht worden ist. Mit einer Zigarette, in der Rizin-Gift enthalten war. Seitdem rauche ich nicht mehr. War doch ein riesiger Skandal damals. Ist sie nicht auch hier beerdigt?«, fragte Dora Drummand, die im Stück die verrückte Tante spielte. Sie saß an einem der kleinen Tische an der Wand, nippte an einem Glas Whisky und legte mit Karten eine Patience. Der Wirt hatte die Tische an die Seite geräumt, um Platz für die Proben zu schaffen.

Dora war eine ältere Dame mit schlohweißem Haar und einer Vorliebe für Lakritzkonfekt, was Colette schon zu höhnischen Kommentaren über ihre Figur verführt hatte.

Aber Colette hatte ja immer schon für jeden Menschen in ihrer Nähe böse Kommentare übriggehabt. Sie hatte sich nicht geändert und bildete sich auf ihre noch blühende Schönheit etwas zu viel ein.

Clarissa Atkins fuhr fort: »Ich war eine wunderbare Lady Macbeth. Das wird mir niemand mehr wegnehmen. Und du solltest dich mit deinen Kommentaren zurückhalten, liebste Colette. Was habe ich da über deinen letzten Agenten gehört? Ist er nicht mit deinem Geld verschwunden?«

Colette sprang zornig auf und wollte den Raum verlassen. Der Regisseur hielt sie zurück. Er hob die Arme.

»Leute, Leute! Könnt ihr euch nicht für einen kurzen Moment konzentrieren und versuchen, miteinander auszukommen? Bringen wir doch diese Benefizsache einfach hinter uns und jeder geht wieder seiner Wege. Es kann für eure Biografien nur nützlich sein, wenn dort dieses Theaterprojekt erscheint. Den allergrößten Durchbruch in seinem Fach hatte ja wohl niemand von uns in den letzten Jahren.« Der Regisseur Peter Porter war genervt.

»Du hast gut reden, Peter. Wenn alles gut läuft, bekommst du hier am Theater ein langjähriges Engagement. Wir gehen nach der Premiere auseinander und müssen sehen, wo wir bleiben.« Dieser Einwand kam von Ben Bradley, der im Stück den Neffen verkörperte. Er war ein schlanker, sehr großer Mann mit dunklem, wirklich sehr dunklem, schwarzen Haar.

»Ist gefärbt!« Das hatte Colette bereits am ersten Abend lautstark verkündet. Die Dame machte sich überall gern Feinde. Sie nahm nie ein Blatt vor den Mund.

Ben lümmelte auf einem der Stühle und hatte seine langen Beine ausgestreckt.

»Also, Leute, wie findet ihr meinen Vorschlag?«, fragte der Regisseur Porter nochmals.

Es gab zustimmendes Nicken.

»Und wer soll nun den Sergeanten übernehmen?«, fragte Charles Tingerbell.

»Es gibt hier eine Laienspielgruppe und darin ist ein echter Polizist Mitglied. Der könnte für uns den Sergeant mimen. Er hat ja kaum Text. Und wenn ihm das noch zu schwerfallen sollte, streichen wir mehr weg. Das wird schon gehen. Was denkt ihr?«, fragte Peter Porter.

»Also ich wäre einverstanden. Sag das mit dem Text streichen nur nicht zu laut. Ihr könnt euch doch wohl alle noch an unseren gefeierten Autor und seine Wutanfälle erinnern«, sagte Charles zufrieden. Zustimmendes Nicken reihum.

»Ich bin auch einverstanden«, meinte Alan Mort.

»War uns vollkommen klar, dass ihr beide einverstanden seid. Ich für meinen Teil bin sehr zufrieden mit der Rolle des Father Mortimer. Muss keinen Text mehr lernen. Kann sofort loslegen. Das, meine lieben Schauspielfreunde, macht einen guten Mimen aus. Vorbereitung, Pünktlichkeit und Kollegialität.« Driffold Summer war ein hagerer Mann. Aber trotzdem bauschte sich ein kleiner Bauch unter seinem Hemd. Der graue Haarkranz auf seinem ansonsten glänzenden Schädel war kaum als Kopfbehaarung zu verstehen. An seinem Kragenausschnitt sah man das weiße Kollar eines Geistlichen hervorblitzen.

»Du bist wirklich der geborene Geistliche, mein Lieber«, sagte Pierce Upward, der den Butler spielen würde. »Hast du mal über einen Berufswechsel nachgedacht? Ins heilige Fach der Kirche vielleicht? Trägst ja auch schon wieder das weiße Dingsbumms mit dir herum.«

Driffold holte tief Luft und warf böse Blicke zu Pierce, der sich totlachen wollte.

»Ich verinnerliche meine Rolle. Das würde dir als Butlerdarsteller auch guttun. Ich kann mich noch erinnern, dass du so deine Probleme mit deinem Text hattest.«

Der Einzige, der kaum etwas zur Unterhaltung beitrug, war Bill Thomas, der in der letzten Aufführung den Doktor Belly verkörpert hatte. Er saß etwas abseits, las ein Buch und schien nicht dazugehören zu wollen.

Er war ein Mitfünfziger mit bräunlich gelocktem Haar und einer fülligen Figur, die ihm schon einige gute Rollen eingebracht hatte. Denn es war nicht immer von Vorteil, krankhaft schlank und gutaussehend zu sein wie ein aus dem Ei gepellter Hollywoodschauspieler, der nach der nächsten Schönheitsoperation lechzte.

»Bin einverstanden«, murmelte er und widmete sich wieder seinem Buch.

»Prima!«, rief der Regisseur Peter Porter, stand auf, klatschte in die Hände und ging zur Mitte des Raumes.

»Dann wollen wir beginnen. Erste Szene, erster Akt, Salon, der Butler tritt auf.« Er setzte sich wieder auf seinen Stuhl und sah den Akteuren zu, wie sie sich aufstellten. Die Proben begannen.

»Nimm bitte deinen Kaugummi aus dem Mund, Colette! Das ist eine furchtbare Angewohnheit«, sagte der Regisseur.

»Ach, Driffold darf sein Kollar schon tragen. Yvette könnte ja als Hausmädchen Kaugummi kauen. Passt doch zu ihrer schnoddrigen Art!«, rief sie. »Und wo ist eigentlich der Suffleur? Die alte Krähe fehlt auch noch.«

»So viel ich gehört habe, ist er bereit, wieder mitzumachen, und unterwegs«, meinte Peter Porter.

»Du tust ja gerade so, meine liebe Colette, als hättest du seitenweise Text zu lernen. Ist ja lächerlich«, sagte Dora Drummand. »Mit dem Kaugummi will sie ihre Vorbereitung für Hollywood unterstreichen«, richtete sie sich etwas leiser an den Regisseur.

Miss Colette Saint-John wurde rot vor Wut.

Peter Porter verdrehte die Augen.

»Können wir dann endlich?«

Die Tür zum Gastraum des Pubs wurde geöffnet und eine junge Frau kam mit einem Tablett herein. Es stand voller Gläser, Schüsseln und Teller.

Der Regisseur drehte sich zu der jungen Frau um.

»Was denn nun noch?«

»Für wen ist der Tee?«, fragte sie. Dora Drummand meldete sich. »Und meine Kekse?« Die junge

Dame stellte einen Teller neben die Teetasse.

»Der Whisky?«, fragte sie. Bill Thomas bekam ihn.

»Apfelsaft und Shortbread?«

»Ich bekomme das!«, rief Pierce Upward, der Darsteller des Butlers.

»Wer bekommt den Wein?«, rief die Kellnerin in die Runde.

Colette meldete sich. »Das hat ja gedauert.« Die junge Frau machte ein verdrießliches Gesicht.

Dann wurde es dem Regisseur zu bunt. Er schlug mit der flachen Hand auf den Tisch neben sich. Alle zuckten zusammen.

»Was ist denn mit euch los? Könnt ihr euch bitte einmal auf unsere Arbeit konzentrieren! Bridget, den Alkohol nehmen Sie gleich wieder mit. Es gibt während der Proben nur Tee oder Wasser. Wäre ja noch schöner! Wisst ihr denn nicht mehr, wie es mit Dan Atkins war? Er kam zur Probe, schmiss irgendwelche Worte in den Raum und fiel dann in den nächsten Sessel, um sein Alkoholschläfchen zu halten. Wenn ihr das nicht akzeptieren wollt, seid ihr hier fehl am Platz und solltet eure Sachen packen!«

Bridget, die Bedienung sammelte Whisky, Wein und Ale, das Charles Tingerbell ungern aus der Hand gab, wieder ein und verließ den Probenraum. An der Tür drehte sie sich noch einmal um.

»Bezahlt wird das alles trotzdem!«, rief sie und ging.

»Aufgepasst! Macht endlich euren Job!«, rief Peter und ließ sich auf einen der Stühle fallen.

Tee bei Lady Fedora

Emily saß in einem hübschen dunkelblauen Kostüm im Salon von Parsley Manor und versuchte, nicht zu nervös zu wirken. Es war eine seltsame Situation. Sie trank Tee mit Lady Fedora und ihr Bruder bediente sie. Besonders wohl fühlte sie sich nicht dabei.

»Wie geht es Sir Percival?«, fragte sie, um die Stille zu durchbrechen. Dann nippte sie schnell an ihrem Tee.

»Oh meine Liebe, es geht schon wieder. Sein Backenzahn hat ihm seit längerer Zeit Unbehagen bereitet. Aber ich konnte reden und reden. Heute ist er endlich bei seinem Zahnarzt. Gonzales fährt in diesem Moment mit ihm nach Maidstone. Was hat er sich geziert. Oder, Beanstock?«, sagte Lady Fedora.

»In der Tat, Milady.« Beanstock war gerade mit einer Etagere voller leckerer Dinge hereingekommen. Mrs Porkpie hatte wieder ihr ganzes Können bewiesen.

»Greifen Sie ordentlich zu, Miss Beanstock.«

Das klang sehr eigenartig. Nicht nur für Beanstock, sondern auch für seine Schwester.

»Ach, bitte sagen Sie doch Emily, Milady. Ich

habe schon so viele gute Dinge von Ihnen gehört. Es ist mir, als würden wir uns schon lange kennen. Ich bin Ihnen sehr dankbar für die Einladung.«

»Gern, Emily. Nun erzählen Sie einmal. Was haben Sie noch hier in Parsley Field vor? Ich hörte, Sie möchten hierbleiben und als Fotografin arbeiten. Das ist überaus interessant. Ich schreibe Bücher, vor allem über die Pflanzenwelt, und bin immer auf der Suche nach guten Fotos für meine Bücher. Einige habe ich mit meinen eigenen Zeichnungen illustriert, aber ich denke, man könnte auch wunderbar Fotos unterbringen. Was denken Sie?«

Emily hatte gerade in einen Scone gebissen und beeilte sich nun, den Happen hinunterzuschlucken.

»Das ist faszinierend, Milady. Während meiner Ausbildung habe ich mich auch mit der Fotografie von Stillleben und Landschaften beschäftigt. Eine Zusammenarbeit mit Ihnen wäre wunderbar. Ich bin Ihnen ja schon sehr dankbar, dass ich den Auftrag für die Theaterfotos erhalten habe. Mit diesen Aufträgen und Fotos für Hochzeiten und Ähnliches, wäre ich sicher schon gut versorgt für den Anfang.« Emily warf einen Blick zu ihrem Bruder, der Tee nachgoss. Sie bemerkte, dass seine Hand leicht zitterte.

»Ich weiß nicht, ob mein Bruder wirklich so glücklich über die Tatsache ist, dass ich in seine Nähe ziehe. Aber vielleicht verstehen Sie mich. Unsere Eltern sind nicht mehr bei uns. Im letzten Jahr ist unser Vater verstorben. Eigentlich würde ich wirklich gern in der Nähe meines letzten Familienmitglieds leben.«

Beide Damen warfen einen fragenden Blick zu

Beanstock, der sich unwohl in seiner Haut fühlte.

Mrs Argyle betrat den Salon durch die offene Tür und stellte einen Teller mit Sandwiches auf den Tisch.

»Mr Beanstock ist sehr erfreut über die Aussicht, seine Schwester in der Nähe zu haben. Seien Sie unbesorgt, Emily«, sagte die Hausdame.

Beanstock räusperte sich.

»Vielen Dank, Isidora«, sagte Emily und griff zu einem Erdbeertörtchen. Sie biss hinein und schloss die Augen.

»Allein für Hesters Törtchen würde es sich lohnen, nach Parsley Field zu ziehen«, sagte sie und erntete ein fröhliches Lachen von Lady Fedora.

»Haben Sie denn schon Ihre Fühler nach einer passenden Unterkunft ausgestreckt, Beanstock?«, fragte Lady Fedora.

»Ich habe bereits mit dem Baronet gesprochen. Er hat ein frei stehendes Objekt angeboten. Wir können es uns heute Abend ansehen, Emily. Danach entscheiden wir, ob es für dich infrage kommt«, erwiderte Beanstock.

»Ich werde mit meinem Gatten reden, wenn er, hoffentlich in einem Stück, vom Zahnarzt kommen wird. Wir werden etwas Bezahlbares für Sie finden, Emily. Vielleicht ist es gut, dass er heute mit seinen Zähnen beschäftigt ist. Da ist er dann oft bei anderen Dingen nicht so aufmerksam.« Sie zwinkerte ihrem Gast verschwörerisch zu.

Emily sah sie fragend an.

»Nun, meine Liebe, denken Sie, ich könnte mir ansonsten ständig neue Hüte oder Taschen kaufen? Man muss schon einen passenden Moment abwarten, um seinem lieben Gatten beizukommen. Welches Objekt hat Perci denn vorgeschlagen, Beanstock?«, fragte Milady.

»Das Cottage hinter der Brücke. Es befindet sich rechts in der Nähe des Flusses und des Bauernhofes der Pitsches.«

»Ach ja. Ich weiß. Sehr hübsch. Aber das ist wirklich ein sehr kleines Cottage. Als der alte George dort noch gelebt hat, gab es einen sehr schönen Garten hinter dem Haus. Ich habe ihn einmal besucht, weil er so außergewöhnlich schöne Stauden gepflanzt hatte.«

»Was ist aus George geworden?«, fragte Emily.

»Ach, das ist traurig. Es geht ihm gar nicht so gut und er muss nun ständig in einem Heim sein. Das Cottage wurde von seinem Sohn geräumt. Das ist schon mehr als ein Jahr her«, sagte Milady und ließ sich Tee nachschenken.

»Ich benötige kein großes Haus. Es wird bestimmt ausreichend sein«, erklärte Emily.

»Sie müssen es sich sofort ansehen. Beanstock, Sie gehen nach unserer Teestunde mit Ihrer Schwester zum Cottage und sehen es sich an. Der Schlüssel liegt in der Bibliothek im Schreibtisch. Ich bestehe darauf. Und wenn es Ihnen gefällt, werden Sie danach gleich den Vertrag mit Perci unterschreiben.« Milady ließ keinen Widerspruch zu.

Mrs Argyle ging lächelnd zurück in die Küche und als man sie dort fragend ansah, hob sie den Daumen.

»Na bitte. Man muss unseren Butler immer zu allem zwingen, wenn es um ihn selbst geht«, sagte Mrs Porkpie und widmete sich dann wieder der

Suppe für das abendliche Dinner. Lady Fedora hatte angeregt, da man nicht wusste, wie Sir Percival den Zahnarztbesuch überstehen würde, heute Abend eine kräftigende Suppe zum Dinner zu reichen.

Beanstock und Emily gingen schweigend nebeneinander in Richtung der Brücke über den River Shirty. Danach hielten sie sich rechts und nahmen die gut gepflasterte Straße in Richtung des Bauernhofes von Bauer Pitsch. An der Flussseite standen nur drei kleine Cottages. Das letzte in der Reihe stand offensichtlich seit längerer Zeit leer. Im Vorgarten wucherte Unkraut und die Fenster könnten Wasser und Lappen vertragen. Ansonsten sah es gut aus. Klein, aber ausreichend, wie es Emily erwartet hatte.

Beanstock öffnete die Pforte, die sich zwischen einer niedrigen Mauer befand und von einem hübschen mit Rosen bewachsenen Spalier überspannt war. Er zog den Schlüssel zur Tür aus seiner Tasche. Der gepflasterte Weg hatte Moos angesetzt.

Das Cottage hatte an der Vorderseite Sprossenfenster, in der ersten Etage ein breites, vorgebautes Dachfenster und war mit Schieferschindeln gedeckt.

Nachdem Beanstock die Tür aufgeschlossen und geöffnet hatte, standen die beiden in einem großen Raum, der den Blick bis in den Garten ermöglichte. Dahinter sah man ein Stück vom Fluss und sogar in einiger Entfernung Parsley Manor durch die Bäume blitzen.

Große bodentiefe Fenster brachten Licht in den Raum. An der Wand gab es einen etwas verrußten Kamin und daneben führte eine Tür in eine kleine

Küche. Hier waren noch alle Möbel vorhanden, sogar ein recht ordentlicher Herd. Eine schmale Treppe im Wohnraum führte in die erste Etage. Dort gab es drei Räume, einen großen mit den Fenstern zur Straße und zwei kleinere zum Garten, wobei einer davon ein Bad war. Auch hier sah alles noch gut aus. Der Vorbesitzer hatte sich ausgezeichnet um sein Anwesen gekümmert. Ein Blick in den Garten sagte den beiden Besuchern aber, dass der alte Herr wohl sein Hauptaugenmerk auf seine Pflanzen gerichtet hatte.

Trotz des Herbstes gab es noch Blüten und wunderschöne Stauden. Da war nicht viel Arbeit nötig, um dem Garten seinen alten Glanz zurückzugeben.

Sie waren zurück im Erdgeschoss und Beanstock sah seine Schwester gespannt an.

»Was denkst du? Ich finde es passend.«

Emily fiel ihrem Bruder um den Hals.

»Ich liebe es!«, rief sie. »Der große Raum unten kann das Fotoatelier werden. Und für ein Labor ist oben Platz.«

»Es wird ein bisschen Arbeit brauchen, aber wir beide schaffen das. Gehen wir zurück und sprechen bei Sir Percival vor. Willkommen in Parsley Field, Emily.«

Beanstocks Schwester hüpfte wie ein aufgeregtes Kind im Raum herum. So kannte er seine Schwester.

Der Mietvertrag wurde unterzeichnet und Sir Percival machte Emily einen Preisvorschlag, der sie erröten ließ. Beanstock wollte sofort intervenieren, aber der Baronet lehnte ab.

»Beanstock, Sie gehören zur Familie. Darum

lassen Sie uns die Freude, Ihrer Schwester den Start in das neue Leben zu erleichtern.«

Als sich Beanstock am Tag darauf mit Emily am Cottage treffen wollte, um die nötigen Arbeiten zu koordinieren, erlebte er eine weitere Überraschung.

Vor dem Haus stand ein Kleintransporter und lud Möbel ab. Ein rotes Sofa, zwei Sessel, einen Esstisch, diverse Stühle und ein großes Holzbett samt Matratze. Irgendwie kamen ihm die Dinge bekannt vor. Es waren nicht die neuesten Möbelstücke, aber alle sahen gut gepflegt aus. Natürlich waren sie gut gepflegt, dafür hatte Beanstock in den letzten Jahren selbst gesorgt. Denn diese Möbel hatten bis jetzt auf dem Speicher von Parsley Manor gestanden. Sie waren nicht gebraucht oder aussortiert worden, weil Lady Fedora etwas Neues angeschafft hatte. Milady hatte bereits am Tag vorher mit Mrs Argyle den Speicher besucht, eine Spedition beauftragt und am heutigen Morgen mithilfe des Chauffeurs die Möbel zum Cottage bringen lassen.

Dafür hatten die Baronets einen guten Zeitpunkt abgepasst, als Beanstock mit Aufträgen in Parsley Field unterwegs gewesen war. Sie hatten geahnt, dass der Butler die Sache unterbunden hätte.

Die nächste Überraschung kam, als Beanstock mit einem kleinen Beistelltisch, den ihm der Spediteur in die Hände gedrückt hatte, das Cottage betrat.

Harrison und Gonzales waren dabei, die Wände zu weißen, im Garten sah Beanstock den Gärtner Herringbone samt Kater Mortecai mit Emily arbeiten, in der Küche polterte Phillis herum. Sie hatte einen

Karton mit ausgemustertem irdenem Geschirr sowie etliche Töpfe dabei und sortierte alles in die Küchenschränke. Auf dem Herd blubberte eine Suppe im Topf und auf dem Küchentisch stand ein frisch gebackenes Brot.

Beanstock griff zu seinem Taschentuch und wischte über seine Stirn. Für einen Butler, wie er es war, waren die Ereignisse der letzten Tage ziemlich schwer zu verkraften.

»*Señor* Beanstock! Wie finden Sie unseren Arbeitseinsatz? Schauen Sie doch nicht so böse drein. Lady Fedora hat das organisiert. Alle mögen Emily und wollen, dass sie sich hier wohlfühlt«, sagte Gonzales, der schon mehr als einen weißen Farbfleck auf seinem alten Overall verzeichnete.

Beanstock schloss kurz die Augen.

Genau das waren seine Argumente gegen Emilys Einzug im Ort gewesen. Die perfekt aufgebaute Routine der Tagesabläufe auf Parsley Manor wurde durcheinandergeworfen. Natürlich hatte er dies nicht laut verkündet. Dass er seine Schwester einmal zum Weinen gebracht hatte, war genug.

In der Mitte des Raumes standen mehrere Kisten.

»Was sind das für Kisten, Gonzales?«, fragte Beanstock.

»Die wurden vor etwa einer Stunde gebracht. Kommen aus Ihrem Heimatort. Emily meinte, es wären ihre Kleidungsstücke, Bücher und ihre Fotoausrüstung.«

»Gut. Dann werde ich die schon einmal nach oben bringen«, sagte Beanstock, griff sich eine der Kisten und räusperte sich. »Vielen Dank, meine Herren, für

Ihre Hilfe. Und der Dame in der Küche danke ich natürlich auch.«

»Seien Sie vorsichtig! Oben haben wir vor einer Stunde schon alles fertig gestrichen!«, rief ihm Harrison nach.

»Das ist unserem Mr Beanstock nicht leichtgefallen, sich bei uns zu bedanken. Er will immer alle Fäden selbst in der Hand haben. Weiß auch nicht, ob er seine Schwester wirklich hier haben möchte«, sagte Harrison leise zu Gonzales. Dann strich er weiter die Wand neben den Fenstern. Strich für Strich. Sehr sorgfältig.

Gonzales sah dem Butler sinnend nach.

Oben angekommen, stellte Beanstock die Kiste ab. Er ging zu einem der Fenster, das vom zukünftigen Schlafzimmer aus den Blick in den Garten zuließ.

Er hörte das helle Lachen seiner Schwester. Herringbone stand zwischen den Stauden und erklärte Emily, wie man sie im Herbst zurückschneiden musste. Sie war mit Feuereifer bei der Arbeit. Der Garten wirkte aufgeräumt. An der Seite standen Körbe voller Unkraut. Dazwischen wuselten Luci und ihre beste Freundin Bronté Pitsch herum. Die beiden Mädchen waren sich einig, dass das Häuschen von Emily ein wunderbarer Spielplatz werden würde. Mortecai war wohl der gleichen Meinung und hatte es sich in einem der Körbe gemütlich gemacht.

Beanstock lächelte.

Vielleicht war es ja doch eine gute Idee, wenn sie jetzt hier bei ihm in der Nähe war. Sie war immer noch seine kleine Schwester und er wollte sie vor allem beschützen, was ihr schaden könnte.

Vor allem sollte er ein Auge auf Gonzales haben. Der Chauffeur mit seinem spanischen Charme war nicht zu unterschätzen.

Beanstock seufzte und ging dann nach unten, um beim Transport der Möbel und Kisten zu helfen. Vor der Tür stand der Wirt des Pubs, eine Kiste in Händen, und unterhielt sich mit dem Spediteur.

»Mr O'Donoghue. Was führt Sie hierher? Emily hat doch bereits ihr Zimmer im Pub geräumt und bezahlt, oder irre ich mich?«, fragte Beanstock. Ihm fiel sofort auf, dass der Mann etwas zu viel Rasierwasser aufgelegt hatte und wie frisch gebadet wirkte. Er trug sogar eine Krawatte, was ungewöhnlich für Sean war.

»Ich dachte, dass die junge Dame vielleicht etwas Wein und ein paar Flaschen Ale brauchen kann. Für die fleißigen Arbeiter, verstehen Sie?« Oben aus der Kiste lugten ein Blumenstrauß und eine Schachtel Pralinen.

Beanstock zog die Augenbrauen hinauf.

Da haben wir also noch einen Verehrer, der sich um Emily bemüht, dachte er, *das kann lustig werden.*

Mit Überraschung sah er den Pubwirt erröten. Drehten denn jetzt sämtliche Junggesellen der Gegend durch? Gut, dass er vor diesen Dingen gefeit war. Oder hatte er sich nur an sein Dasein als unverheirateter Butler gewöhnt?

Zum ersten Mal seit Jahren kamen ihm diese Gedanken in den Sinn. Seltsamerweise stand plötzlich das Bild von Isidora Argyle vor seinem geistigen Auge. Er stutzte. Woher kam dieser Gedanke nun?

Jemand hustete laut. Beanstock erwachte aus seinem Tagtraum und sah zu dem Spediteur, der auf der Ladefläche seines Lastwagens stand und einen Gegenstand in Händen hielt.

»Bitte?«, fragte Beanstock.

»Das ist das letzte Ding auf meinem Wagen, Meister. Ich verabschiede mich«, sagte der Spediteur. Er reichte Beanstock eine kleine bemalte Truhe. Dann sprang er herunter, griff in seine Kitteltasche und nahm eine Pappschachtel heraus. Er zündete sich mittels seines Feuerzeugs eine Zigarette an und hielt eine Hand zum Gruß an den Schirm seiner Mütze. Nach ein paar Minuten war er mitsamt dem Wagen verschwunden.

Beanstock sah auf die kleine Truhe.

»Moment mal!«, rief er dem nun bereits entfernt fahrenden Wagen nach. »Das ist ein Missverständnis!«

Er sah auf die Truhe. Die hatte er noch nie gesehen. Nicht auf dem Speicher und nicht bei Emily. Vielleicht hatte der Spediteur vergessen, das Stück bei einem anderen Kunden abzuladen, und dachte nun, es gehöre hierher.

Sehr unangenehm. Er würde sich bei dem Mann erkundigen müssen.

Als er das Cottage erneut betrat, stand Emily in dem großen Wohnraum und platzierte zusammen mit Gonzales das kleine Plüschsofa im Raum.

»Oh, da ist ja die kleine Truhe!«, rief sie, kam zu Beanstock und nahm ihm das Ding aus der Hand. »Sie ist entzückend. Die hat Isidora Argyle für mich mitgeschickt. Sie hatte sie in ihrem Zimmer auf dem

Schrank stehen und nicht mehr benutzt. Es ist ihr Willkommensgeschenk für mich. Sie ist so eine liebe Frau. Ich mag sie sehr, weißt du, Arthur. Sieh dir das hübsche Ding nur an.« Emily drehte glücklich lächelnd die bemalte Truhe in ihren Händen hin und her.

Daher kannte Beanstock die Holztruhe nicht. Er hatte sie niemals gesehen.

»Nun gut. Dann ist ja alles in Ordnung. Ich muss jetzt zurück an meine Arbeit.«

Er ging ohne ein weiteres Wort aus dem Haus. Emily und Gonzales sahen sich fragend an.

»So ist unser Señor, Miss Emily. Keine Angst. Er freut sich, Sie hier zu haben«, sagte der Chauffeur.

Emily war nicht ganz überzeugt und nahm sich vor, nicht zu viel von ihrem Bruder zu erwarten.

In der offenen Küchentür erschien Sean O'Donoghue mit einer Vase und seinem Blumenstrauß. Er bekam einen nicht so ganz freundlichen Blick von Gonzales.

Phillis erschien hinter dem Pubwirt und grinste breit. Das war alles so überaus interessant. Sie würde Mrs Porkpie und Mairi am Abend dieses Tages eine Menge zu berichten haben.

Theater, Theater

Zwei Tage später waren die letzten Arbeiten am Theater beendet. Alles war blitzsauber, der Bühnenvorhang frisch erneuert, die Nebenräume aufgeräumt, und daran hatten die neu dazugekommenen Bühnenarbeiter, Andy und Lou, einen großen Anteil. Sie waren sofort bereit gewesen, als die Sekretärin Miss Robin ihnen das Angebot gemacht hatte, wieder im Theater zu arbeiten.

Ebenfalls eingetroffen war der Souffleur Mr Cedric Sharp und der ehemalige Inspizient Manuel, den alle damals nur Mandy genannt hatten. Der junge Mann war voller Tatendrang. Er hatte es seit der Schließung des Theaters nicht leicht gehabt. In einem ähnlichen Umfeld hatte er keine Anstellung gefunden und musste sich mit Gelegenheitsjobs über Wasser halten.

Der Souffleur Mr Sharp, ein kleiner Mann mit einer ausgefallenen Vorliebe für große Hüte, die ihn wohl größer erscheinen lassen sollten, war dagegen eher missmutig gestimmt. Aber auch er konnte sich seine Anstellung nicht aussuchen. Vielen Theaterleuten war es kurz nach dem Krieg schlecht ergangen.

Es hatte andere Probleme gegeben, als ein Theater zu beleben.

Mr Sharp sah sich seinen Wirkungsbereich an; den Souffleurkasten, der sich mittig auf der Bühne befand. Vom Zuschauerraum war der Kasten kaum zu sehen. Er bot gerade einmal Platz für den glücklicherweise kleinen Mr Sharp, einen Stuhl und ein winziges Pult für das Dialogbuch. Ein Lämpchen, anders konnte man es nicht bezeichnen, brachte etwas Licht auf das Pult. Den Zugang erreichte man durch die Unterbühne. Die Akteure auf der Bühne sahen im Prinzip nur die Augen des Mannes, der ihnen durch das Zuflüstern eventuell vergessener Textzeilen helfen sollte.

Für Mr Sharp war dieser Beruf eher ein Notbehelf. Er hatte ihn zähneknirschend akzeptiert. Denn seine Berufung war zwar immer schon das Theater gewesen, aber nicht der Sitz in einem Souffleurkasten.

Er hatte vor dreißig Jahren im renommierten *Royal Shakespeare Theater* in Stratford-upon-Avon als Souffleur begonnen zu arbeiten. Damals hatte er noch die Vorstellung gehabt, das Zeug zu einem gefeierten Shakespeare-Darsteller zu haben. Aber sein Vorsprechen des Königs Lear war nicht besonders gut verlaufen.

Da er aber sehr deutlich sprechen konnte, hatte man ihm den Souffleurkasten angeboten. Eine Ausbildung brauchte man dafür nicht. Deutliches Sprechen, ein Schnipsen mit den Fingern, wenn ein Akteur nicht hören wollte, oder die Handfläche nach unten führen, wenn jemand allzu laut daherkam, waren die wichtigsten Dinge, die er hatte lernen müssen. Er hatte zwar in den folgenden Jahren immer noch auf die Chance gehofft, eine Rolle zu ergattern, aber für die *Royal Shakespeare Company* genügte sein Talent einfach nicht. So war er im Souffleurkasten hängengeblieben und seine besten Jahre vergingen.

Nach dem Krieg hatte er dort keine Anstellung mehr erhalten, war zurück nach London gegangen und nach einiger Zeit erneut in den Untergrund einer Bühne gestiegen. Inzwischen hatte er sich mit seinem Schicksal arrangiert und war halbwegs zufrieden, die Aufführungen auf den Bühnen des Landes von unten zu beobachten.

Mr Sharp war mit der Qualität seines Arbeitsbereichs einverstanden und stand nun auf der Oberbühne, um den Fortschritt des Bühnenaufbaus für die erste Szene des ersten Aktes zu überwachen. Andy und Lou fanden das aufdringlich. Sie arbeiteten mit dem Requisiteur Jasper, der nun ebenfalls wieder dabei war, und Mandy sehr gut zusammen. Was hatte ein Souffleur hier oben verloren?

Am Nachmittag würde man endlich auf der Bühne des Theaters mit den Proben beginnen können. Der Regisseur konnte es kaum erwarten. Er wollte so schnell wie möglich aus dem Pub auf eine richtige Bühne wechseln. Hier im Theater gab es auch zur Erfrischung nur Tee und Gebäck. Im Pub war die Versuchung für seine Schauspieltruppe, auf Alkohol auszuweichen, einfach zu groß.

Die Doppeltür zum Zuschauerraum flog auf und Mrs Clarissa Atkins rauschte mit ihrem ewigen

Anhängsel, einem jungen Mann, zur Tür herein. Gunnar war ihr Sohn aus einer Liaison mit einem schwedischen Schauspieler, achtzehn Jahre jung und bediente all ihre Allüren. Er lief ihr wie ein Schoßhund nach und war einer der wenigen Menschen, die ihr blind gehorchten. Sie hatte ihn als Kind über die Maßen verwöhnt und nun, im jugendlichen Alter, wusste der Junge nichts mit sich anzufangen. Also blieb er an der Seite seiner Frau Mama und bediente all ihre ausgefallenen Wünsche. Man amüsierte sich im Kollegenkreis königlich über die beiden. Zumal sie von ihrem Sohn verlangt hatte, sich bei Vorsprechterminen an den Theatern als ihr Agent auszugeben. Ein erwachsener Sohn würde sie alt erscheinen lassen, hatte die Dame gemeint. Für ihre Pressefotos hatte sie in der Vergangenheit von ihm verlangt, auf ihrem Schoß zu sitzen, um ihren Sohn kindlicher erscheinen zu lassen, oder sie hatte ihn kurzerhand auf den Arm genommen. Damals musste sich der arme Gunnar in einen kindlichen Matrosenanzug zwängen. Das ging, nachdem Gunnar ab dem vierzehnten Lebensjahr zu groß gewachsen war, natürlich nicht mehr.

Hinter der Dame erschien der Rest der Theatertruppe. Man sah sich in dem großen Zuschauerraum interessiert um.

»Sieht doch sehr gut aus. Sehen wir uns die Garderoben an. Ich erinnere mich, dass die Dinger damals ziemlich schmuddelig waren. Ich hoffe, man hat nicht nur den Zuschauerraum gesäubert und renoviert«, sagte Dora Drummond und machte sich auf den Weg. Sie ging die paar Stufen an der Seite hinauf, nickte dem Souffleur mit hoch erhobenem Haupt zu und verschwand hinter der Bühne. Von irgendwoher war ein Kichern zu vernehmen.

Die Leute im Raum sahen sich um, aber von ihnen lachte niemand. Auch auf der Bühne hatte man es gehört. Mr Sharp sah mit zornigem Blick zur Decke. Es war ihm so vorgekommen, als wäre das Kichern von dort oben gekommen, aus Richtung des Kronleuchters. Er schüttelte den Kopf über so viel Unsinn. Das war ja wohl kaum möglich, dass dort jemand gelacht hatte.

Gibt es etwa Geister im alten Theater? Ach was, Humbug, dachte Cedric. Dann widmete er sich wieder der Überwachung der beiden Bühnenarbeiter, die gerade den neu angefertigten Sarg für den Hauptdarsteller des Wilbur Willoby hereintrugen. Diese Requisite hatte neu hergestellt werden müssen, der Alte war von Würmern angenagt und vollkommen kaputt in einer Ecke gefunden worden. Außerdem hatte sich der neue Hauptdarsteller, Alan Mort, geweigert, in das alte todbringende Ding zu steigen.

Um sich ganz sicher zu fühlen, kam nun Alan auf die Bühne und untersuchte den neuen Sarg genau. Andy und Lou setzten ihn auf das Unterteil und gingen wieder, um weitere Requisiten zu holen. Alan Mort verschwand fast mit dem gesamten Oberkörper in dem mit Seidenstoff ausgelegten Totenschrein. Er rackelte noch ein paar Mal an den Außenseiten, was ihm ein Kopfschütteln des Souffleurs Mr Sharp einbrachte.

»Der ist sehr stabil, Mr Mort. Was sollte schon passieren?«, fragte Sharp.

90

Alan Mort grummelte etwas vor sich hin und ging dann nach hinten zu den Garderoben.

»Erster Akt, erste Szene in zehn Minuten, Herrschaften!«, rief der Regisseur Peter Porter den Schauspielern nach, die inzwischen allesamt hinter der Bühne verschwunden waren. Dann ließ er sich mit lautem Stöhnen in der dritten Reihe auf einen Sessel des Zuschauerraums fallen, griff zu dem Textbuch und blätterte darin. Er sah kurz dem Souffleur bei seinem Treiben zu.

»Mr Sharp, schön Sie zu sehen. Bitte an Ihren Platz in zehn Minuten! Wir wollen probieren, ob die Akteure Sie gut verstehen. Danach brauche ich Sie dort unten erst wieder später zur Generalprobe in ein paar Tagen!«, rief er dem Herrn zu. Cedric Sharp neigte kurz den Kopf und machte sich auf den Weg zur Unterbühne.

»Und was soll ich bitteschön solange tun? Programmhefte austeilen? Tee servieren?«, murmelte Cedric vor sich hin. Andy und Lou kamen ihm mit einem roten Sofa entgegen. Sie hatten die Worte gehört und grinsten anzüglich.

Cedric wurde zornesrot, beruhigte sich aber schnell wieder. Bühnenarbeiter waren für ihn keinen Wutausbruch wert. Er war jemand. Schließlich hatte er einmal den König Lear vor der *Royal Shakespeare Company* gegeben, auch wenn es nur ein kurzes Vorsprechen gewesen war.

Zur Freude des Regisseurs versammelten sich alle Schauspieler pünktlich auf der Bühne. Die meisten hatten ein Textbuch in der Hand und nahmen ihren vorbestimmten Platz ein. Vorsichtig und mithilfe der

91

Bühnenarbeiter stieg Alan Mort in den Sarg. Er brummte etwas vor sich hin.

»Hast du etwas gesagt, Alan?«, fragte Dora, die ihm gegenüber auf einem Stuhl Platz genommen hatte.

»Es ist ziemlich unbequem. Kann ich die Szene nicht vom Bühnenrand beobachten? Ich muss doch erst zur Generalprobe hier drin liegen. Hörst du mich, Peter?«, fragte Alan und lugte aus seinem Holzgefängnis heraus.

»Ein Sarg soll nicht bequem sein, Alan. Es ist das letzte Ruhelager. Von mir aus. Helft ihm raus!«, rief der Regisseur. »Können wir dann endlich loslegen?«

Alan Mort stellte sich an die Seite der Bühne und sah dem Treiben zu. Im Moment hatte er noch keinen Text. Erst in der zweiten Szene würde er etwas zu sagen bekommen. Er blätterte in seinem Textbuch.

Auf der Bühne lief es gut. Der Souffleur sagte etwas, man verstand ihn und alles lief zur Zufriedenheit des Regisseurs. So lange, bis der Darsteller des Butlers Hornsby etwas sagen musste.

Er las seinen Text ab und kam mit den Worten zum Ende: »Er wirft einen schrägen Blick zu den Anwesenden ...« Er wurde unterbrochen. Mr Sharp kam fast aus seinem Kasten unter der Bühne hervor und schrie ihn an.

»Nicht schon wieder! Haben Sie es denn immer noch nicht geschluckt, dass man die Zwischentexte nicht mitspricht?«, rief er wutentbrannt.

Die Anwesenden, ausgenommen der Darsteller des Butlers, lachten laut.

»Er wird es nicht mehr lernen«, sagte Dora Drummand.

Peter Porter fiel etwas in seinem Sessel im Zuschauerraum zusammen. Er legte den Kopf in seine Hände und zählte leise bis zehn. Diesen Trick hatte ihm sein Psychiater geraten, um seine Aufregung und Nervosität in den Griff zu bekommen.

»Was, bitte, ist hier los?«, fragte jemand hinter dem Regisseur. Die Stimme kam aus dem Dunkel des Zuschauerraums. »Gut, dass ich hier bin!«

»Oh mein Gott«, murmelte Peter leise. »Nicht der wieder.«

Ohne dass es jemand bemerkt hatte, war der Autor August Piggyback im Theater erschienen.

In diesem Moment ging das Licht aus und irgendetwas fiel mit lautem metallischen Scheppern auf die Bühne. Colette Saint-John schrie. Dann ging das Licht wieder an.

Auf der Bühne lag ein zerstörter Scheinwerfer und vom Schnürboden über den Köpfen der Akteure sah Andy blass auf die Bühne hinunter.

»Entschuldigung!«, rief er. »Ich habe das Ding kaum berührt!«

Colette fiel dem ihr am nächsten stehenden Darsteller, Charles Tingerbell, in die Arme.

»Ich könnte tot sein!«, schrie sie nach oben zum Schnürboden.

»Du bist meterweit von dem Scheinwerfer weg, Schätzchen. Der hätte dich gar nicht treffen können«, sagte Charles grinsend.

»Wer hat an dem Licht rumgespielt?«, rief Mandy, der Inspizient, aus den Kulissen.

Regisseur Peter Porter sackte noch etwas mehr in

sich zusammen.

»Pause!«, schrie er heiser in Richtung Bühne.

Aus Richtung des Kronleuchters kam erneut ein heiseres Lachen. Alle unten im Saal sahen sich erschrocken an.

Gab es doch Geister im Elysion?

Am Abend dieses ereignisreichen Tages hatte es die Truppe tatsächlich geschafft, den ersten Akt einmal durchzuspielen. Da alle Akteure mit diesem Stück vertraut waren, war der Regisseur am Ende des Tages gar nicht so unzufrieden. Nach dem Essen im Pub saßen alle zusammen im Gastraum, prosteten sich zu und waren bester Laune.

Der Impresario, Mr Nickel, und seine Sekretärin, Miss Robin, waren ebenfalls erschienen. Mr Nickel hielt eine kurze Ansprache, würdigte kurz den verstorbenen Mr Atkins und gab dann zur Feier des Tages eine Runde Getränke aus. In der Ecke saß allein an einem Tisch August Piggyback und war mehr als unzufrieden. Das hatte er dem Regisseur am Nachmittag auch klarzumachen versucht. Aber dieses Mal hatte sich Peter Porter nicht darauf eingelassen. Er hatte sich durchgesetzt, dieses eine Mal.

»Wenn wir deine Änderungen jetzt noch ins Textbuch aufnehmen, werden wir bis zur Premiere niemals fertig. Du siehst doch, womit ich zu kämpfen habe«, hatte er gesagt und die Diskussion damit beendet.

Peter Porter kannte den Autor schon sehr lange, war mit ihm sogar auf derselben Schauspielschule gewesen. August hatte damals wenige Menschen zu seinen Freunden zählen können. Das verdankte er seinem aufbrausenden Wesen und vor allem seiner Arroganz.

Er war immer noch der Meinung, dass man seine Werke nicht hoch genug schätzte. Der Erfolg ließ seit Jahren auf sich warten und immer hatte August dafür Gründe angeführt, für die er nicht zuständig war.

Einmal hatte es an dem Theaterintendanten gelegen, der seinem Werk nicht genug Beachtung schenkte, ein anderes Mal fehlte das Geld für die Aufführung eines seiner aufwendigen Stücke. Aber immer machte August Piggyback andere Menschen verantwortlich für seine Misserfolge.

Peter Porter hatte versucht, zu helfen. Er hatte ihm die Schwachstellen in seinen Bühnenstücken aufgezeigt. Seitdem konnte man sie kaum noch als Freunde bezeichnen.

Heute Nachmittag war dem Regisseur dann der Geduldsfaden gerissen. Er hatte den Autor Piggyback, vor versammelter Truppe, wegtreten lassen.

Das wird ein Nachspiel haben, hatte sich August gedacht und überlegt, wie er den Regisseur loswerden könnte. Er würde sofort mit den Verantwortlichen des Vereins reden. Sir Mortimer Southcoffelton wäre der richtige Ansprechpartner. August war sich sicher, dass der Earl ihn verstehen und den Regisseur ablösen lassen würde.

Er wurde eines Besseren belehrt. Lady Marjorie und ihr Gatte legten besonderen Wert auf Peter Porter. Sie würden nichts dergleichen unternehmen.

»Ich kann den Kerl nicht ausstehen«, sagte Milady zu ihrem Gatten, als Mr Piggyback mit zornig ver-

95

kniffenen Lippen davongerauscht war.

Das größte Glück aber war für Lady Marjorie an jenem Tag, dass August seine Koffer packte und sich vom Chauffeur des Earls of Southcoffelton zum Pub bringen ließ. Er würde keine Minute länger im Wasserschloss bleiben, wenn man ihn nicht so schätzen würde, wie er es verdient hatte. Lieber nahm er das primitive Zimmer im Pub in Kauf.

Außerdem war er dort näher am Geschehen und konnte zu allen Dingen seine Meinung beitragen, ob man das wollte oder nicht. So ähnlich hatte er sich ausgedrückt.

Wenn es sich mit dem Auftreten einer Lady vereinbaren ließe, hätte Lady Marjorie gejubelt. Sie ging zu ihrem Lieblingshund und nahm die kleine artige Blossom in den Arm. Das Tier hatte in den vergangenen Tagen seine Zeit fast ausschließlich im Büro von Milady zubringen müssen, da Mr Piggyback Angst vor Hunden hatte.

»Meine kleine Blossom. Nun ist der böse Mann fort. Jetzt darfst du wieder durch alle Räume des Schlosses strolchen«, sagte sie und sah dem Hund nach, der fröhlich schwänzelnd davonlief.

Im Theater waren inzwischen die Lichter gelöscht und die große Eingangstür verschlossen worden.

In der kleinen Teestube des Theaters bediente sich der alte Henry an den zurückgelassenen Leckereien.

Endlich Ruhe.

Was für eine seltsame Truppe. Er hatte sich königlich amüsiert an diesem ersten Probentag.

Bretter, die die Welt bedeuten

Bis auf ein paar Kleinigkeiten liefen die folgenden Proben gut. Jedenfalls drückte der Inspizient Mandy es so aus. Aber die paar Kleinigkeiten brachten den Impresario, Mr Nickel, an den Rand der Verzweiflung. Seine stets bemühte Sekretärin hatte alle Hände voll zu tun, ihren Chef bei Laune zu halten. Ihre Fürsorge zahlte sich stets aus und sie konnte Mr Nickel beruhigen.

Mrs Nickel zeigte sich nur ein Mal im Theater und stellte an diesem Tag ihrem Mann gegenüber fest, dass er, wie schon damals vor Jahren, wohl sein Faible für die Sekretärin wiederentdeckt hatte. Sie war krankhaft eifersüchtig und drohte mit Scheidung. Mr Nickel hatte es aufgegeben, ihr zu widersprechen, und schwieg.

Das interpretierte Mrs Nickel als Zustimmung und nahm den nächsten Bus nach Maidstone zu einem Scheidungsanwalt. Miss Porter saß neben dem Schreibtisch des Impresarios an ihrer Schreibmaschine und lächelte still vergnügt.

»Meine liebe Patricia, was sollte ich nur ohne Sie tun?«, fragte Mr Nickel in den darauffolgenden Tagen oft. Miss Robin würde sich weiterhin bei ihm unentbehrlich machen. Sie war fast am Ziel ihrer Träume angekommen.

Die Pechsträhne im Theater dagegen ging weiter.

Gestern war dem Hauptdarsteller auf der Bühne die Hosennaht gerissen. Am Tag davor war Andy über ein Kabel gestolpert und wäre fast mit der gesamten hinteren Kulisse auf die Bühne gefallen, wenn Mandy und Lou nicht hinzugesprungen wären und das Bühnenbild gerettet hätten. Andy hatte sich daraufhin bitterlich beschwert, dass alle Anwesenden nur an dieses bemalte Pappding dachten, während ihm der Kopf brummte.

Die größten Probleme machte aber der Darsteller des Butlers. Nicht nur, dass Pierce Upward ständig die Zwischentexte mitsprach, neulich hatte er am Ende seines Textes doch tatsächlich gesagt: »Er hält Robert ein Silbertablett direkt vor die Nase ...« Der Souffleur hatte in seinem Kasten laut aufgestöhnt. Aber es kam noch weitaus schlimmer.

An einem der nächsten Tage, endlich war die Probe zu den ersten drei Akten ohne Unterbrechungen durch Pierce abgelaufen, überraschte er alle Anwesenden mit einem Text, der gar nicht im Buch stand.

Er machte eine theatralische Geste mit der Hand.

»Weit besser wär's, du wärest nie geboren, als dass du mir nicht bessre ...« Weiter kam er nicht. Der Regisseur, der im Moment mit seinem Textbuch auf der Seitenbühne stand, stürzte sich auf Pierce und warf ihn auf der Bühne zu Boden. Er begann ihn zu würgen.

»Du hast schon wieder König Lear zitiert, du verdammter, nichtsnutziger Dilettant!«, schrie er den Mann am Boden an, der sich verzweifelt bemühte, die verkrampften Finger von seinem Hals zu bekommen.

Schließlich lief Mandy zu ihm und versuchte, die Hände zu lockern. Alan Mort, der auf seinen Auftritt hinter der Bühne gewartet hatte, sprang ihm zu Hilfe und trennte die beiden. Jemand lachte laut. Alle Anwesenden sahen sich geschockt an.

»Das ist nicht lustig!«, schrie Mr Porter seine Schauspieltruppe an.

»Wir haben nicht gelacht«, sagte Dora Drummond und sah mit großen Augen in die Runde.

»Pause!«, brüllte Porter heiser und verließ die Bühne.

In zwei Wochen war die Generalprobe. Der Regisseur wischte sich in der kleinen Teestube den Schweiß von der Stirn. Dora Drummand erschien im Türrahmen der offenen Tür und sah ihn belustigt schmunzelnd an.

»Mein lieber Peter, es wird schon alles gut gehen. Ich werde mich heute Abend mit ihm zusammensetzen und eine zusätzliche Probe abhalten. Was hältst du davon? Ich bekomme den Kerl schon dazu, richtig zu agieren. Er ist durch den Wind, das hast du doch gewusst. Der Tod seines Sohnes hat ihn mehr als alles andere aus der Bahn geworfen. Wir sollten Geduld mit dem armen Kerl haben. Heute Morgen beim Frühstück hat er sich heißes Wasser eingegossen und sich bei der Kellnerin beschwert, dass der Tee nicht schmecken würde. Das ist schon etwas beunruhigend. Ich habe ihm dann einen Teebeutel in die Tasse geworfen und er beruhigte sich wieder.«

Peter Porter schloss kurz die Augen. Dora betrat den Raum und griff zu einer Tasse. Sie goss Tee ein, tat zwei Stück Zucker und etwas Milch dazu und reichte es dem verzweifelten Regisseur.

»Was ist schon eine Theateraufführung ohne Probleme? Das solltest du doch am besten wissen, Schätzchen«, versuchte sie, ihn weiter zu beruhigen.

Peter ließ sich auf einen Stuhl fallen.

»Du hast wie immer recht, meine liebe Dora. Ich kann ihn jetzt nicht mehr umbesetzen. Niemand lernt in einer Woche den Text. Wir müssen beten, dass er, wenn es drauf ankommt, funktioniert. Es ist ja nicht nur das. Die seltsamen Vorkommnisse häufen sich und jeden Abend im Pub überfällt mich August Piggyback und will etwas ändern. Glücklicherweise kommt er nicht mehr so oft zu den Proben.«

Dora setzte sich zu ihm.

»Wenn wir einmal ehrlich sind, dieses Stück ist nicht gerade ein herausragendes Kunstwerk. Bringen wir es zu Ende. Es ist ja nur eine Benefizaufführung und danach geht jeder wieder seiner Wege. Dann bist du Piggyback los und kannst hier am Theater inszenieren, was dir gefällt.«

»Du hast recht, meine Liebe.«

»Wir können uns freuen, dass man uns den Aufenthalt und eine kleine Gage bezahlt. Der Theaterverein hat uns einen Bonus in Aussicht gestellt, wenn die Aufführung ausgebucht sein sollte. Was wollen wir mehr? Ich hoffe, du denkst an mich, wenn du einmal eine Darstellerin suchen solltest. Du weißt ja, es ist ein hartes Leben, wenn man kein Engagement findet.

Ich bin nun in einem Alter, wo es nicht mehr sehr viele Rollenangebote gibt. Die Agenturen möchten immer nur die jungen und hübschen Damen vermitteln. Was für eine Welt ist das geworden? Aber ich bin sicher, dass sich in den nächsten Jahren etwas ändern muss auf diesem Gebiet. Es gibt so viele talentierte ältere Schauspielerinnen, die es verdienen, gesehen zu werden.«

Peter Porter nickte zustimmend.

»Nun gut. Fangen wir noch einmal von vorne an. Gehen wir auf die Bühne und geben unser Bestes.«

Er stand auf, stellte die Teetasse auf dem Tisch ab und hakte sich bei Dora Drummand unter. Er lächelte ihr zu. Die beiden kannten sich ein halbes Leben lang und hatten bereits diverse Höhen und Tiefen zusammen durchgestanden.

An diesem Tag gab es keine Unterbrechungen mehr. Der Butler sagte brav seinen Text auf.

Man kam zum ersten Akt und der vierten Szene. Der neue Darsteller des Sergeanten war endlich vor ein paar Minuten eingetroffen und trat nun zum ersten Mal auf. Er ratterte in hölzernem Ton seinen Text herunter. Da es sich um einen Darsteller der Laienspielgruppe handelte, hatte Peter Porter nichts anderes erwartet.

Constable Donegal aus Parsley Field stand in seiner Uniform auf der Bühne und war furchtbar aufgeregt. Man hatte es für eine gute Idee gehalten, einen echten Polizisten für die Rolle zu nehmen. Aber Donegal hatte bis zu diesem Zeitpunkt eher die kleineren Rollen in seiner Laientruppe übernommen; einen Baum in der Weihnachtsgeschichte, eine buchstäblich tragende Rolle in Peter Pan, er trug als Pirat verkleidet Fässer von rechts nach links, oder seine bis dahin größte Sprechrolle, der Nachtwächter in einem Bauernstück, der einmal pro Stunde die Zeit ansagen musste.

Den Text für dieses Stück hatte er akribisch auswendig gelernt. Daran haperte es nicht. Er hatte seine Rolle auch seinem neugierigen Vorgesetzten, Inspector Greenwood, vorgetragen. Aber mit der Aussagekraft seiner Stimme klappte es nicht besonders und außerdem stand er wie eine Statue auf der Bühne und rührte sich kaum vom Fleck.

Aus dem Souffleurkasten kam ein Stöhnen und aus Richtung der Decke ein Lacher.

»Stellen Sie sich doch vor, Sie haben den Auftrag von Ihrem Inspector bekommen, in dieses Haus zu gehen und einen Mord zu untersuchen. Vergessen Sie einfach den Zuschauerraum und versuchen Sie, sich vorzustellen, Sie werden wirklich an einen Tatort gerufen.«

Constable Donegal nickte mit roten Wangen.

»Ich will es versuchen, Sir«, sagte er.

»Ich bin kein Sir, guter Mann. Sagen Sie Peter oder Mr Porter. Alles auf Anfang! Nochmals die vierte Szene! Und los!«, rief Peter Porter und setzte sich auf einen der Plätze im Zuschauerraum. Bis eben hatte er neben der Bühne gestanden.

Beim zweiten Anlauf lief es weitaus besser. Der Constable machte sich ganz gut, nicht ausgezeichnet, aber es würde genügen. Vor allem war er textsicher und das erwähnte der Souffleur nach der Probe lobend Constable Donegal gegenüber.

Colette Saint-John, die wenig oder gar keinen Text hatte, war an diesem Abend mehr als unzufrieden. Als die anderen den Pub am Abend betraten, saß sie am Tisch des Autors Piggyback und redete pausenlos auf ihn ein.

August blätterte in seinem Textbuch, das er stets dabeihatte und strich dort etwas weg oder schrieb da etwas dazu. Er lächelte Colette zu, die das mit einem lasziven Lächeln honorierte. Der Autor erhob sich, ging zu Peter Porter hinüber, der sich an einem der Tische mit dem Hauptdarsteller unterhielt. Nach einem letzten Whisky wollte er zurück in das Wasserschloss des Earls of Southcoffelton fahren, wo er immer noch logierte.

August setzte sich und begann, über eine Änderung zu reden. Er verlangte mehr Text für Colettes Rolle des Hausmädchens, um die Beziehungen der Leute untereinander mehr hervorzuheben.

»Welche Beziehungen?«, fragte Peter und sah den Autor zornig an. »Mein guter August. Für Änderungen ist es zu spät! Es wird nichts mehr an dem Stück herumgeändert! Punkt und Schluss!«

Alan Mort sah der Szene amüsiert zu.

»Wie kommen Sie dazu, jetzt noch etwas ändern zu wollen? Sie ist das Hausmädchen und das war's. Sie wollen Colette doch nur etwas mehr Text verschaffen, weil sie Ihnen schöne Augen gemacht hat. Aber glauben Sie mir, einem, der etwas davon versteht, wenn sie bekommen hat, was sie will, sind Sie weg vom Fenster«, sagte Alan und grinste breit.

»Sie will ansonsten die Rolle abgeben«, sagte August und verschränkte trotzig die Arme.

103

Die beiden Herren am Tisch lachten.

»Hat sie wieder mit ihrer kurz bevorstehenden Hollywoodkarriere geprahlt? Aus gut unterrichteter Quelle weiß ich, dass diese Dinge noch in weiter Ferne liegen. Machen Sie sich nicht lächerlich, August. Sie ist zu jung für Sie«, sagte Peter Porter und widmete sich wieder seinem Glas Whisky.

Colette, die alles mitangehört hatte, stand wutentbrannt auf und ging auf ihr Zimmer.

»Aber was ist mit dem Wein, den ich bestellt hatte?«, rief August ihr nach.

Die Herren am Tisch des Regisseurs amüsierten sich königlich.

Am nächsten Tag erschien Colette Saint-John nicht zum Frühstück im Pub und auch nicht zur Probe im Theater. Am Nachmittag schickte Peter Porter die Sekretärin des Impresarios zu ihrem Zimmer im Pub, um nachzusehen, ob sie es wahr gemacht hatte und bei Nacht und Nebel verschwunden war.

Nach etwa einer Stunde kam Miss Robin zurück ins Theater. Sie wirkte blass und fand vor Aufregung kaum die richtigen Worte.

»Sie ist tot«, hauchte sie dem Regisseur zu.

»Wer ist tot?«

»Miss Saint-John ist tot.«

»Wie denn, tot? Sie stirbt hier auf der Theaterbühne. Hat sie geprobt?«

Die Sekretärin schüttelte den Kopf.

»Ich habe sie in ihrem Zimmer gefunden und die Polizei gerufen. Sie sind in diesem Moment im Pub und untersuchen den Fall. Constable Donegal war

104

auch dort und hat mich informiert. Er wird heute kaum zur Probe kommen können.«

Peter Porter raufte sich das Haar, das sowieso langsam recht dünn wurde.

Was nun? Kein Hausmädchen. Er musste dringend mit den Mitgliedern des Theatervereins reden. Wenn das so weiterging, würde er am Premierentag allein auf der Bühne stehen. Ein Einmannstück. Vielleicht war das gar keine schlechte Idee. Dann hätte er wenigstens die Fäden alle in der eigenen Hand.

Am Abend traf sich der gesamte Vorstand des Vereins in Pilpots auf dem Wasserschloss Sir Mortimers. Anwesend waren zusätzlich einige Mitglieder der Laienspielgruppe. Unter ihnen auch die Witwe Bloom, die die Gruppe leitete, sowie die Tochter des Apothekers, Pamela Hoppleton. Die junge Dame mit dem blonden Haar rutschte unruhig auf ihrem Platz herum und tuschelte mit Mrs Bloom.

Für die Zusammenkunft hatte Lady Marjorie den großen Salon vorgeschlagen. Hier gab es genügend Plätze und er war sehr gemütlich. Beanstock hatte seine Baronets begleitet und half nun dem Butler Henry, Getränke zu servieren.

Niemand traute sich, etwas zu dem Vorfall zu sagen. Man tauschte Nettigkeiten aus, sprach über die gute Apfelernte in diesem Jahr und berichtete von neu angekommenen Babys in Parsley Field und Pilpots. Das Thema Mord wurde geflissentlich vermieden. Dann läutete es an der Tür und Henry begab sich zur Empfangshalle, um den neuen Gast hereinzulassen.

Constable Donegal kam direkt vom Tatort. Sir Mortimer bat ihn, Platz zu nehmen. Aber er blieb stehen.

»Ich habe leider nicht viel Zeit. Habe mich aber kurz von den Ermittlungen entfernen dürfen. Inspector Greenwood und der Rechtsmediziner sind vor Ort. Es handelt sich nicht um einen Unfall«, sagte der Constable.

Allgemeines Raunen im Raum war das Ergebnis. Der Constable hob die Hände und bat um Ruhe.

»Ich muss noch heute Abend die Mitglieder der Theatertruppe verhören. Die meisten der Herrschaften befinden sich im Theater und werden bereits verhört. Wie ich weiß, sind Autor und Regisseur hier anwesend. Ich würde das gern gleich erledigen, Sir. Wenn Sie erlauben«, sagte Donegal und wandte sich dabei an Sir Mortimer.

Sir Mortimer nickte ihm zu und bat Henry, sie in den kleinen Salon nebenan zu bringen. Dort wären sie ungestört. Beanstock warf einen Blick zu Sir Percival, der mit dem Kopf eine Bewegung machte, ihnen zu folgen.

»Henry, ich übernehme das für Sie. Kümmern Sie sich am besten um die Gäste im Salon«, sagte Beanstock.

»Oh, Mr Beanstock, ist das eine gute Idee. Wollen Sie wieder einmal mitspielen? Hatten Sie nicht genug von dem letzten Einsatz, als man Sie angeschossen hatte?«, sagte Henry leise und schüttelte besorgt den Kopf.

»Ich bin gleich wieder zurück. Es ist alles in Ordnung«, sagte Beanstock und ging mit dem Constable und dem ersten Zeugen, Peter Porter, nach nebenan.

Constable Donegal hatte nichts dagegen, dass Beanstock im Raum blieb. Er hatte eine andere Einstellung als sein Vorgesetzter Inspector Greenwood, der sich Einmischung von Seiten des Butlers meistens verbeten hatte. Donegal wusste genau, dass die Hilfe von Beanstock schneller zum Erfolg führen könnte.

»Mr Porter. Wann haben Sie die Dame zum letzten Mal gesehen?«, fragte der Constable.

»Das war so gegen zehn Uhr gestern Abend. Wir hatten eine kleine Auseinandersetzung wegen ihrer Rolle. Sie saß den gesamten Abend bei August Piggyback und trank ein Glas Wein nach dem anderen. Gegen zehn Uhr verschwand sie. Ich dachte, sie sei auf ihr Zimmer gegangen, und ich habe sie danach nicht mehr gesehen. Kurz nachdem sie fort war, bin ich zu meiner Unterkunft bei Sir Mortimer aufgebrochen.«

»Wir wissen von einem Zeugen aus dem Pub, dass sie nicht auf ihr Zimmer gegangen ist. Man hat sie gegen dreißig Minuten nach zehn Uhr gesehen, wie sie in den Pub zurückkam, allein. Sie ging danach erst auf ihr Zimmer. Haben Sie noch etwas zu Ihrer Aussage hinzuzufügen?«

Peter Porter schüttelte den Kopf.

»Das habe ich nicht mitbekommen. Da war ich sicher auf dem Weg zum Schloss.«

»In dieser kurzen Zeit hätte sie zu der nächsten Telefonzelle gehen können. Sie befindet sich nur ein paar Minuten vom Pub entfernt. Vielleicht wollte sie ungestört telefonieren. Ihr Agent wäre eine Möglichkeit. Wie war die Dame an dem Abend? War sie erregt? Erwähnte sie irgendwelche Probleme, von denen Sie wussten?«, fragte nun Beanstock, der sich bis jetzt im Hintergrund gehalten hatte.

»Sie hatte nur das Problem, mehr sein zu wollen, als ihr zustehen würde. Sie wollte mehr Text und als ich das Stück umbesetzt habe, war sie noch unzufriedener, da sie sich übergangen fühlte. Aber sie war für Nebenrollen geschaffen, nicht für die großen Bühnenauftritte. Das hat sie einfach nicht verstanden. Das Dasein als Schauspielerin verdankte sie nur ihrem hübschen Gesicht und ihrem Talent, Männer um den Finger zu wickeln. Sie war einfach keine Maggie Smith, die ein begnadetes Ausnahmetalent darstellt. Ihre Viola in Shakespeares *Was ihr wollt* war ein Traum. Ich habe das Stück nur wegen ihr drei Mal gesehen.«

»Zurück zu Miss Saint-John. Hat sie dieses Problem um die Besetzungsliste öfter geäußert?«

»Ständig! Wir mussten uns das dauernd anhören. Ich habe mich einmal mit ihr zusammengesetzt und erklärt, dass es eventuell besser sein würde, nach der Benefizaufführung den Beruf der Schauspielerin zu überdenken. Na, da hätten Sie das Mädchen mal hören sollen. Ich hätte niemals gedacht, dass aus so einem hübschen Mund so schmutzige Worte kommen könnten«, meinte Mr Porter.

»Gut, Sir. Das ist vorerst alles. Schicken Sie mir bitte Mr Piggyback zur Vernehmung«, sagte Constable Donegal. »Es wird nötig sein, dass Sie den Ort nicht verlassen. Außerdem wird sich der Inspector noch einmal mit Ihnen unterhalten. Später.«

»Wohin sollte ich denn gehen? Ich muss diese

Inszenierung einfach zu Ende bringen. Augen zu und durch!«, rief der Regisseur.

Er verließ den Raum und der Constable und Beanstock sahen sich mit hochgezogenen Augenbrauen an. Da war jemand wirklich mit den Nerven am Ende.

Nach einer Minute erschien der gefeierte Autor. Mit einer theatralischen Geste warf er sich einen Wollschal um den Hals und setzte sich dann auf einen Stuhl. Er schlug die Beine übereinander und besah sich überaus interessiert seine gepflegten Fingernägel.

»Was kann ich für Sie tun? Ich dachte eigentlich, von Inspector Greenwood verhört zu werden. Nicht von einem kleinen Dorfpolizisten. Nichts für ungut, Constable. Sie spielen ja in meinem Stück eine kleine Rolle. Da will ich darüber hinwegsehen.«

Donegal räusperte sich und schlug seinen Notizblock erneut auf. Er besah sich seinen Bleistift, der vom vielen Anspitzen schon ziemlich klein geworden war. Das kam nicht zuletzt von seiner Angewohnheit, jedes noch so kleine Wort zu notieren. Das hatte ihm in der Vergangenheit schon ab und zu einen Tadel seines Vorgesetzten eingebracht. Aber er war eben sehr gründlich. In seiner großen Hand sah der Stift aus wie ein winziger Holzdübel. Beanstock, der inzwischen neben dem Constable stand, betrachtete den Stift mit Skepsis.

»Ich kann Ihnen gern ein neues Schreibgerät besorgen, Sir«, sagte er.

»Wird schon noch eine Weile gehen«, antwortete der Constable.

»Können wir denn endlich beginnen? Ich habe

wichtige Dinge mit dem Theatervorstand zu bereden. Man verlässt sich auf mein Urteil«, sagte der Autor.

Beanstock dachte sich seinen Teil. Er wusste von Sir Percival, dass dieser Mann den anderen Theaterleuten gewaltig auf die Nerven ging. Das war so weit gegangen, dass der Impresario ihn eines Tages aus dem Theater schmeißen wollte. Nur der Vermittlung von Dora Drummond, die der Impresario sehr schätzte, verdankte es Mr Piggyback, dass er das Theater noch betreten durfte.

»Wann haben Sie die Verstorbene zuletzt gesehen?«, fragte der Constable.

»Das war so gegen zehn Uhr gestern Abend. Sie war eine wunderbare Schauspielerin. Ich hatte vor, sie in meiner nächsten Produktion mit einer Hauptrolle zu betrauen. *Die purpurrote Rose von Kairo* wird ein Welterfolg werden. Der Titel ist noch nicht in Stein gemeißelt.«

»Viel Erfolg, Sir. Sie haben Miss Saint-John danach nicht mehr gesehen?«, fragte Beanstock.

»Nein. Ich ging auf mein Zimmer, das, nebenbei gesagt, auf keinen Fall meinen Anforderungen entspricht. Ich muss auf den Flur gehen, wenn ich mich zu waschen gedenke. Man stelle sich das vor. Aber in diesem zugigen Wasserschloss, wo bissfreudige Hunde frei herumlaufen, war es auch nicht sehr angenehm. Warum sollte ich Colette an dem Abend noch sehen? Es war alles gesagt zwischen uns. Ich hoffte, dass Peter zur Vernunft kommen und Colettes Rolle mehr Tiefe geben würde. Aber mit diesem Mann kann man nicht diskutieren. Daraufhin ist sie auf ihr Zimmer gegangen. Ich habe mir also nichts vorzuwerfen. Unglaublich! Verdächtigen Sie mich etwa?« August Piggyback sprang auf und warf sich den lockeren Schal erneut um den Hals.

»Sie dürfen den Ort nicht verlassen, Sir«, sagte der Constable. Der Autor verließ erhobenen Hauptes den Raum und warf die Tür hinter sich zu. Beanstock empfand diese Handlung als sehr unangenehm. Die Türen im Schloss waren alt und sollten schonend geschlossen werden. Was fiel dem Herrn nur ein, sich so zu benehmen?

Constable Donegal schloss seinen Notizblock, steckte den Bleistiftstummel mit viel Mühe an die Seite des Blocks und verstaute beides in seiner Uniformjacke.

»Ich muss zurück zu Inspector Greenwood und Bericht geben. Das war nicht sehr aufschlussreich, Mr Beanstock.« Der Polizist sah den Butler hoffnungsvoll an.

Beanstock schüttelte den Kopf.

»Ich kann mir noch kein Bild machen. Sie sollten dem Inspector auf jeden Fall vorschlagen, den Agenten der Toten zu fragen, ob sie mit ihm an jenem Abend telefoniert hatte. Sicher wird Inspector Greenwood das bereits erledigt haben. Weiß man etwas über die Todesursache? Wie und wo genau wurde die Tote gefunden?«

»Sie lag auf ihrem Bett, vollkommen bekleidet. Der Rechtsmediziner nimmt Gift an. Sie sah aus, als wäre sie erstickt. Sie hatte diese winzigen roten Punkte um die Augen.«

»Waren also keine Würgemale am Hals? Keinerlei Abwehrverletzungen?«

»Nein, Sir. Sie sah aus, als würde sie schlafen.«

»Was fand man noch im Zimmer?«

»Eine furchtbare Unordnung. Kleider lagen auf der Erde rum, ihr Koffer stand offen auf dem Bett, bis auf ein paar Schuhe aber leer. Auf dem Nachtschrank stand eine halb leere Flasche Rotwein und ein Glas. Ich denke, das war es. Mehr kann ich nicht sagen. Den Impresario und seine Sekretärin will der Inspector selbst verhören. Die beiden waren gestern in London. Sie sind erst heute Vormittag zurückgekommen. Also nicht vor Ort des Verbrechens in der bewussten Zeit.«

»Rotwein? Soso. Wie damals bei Mr Atkins' Tod durch Morphium. Das Gift war damals im Rotwein. Die Obduktion wird hoffentlich bald vorliegen. Ich muss mir selbst ein Bild machen. Meinen Sie, ich könnte das Zimmer sehen?«, fragte Beanstock.

»Aber nicht, bevor der Inspector und die Spurensicherung gegangen sind. Auf keinen Fall. Wenn er herausbekommt, dass ich mit Ihnen geredet habe, gibt es ein riesiges Donnerwetter.«

»Von mir erfährt er nichts. Wer ist der Rechtsmediziner? Dr. Seeker aus London?«, fragte Beanstock hoffnungsvoll.

»Leider nicht. Der ist wirklich ein kompetenter Mann. Nein. Diesmal kam jemand aus Maidstone rüber. Unangenehmer Herr. Von dem bekommen Sie garantiert keine Auskunft.«

»Aber dafür habe ich ja Sie, Constable. Sollten Sie nicht schon längst zum Sergeant erhoben werden? Ich hoffe, Sie halten mich auf dem Laufenden. Sie wollen doch sicher auch, dass die Benefizaufführung ein

Erfolg wird«, sagte Beanstock und versuchte, an die Schauspielerehre des Polizisten zu appellieren. »Schließlich soll ja, bei einem Erfolg des Theaters, auch die Laienspielgruppe dort Aufführungen geben dürfen.«

Donegal streckte seinen Rücken durch und grinste.

»Natürlich. Wer will das nicht? Aber wenn das so weitergeht, gehen uns die Profischauspieler aus. Und den Posten des Sergeants. Nun, ich habe es nicht eilig damit. Inspector Greenwood schlug mir die Prüfung vor, aber wissen Sie, Sir, ich bin so glücklich in Parsley Field. Ich kenne jeden mit Namen. Ich bin beliebt, zwar nicht bei jedem, aber wer ist das schon? Und ich liebe mein kleines Polzeirevier. Wenn ich Sergeant werden möchte, müsste ich eine Zeitlang an einem anderen Ort arbeiten. Ich möchte hierbleiben.«

Beanstock nickte. Er verstand Donegal gut.

»Heute Abend gegen neun Uhr. Ich denke, dann sind alle vom Tatort verschwunden. Wenn Sie sich etwas umsehen wollen, Mr Beanstock?«

»Guter Mann!«

Beanstock ging zurück zum Salon, nachdem er den Constable zur Tür gebracht und ihn hinausgelassen hatte. Vor der Tür stand Gonzales und lächelte stillvergnügt.

»Sie stecken Ihre Nase wieder in den neuen Fall, nicht wahr, *Señor*?«, fragte er.

»Ich habe nur den Constable zur Tür begleitet. Aber da Sie schon einmal fragen. Sie fahren mich bitte gegen neun Uhr heute Abend zum Pub *Three Chattering Ducks*. Ich denke, zu dieser Zeit sind wir mit den Baronets wieder daheim und sie benötigen keinen Chauffeur mehr. Vielleicht bevorzugen wir Ihren Wagen, wenn Sie erlauben. Er ist so wunderbar unauffällig.«

»Unauffällig?« Gonzales war entsetzt, wie man sein Baby abschätzig als unauffällig bezeichnen konnte.

»Entschuldigen Sie, Gonzales. Es ist ein sehr guter Wagen und Sie haben Wunder bewirkt bei der Reparatur. Er ist von einem Neuwagen nicht zu unterscheiden.«

Beanstock versuchte, seinen Affront wiedergutzumachen. Der Chauffeur war ungeheuer stolz auf sein eigenes Auto, das er an jedem freien Tag repariert und verbessert hatte. Als letzte Handlung hatte er dem Wagen eine Farbe verpasst, die wie der blaue Himmel über seiner Heimat Spanien leuchtete. Vor ein paar Jahren hatte er noch einen alten Ford gehabt, der feuerrot lackiert gewesen war. Das hatte so einige Diskussionen zwischen ihm und Beanstock ausgelöst, da der Hof vor der Garage tagelang nach Lack gerochen hatte.

Nun hatte er sich einen gebrauchten *Morris Minor* beschaffen können. Eine Verbesserung, wie Beanstock es auszudrücken pflegte. Dieses Mal hatte er die Lackierung in der Garage eines Freundes gemacht. Auch das hatte der Butler mit Genugtuung gesehen.

Beanstock nickte Gonzales zu und ging zurück in den Salon. Dort gab es eine heiße Diskussion um die Besetzung des Hausmädchens Yvette.

Mr Nickel erklärte, man solle das Stück fallen lassen. Es stände unter keinem guten Stern. Theaterleute galten als ungeheuer abergläubisch und einige der Anwesenden bekreuzigten sich. Man müsse ein anderes Stück suchen, und neu beginnen, sagte der Impresario, wenn möglich eine Komödie, um die erhitzten Gemüter zu beruhigen. Zur Not müsse man die Premiere verschieben.

Seine Sekretärin erklärte ihm mit blassem Gesicht, dass die Kosten für die Aufführung ausgeschöpft seien. Alles wäre fertig berechnet und sie glaube nicht, dass der Verein, unter der Schirmherrschaft Sir Mortimers und Sir Percivals, weitere Gelder bereitzustellen gedenke.

Der Regisseur stritt erneut mit August, der sich bitterlich beschwerte, dass man ihn verdächtigen würde, einen Mord begangen zu haben. Am Ende schlug Piggyback vor, eine generelle Umbesetzung seines Stücks ins Auge zu fassen. Nach seiner Vorstellung wäre am Ende keiner der Schauspieler mehr in seiner ursprünglichen Rolle angesiedelt. Daraufhin verglich Peter Porter den Autor mit einem Glücksspieler, der verzweifelt um den Erhalt seines Stückes würfelt, und forderte ihn auf, die neue Besetzungsliste zu erklären.

»Die Schwester spielt die Frau des Neffen, die spielt das Hausmädchen, da die Frau des Neffen nun aber zu alt für den Neffen wäre, übernimmt Clarissa die Rolle der Tante. Den Butler, der sowieso seinen Text nie kennt, werde ich persönlich spielen. Ich habe vor einigen Jahren ein vielversprechendes Debüt als Puck im Sommernachtstraum gegeben. Man bescheinigte mir eine großartige Zukunft und Dora könnte durchaus auch zwei Rollen übernehmen. Das Haus-

115

mädchen und ...« An dieser Stelle seiner Rede kam August ins Grübeln. Wie sollte das gehen? In manchen Szenen waren beide Darsteller auf der Bühne. Dora Drummand war auch nicht gerade die jugendliche Naive, eher die komische Alte. Zum Glück hatte er den Rest seiner Rede nicht laut geäußert.

Peter Porter grinste.

»Und weiter? Nur weiter, lieber August. Wir sind ja so gespannt. Warum übernehmen nicht Andy und Lou, die Bühnenarbeiter, die Rollen des Anwalts und des Neffen, während Mandy, unser lieber Inspizient, das Hausmädchen spielt? Das ist eine ganz einfache Umbesetzung, nicht wahr? Wir könnten die Rolle des Hausmädchens auch ganz streichen und einfach von Mandy zur gegebenen Zeit ein Tablett auf die Bühne rollen lassen.«

Mr Piggyback schnippte mit den Fingern der rechten Hand nach Henry. Beanstock hob missbilligend die Augenbrauen. Der Autor bestellte sich ein Glas Rotwein.

Lady Marjorie beugte sich zu ihrer Freundin.

»Bin ich froh, dass der Mann jetzt im Pub wohnt«, raunte sie ihr ins Ohr.

»Was für ein unangenehmer Zeitgenosse. Gut, dass wir ihn nach der Benefizvorstellung los sind. Ich kann es kaum erwarten, meine Liebe«, raunte Lady Fedora zurück.

Mrs Bloom versuchte zur selben Zeit, Sir Mortimer zu überzeugen, die junge Miss Hoppleton zu besetzen, und Lady Marjorie beobachtete mit ihrer Freundin Fedora still und vergnügt die Diskussionen ringsum. Es wurde zeitweise lauter, als angebracht war in einem ehrwürdigen Schloss wie dem der Southcoffeltons.

Beanstock stand neben Henry an der Anrichte und füllte weitere Getränke in Gläser. Die Wünsche waren vielfältig.

Ein Martini für den Regisseur, ein Rotwein für August Piggyback, Whisky für Sir Percival und Sir Mortimer und für die Damen Tee.

Endlich stand Lady Marjorie auf und hob beschwichtigend die Arme.

»Meine Herrschaften, bitte! Etwas mehr Professionalität! Die Aufführung muss stattfinden. Wir haben bereits fast alle Karten verkaufen können. Das Stück bleibt und ich meine, Miss Hoppleton übernimmt die Rolle des Hausmädchens. Wo ist hier ein Problem? Gut, dass wir die Laienspielgruppe zur Verfügung haben. Ich könnte noch nicht einmal den Busch spielen, hinter dem Wilbur Willoby ständig hocken muss.«

Die Gespräche waren kurz verstummt.

»Hoffentlich haben wir am Ende nicht die gesamte Laienspieltruppe auf der Bühne«, flüsterte Sir Percival seinem Freund zu.

»Wäre das so schlimm? Wenigstens würde das ohne diese extremen Diskussionen abgehen. Die Laien haben meiner Ansicht nach mehr Disziplin als diese Truppe von Vollprofis. Mrs Bloom hat alle in der Gruppe voll im Griff«, sagte Sir Mortimer und bekam ein zustimmendes Nicken seines Freundes. »Notfalls könnte doch der gute Beanstock den Butler spielen«, fügte er noch hinzu. Die beiden Freunde kicherten leise.

117

Henry und Beanstock verteilten die Getränke.

»Der Rotwein für Sie, Mr Piggyback, ein guter Burgunder«, sagte Beanstock und reichte ihm das Glas.

»Ich trinke ausschließlich Rotwein. Andere Getränke passen nicht zu meinem Beruf«, erklärte der Autor.

»Das ist sehr interessant, Sir«, sagte Beanstock und erinnerte sich an die Flasche Rotwein im Zimmer der toten Colette Saint-John. Obwohl Beanstock sich nicht erklären konnte, warum nur Rotwein zum Beruf eines Autors von Bühnenstücken gehörte. Das Morphium, das den ehemaligen Hauptdarsteller Mr Atkins umgebracht hatte, war auch im Rotwein nachgewiesen worden. Beanstock hatte sich vor ein paar Tagen alte Zeitungsartikel vorgenommen und nach dem Fall gesucht. Gut, dass er alle Kriminalfälle, die in Zeitungen auftauchten, aufhob. Die Ordner mit Zeitungsausschnitten füllten in seinem Zimmer bereits ein ganzes Regal.

Das Machtwort von Milady hatte sich gelohnt. Man einigte sich darauf, dass Pamela Hoppleton das Hausmädchen spielen sollte.

»Ich habe den Text bereits gelernt, nicht wahr, Mrs Bloom?«, sagte sie mit roten Wangen und weit aufgerissenen Augen.

»Ja, das hat sie. Da wir nun ein wunderbares Theater hier bekommen, haben wir in unserer Gruppe das Stück durchgearbeitet, um unseren lieben Constable Donegal zu unterstützen, seine Rolle zu lernen. Ich finde, er macht das schon sehr gut. Nicht wahr, Mr Porter?«, fragte die Witwe Bloom mit einer

Stimme, die keinen Widerspruch dulden würde, und war sehr zufrieden mit der Entwicklung.

Mr Porter enthielt sich einer Entgegnung. Er sehnte den Tag nach der Premiere herbei, wenn er endlich anfangen könnte, neue Stücke und neue Schauspieler auszuprobieren. Wenn all dieses reale Theater hinter ihm lag. Aber es hing natürlich noch davon ab, ob sich das Theater danach selbst trug. Erst dann würde einer Festanstellung seinerseits nichts mehr im Wege stehen.

Ansonsten endete sein schönes neues Leben, bevor es angefangen hatte. Peter Porter hatte an den großen Bühnen inszeniert und war vor dem Krieg ein angesehener Regisseur gewesen. Aber seitdem er seine Uniform abgelegt hatte und wieder im normalen friedlichen Leben angekommen war, sehnte er sich nach einem kleinen übersichtlichen Provinztheater. Er wollte sich in Pilpots zu gerne niederlassen und in dem kleinen Ort bleiben. Rosen züchten, mit den Nachbarn Tee trinken, den Vögeln zusehen und ganz nach eigenem Spaß Theaterstücke inszenieren. Vielleicht auch mit der Laienspielgruppe. Warum nicht? Die widersprachen wenigstens nicht andauernd. Sein Blick fiel auf die Witwe Bloom, die an einem Glas Sherry nippte und sehr zufrieden wirkte. Mit dieser Dame musste man natürlich rechnen. Darüber war sich Peter vollkommen im Klaren. Diese Frau duldete keinen Widerspruch. Er seufzte.

Wie vorherzusehen gewesen war, war der gefeierte Autor Piggyback unzufrieden mit der Wahl der Miss Hoppleton. Aber nach dem dritten Glas Rotwein fügte er sich.

Three Chattering Ducks

Beanstock saß neben Gonzales in dem himmelblauen Auto und beobachtete möglichst unauffällig den Chauffeur. Es war kurz nach neun Uhr desselben Abends. Auf Parsley Manor war alles in Ordnung. Mrs Argyle würde sich während seiner Abwesenheit um die Baronets kümmern. Die beiden saßen stillvergnügt im Salon, hörten Musik aus dem Radioapparat, ließen sich einen guten Tropfen servieren und waren froh, diesen aufregenden Abend hinter sich zu haben.

Es war sicher nicht leicht für Gonzales, den alten Pub in Pilpots wiederzusehen. Für ihn waren die Vorkommnisse um die gefährliche Bande des *Whistlers* noch so frisch wie der heutige Tag. Das Ende war schlimm gewesen. Das Gesicht der jungen Frau, die der Morde überführt worden war, würde Gonzales so schnell nicht vergessen. Er hatte sie gemocht. Es hätte mehr daraus werden können.

Das alles ging dem Butler durch den Kopf. Es tat ihm sehr leid, Gonzales wieder an diesen Ort zu bringen.

Aber nach einer Weile musste er feststellen, dass Gonzales ganz zufrieden aussah. Er summte ein Lied vor sich hin, winkte Sean O'Donoghue, dem Wirt des *Jack O'Lantern*, der gerade die Tische vor seinem Pub sauber abwischte, und streichelte ab und zu das Armaturenbrett seines geliebten Wagens. *Bewundernswert, wie dieser Mann sein Leben meistert*, dachte Beanstock.

»Macht es für den Wagen einen Unterschied, wenn Sie ihn streicheln und freundlich auf ihn einreden? Ich dachte, es ist ein lebloses Fahrzeug, gemacht für den Gebrauch des Menschen, von A nach B zu kommen«, sagte Beanstock.

»Manchmal wollen Sie den Eindruck erwecken, dass Sie ein absolut rational denkender Mensch sind, *Señor* Beanstock. Aber wir kennen uns nun schon eine ganze Weile. Ich weiß genau, dass Sie in Ihrem Inneren ein Romantiker sind und eine Menge Fantasie haben.«

»Ist das so?«, fragte Beanstock verwundert.

»Oh ja! Sicher! Wie sonst könnten Sie diese verzwickten Fälle, die Ihnen ständig über den Weg laufen, lösen? Dazu gehört Fantasie. Und ein Wagen, *Señor*, ist nicht nur irgendein Gegenstand. Er ist viel mehr für den Besitzer. Er ist wie ein eigenes Kind, das man versucht, zu einem guten Menschen zu erziehen. Man poliert den Wagen, bis er glänzt, man versucht, Schaden von ihm fernzuhalten, man kauft nur die besten Einzelteile, damit er sich wohlfühlt, man stellt ihn nachts in die warme Garage und im Winter legt man eine Decke über den Motor. Klingt das nicht so, als würde man sich um das Wohl eines Kindes kümmern?«

»Woher wissen Sie, ob Ihr Auto ein Mann oder

eine Frau ist?«

Gonzales nahm den Fuß vom Gas. Der Wagen fuhr nun langsamer. Der Spanier überlegte und zog die Stirn in Falten.

»Ich glaube, ich habe darüber nie richtig nachgedacht. Vor einer Woche wollte der Motor nicht anspringen. Wie eine ungeduldige Dame, die verstimmt war. Ich habe Öl nachgegossen, die Zündkerzen gereinigt und den Lack poliert. Dann sprang der Wagen plötzlich an und schnurrte wie Mortecai, wenn er seinen Hering bekommt. Vielleicht ist mein Auto eine Dame. Das wäre doch schön«, sagte Gonzales und drückte wieder auf das Gaspedal. Mit rasender Geschwindigkeit ging es über Land in Richtung Pilpots.

»Ich würde meinen, ein weiblicher Wagen passt absolut zu Ihnen, *Señor* Gonzales«, sagte Beanstock und musste sich am Sitz festhalten, so rasant fuhr der Chauffeur.

»Ich werde sie Celeste nennen!«, rief Gonzales und lachte fröhlich gestimmt. »Wissen Sie, *Señor*, das bedeutet die Himmelblaue!«

»Wie überaus passend, Gonzales.«

Der Pub kam in Sicht und die Gespräche im Auto versiegten. Gonzales machte ein ernstes Gesicht und Beanstock sah ihn von der Seite besorgt an.

»Alles in Ordnung?«, fragte Beanstock. »Warum warten Sie nicht im Auto auf mich? Es wird sicher nicht sehr lange dauern.«

»Kommt nicht infrage. Sie haben in diesem Pub schon einmal eine komische Figur abgegeben. Außerdem sollte jemand die Anwesenden im Blick behalten, damit Sie in Ruhe das Zimmer durchsuchen können. *Vamos, Señor!*«, sagte der Chauffeur und stieg aus dem Auto. Er strich zärtlich über das Dach seines Wagens, schloss sorgfältig ab und ging in Richtung Pub.

Beanstock war überzeugt, dass es ihm nicht so leichtfiel, wie er es erscheinen lassen wollte. Er folgte ihm.

Im *Three Chattering Ducks* ging es zu dieser Stunde noch hoch her. Seit dem letzten Mal, da Beanstock hier gewesen war, hatte sich nicht viel verändert.

Das dunkle Holz des Tresens glänzte im Licht der sauber polierten Lampen. Die Zapfhähne, drei an der Zahl, glitzerten. Es gab im hinteren Teil ein Kaminzimmer. Runde Tische, Holzstühle und Kerzen auf den Tischen vervollständigten die gemütliche Atmosphäre.

Die Bilder an den Wänden waren neu. Man konnte die Umgebung von Pilpots erkennen, das Dorf und das Wasserschloss der Southcoffeltons.

Eine Treppe führte ins Obergeschoss. Sie war neben dem Zugang zur Toilette und vom Tresen nicht einsehbar. Das kam Beanstock sehr entgegen.

Gonzales bestellte bei dem Wirt, einem freundlich lächelnden Mann in den Fünfzigern, zwei Gläser Porter, bezahlte und setzte sich damit an einen der Tische in der Ecke des Kaminzimmers. So behielt er den Aufgang und die Tür im Blick. Beanstock hatte sich auf den Weg zur Toilette gemacht, war dann aber abgebogen und die Treppe hinaufgegangen. Niemand hatte etwas bemerkt. Nebenbei hatte er sich seine

Handschuhe übergezogen. Es sollten lieber keine Fingerabdrücke des Butlers der Baronets von Parsley Manor an einem Tatort auftauchen.

Beanstock kannte sich gut aus. Er war bereits vor längerer Zeit hier im Obergeschoss gewesen und hatte nach Hinweisen gefahndet.

Dieser Pub hatte eine längere kriminelle Geschichte aufzuweisen. In früheren Zeiten und aus guter Tradition hätte hier durchaus eine Räuberbande heimisch gewesen sein und ahnungslose Reisende um ihr sauer Erspartes erleichtern können.

Vor ein paar Jahren waren Beanstock und Gonzales hier gewesen, als es um einen Skarabäus und einen gesuchten Dieb gegangen war. Damals hatte dieser Pub noch ganz anders ausgesehen. Man fühlte sich eher an ein anderes dunkleres Zeitalter erinnert. Zu dieser Zeit hatte hier ein zwielichtiges schmuddeliges Ehepaar den Pub betrieben. Das hatte sich zum Glück geändert. Allerdings war danach die nächste Verbrecherbande eingezogen, die aber dank Beanstock auch hinter Gittern saß, jedenfalls der Rest, der überlebt hatte. Denn es hatte damals unter den Mitgliedern der Bande einige Todesfälle gegeben.

Constable Donegal hatte ihm die Zimmernummer der toten Dame anvertraut. Beanstock musste sehr vorsichtig sein. Das Vertrauen des Constable durfte nicht verletzt werden.

Es war still auf dem Gang. Die meisten Gäste waren noch unten im Pub und einige der Schauspieler im Theater.

Zimmer vier war das gesuchte auf der linken

Seite. An der Tür hing ein amtliches Schreiben, das jedem, der versuchte, den Tatort widerrechtlich zu betreten, empfindliche Strafen androhte.

Beanstock zog ein kleines Etui aus seiner Jacketttasche, öffnete es und griff zu einem Dietrich. Nach kurzer Zeit war die Zimmertür offen, er ging hinein und steckte anschließend das Werkzeug zurück in seine Tasche. Leise schloss er die Tür hinter sich. Das Ganze hatte nur ein paar Sekunden gedauert. Er hatte das mit Gonzales schon oft geübt. Der Chauffeur war in diesen Dingen sehr bewandert, wie Beanstock hatte feststellen müssen.

Licht wollte Beanstock nicht machen. Man könnte es von außen sehen. Es war auch hell genug im Raum. Die Außenleuchten des Pubs drangen durch die Fenster. *Wie sollte ein Gast bei dieser Helligkeit schlafen?*, ging es Beanstock durch den Kopf.

Er sah sich intensiv im Raum um.

Das Bett war zerwühlt und ein geöffneter Koffer stand obenauf. Auf dem Boden lagen verstreut Kleidungsstücke. Constable Donegal hatte das erwähnt und es der Unordentlichkeit der Dame zugeordnet. Beanstock war anderer Meinung. Im Koffer lagen, in einem Beutel ordentlich verpackt, elegante rotglitzernde, zehn Zentimeter Highheels. Eine Frau, die unordentlich war, würde ihre Schuhe nicht so pfleglich behandeln. Beanstock vermutete, sie hatte den Koffer packen wollen, war dabei gestört worden und der Mörder hatte nach der Tat das Zimmer derart verwüstet.

Er sah sich weiter um. Auf einem kleinen Tisch stand ein leerer Aschenbecher und daneben fanden

125

sich auf dem Holz Abdrücke von unsachgemäß abgestellten Gläsern. Seine Butlerehre wurde extrem angegriffen, wenn er solche Ringe auf guten Holztischen sehen musste. Er räusperte sich.

Es gab einen größeren Abdruck, sicher von der Weinflasche, und zwei weitere, etwas kleinere. Der Constable hatte erwähnt, dass ein Glas und eine halbleere Flasche Rotwein im Zimmer gefunden worden waren. Natürlich hatte die Spurensicherung diese Dinge mitgenommen. Aber wenn es noch einen weiteren Abdruck gab, musste auch ein zweites Glas an dieser Stelle gestanden haben.

Für Beanstock war klar, Colette Saint-John war hier von ihrem Mörder auf ein Glas Wein eingeladen worden. Danach hatte derjenige das Zimmer in Unordnung gebracht und das zweite Glas entfernt. Das Motiv war noch nicht ersichtlich. Es kam alles Mögliche in Betracht. Angefangen von einem eifersüchtigen Liebhaber, bis hin zu einer rachsüchtigen Ehefrau. Oder handelte es sich um einen ganz anderen Grund? Sie musste den Mörder gekannt haben.

Er sah sich den Koffer intensiver an. In einem Seitenfach fand er ein paar Briefe, gerichtet an Colette. Neben Rechnungen, die seit Langem nicht bezahlt worden waren, und Mahnungen, gab es einen Brief von ihrem Agenten, in dem er ihr das Blaue vom Himmel versprach, wie er sie nach Hollywood zu bringen gedenke.

Ein Brief war interessant. Es war ein Schreiben von einem Verehrer, der mit glühenden Worten seine Liebe zu ihr gestand. Die Worte im Brief waren schon etwas verstörend. Da war jemand sehr auf die Dame fixiert gewesen. Er schrieb, wie oft er bereits an Hinterausgängen von Theatern auf sie gewartet hatte. Am Ende wurde der Wortlaut ziemlich aufdringlich.

Hatte der Inspector diesen Brief ignoriert? Beanstock konnte sich das von dem penibel agierenden Inspector Greenwood nicht vorstellen. Er würde den Constable darauf aufmerksam machen. Dieser Brief war schon ein gutes Motiv für einen perfiden Rachemord. Der Schreiber fühlte sich nicht genug beachtet. Man hörte immer wieder von Fällen, in denen ein bekannter Schauspieler oder eine schöne Schauspielerin das Ziel von Attacken geworden waren.

Beanstock sah sich den Brief erneut an. Die Unterschrift fehlte. Dort stand nur ein glühender Anbeter. Auch wenn es sich um einen verwirrten Geist handeln sollte, der Text war doch sehr seltsam geschrieben. Die Worte waren Beanstock irgendwie vertraut. Es fiel ihm im Moment nicht ein, wo er diesen Text schon einmal gesehen hatte. Aber er war sich sicher, dass er die Schreibweise kannte.

Auch der Briefumschlag brachte keine neuen Erkenntnisse. Dieser Verehrer hatte den Brief wahrscheinlich persönlich im Theater abgegeben. Es gab keine Marke und keine Adresse.

Sehr seltsam. Hatte Miss Saint-John den Briefschreiber gekannt? Woher sollte sie ansonsten gewusst haben, wer ihr geschrieben hatte? Ein verliebter Mensch möchte doch erkannt werden.

Gern würde er den Text in Ruhe analysieren. Was sollte er tun? Ihn einfach einstecken? Nein.

Er griff in die Innentasche seines Jacketts, nahm sein kleines schwarzes Notizbuch und einen Stift hervor und schrieb den Brief ab. Daneben notierte er die Form der Schrift. Sie sah verspielt aus und war mit vielen Schnörkeln versehen.

Er sollte sich beeilen. Gonzales war sicher schon nervös, weil er so lange ausblieb.

Auf dem Gang hörte er Stimmen. Beanstock erkannte die Herrschaften. Es waren Clarissa Atkins, die Witwe des damals ermordeten Dan Atkins, und Ben Bradly, der Darsteller des Neffen im Theaterstück, ein gutaussehender Herr in den Vierzigern. Die Dame lachte laut, aber etwas unnatürlich. Sie spielte wohl auch im echten Leben ständig eine Rolle. Zwei Türen wurden geöffnet, der Herr sagte gute Nacht. Die Türen wurden wieder geschlossen.

Beanstock atmete auf. Er steckte den Brief zurück an seinen Platz und ging zur Tür.

Es war wieder ruhig auf dem Flur und so konnte er schnell hinausschlüpfen. Sorgfältig schloss er hinter sich die Tür mittels seines Dietrichs wieder ab.

Er ging zur Treppe und nach unten. Gonzales saß noch an dem Platz und nippte an seinem Bier.

Beanstock setzte sich zu ihm.

»War es kalt oben, *Señor*?«

»Wie meinen Sie?«

»Weil Sie noch die Handschuhe tragen«, flüsterte Gonzales ihm zu.

Schnell streifte der Butler die verräterischen Handschuhe ab und steckte sie in seine Hosentasche.

»Danke, Gonzales.«

»Gern geschehen. Es ist immer von Vorteil, Gonzales mitzunehmen, *Señor*. Hat es sich denn gelohnt? Hier unten gab es auch interessante Leute zu belauschen.«

»Berichten Sie«, sagte Beanstock und nippte an seinem Bier, das schal schmeckte. Er schob das Glas weit von sich.

»Mrs Atkins erschien, kurz nachdem sie oben in der ersten Etage verschwunden waren, mit einem Mann. Ein gutaussehender Kerl mit einem Mantel, den er aus einem Musketierfilm haben muss. Hinter ihr her lief ein jüngerer Herr.«

»Das war ihr Sohn Gunnar, achtzehn Jahre und der Frau Mama ergeben wie ein Schoßhund«, sinnierte Beanstock laut vor sich hin. Vielleicht hatte der Junge Colette Saint-John so sehr verehrt. »Der andere Herr war Ben Bradly. Ich habe die beiden gehört, als sie oben durch den Flur gegangen sind. Über ihn weiß ich nicht sehr viel. Ich habe mit dem Inspizienten gesprochen. Ein sehr netter Mann. Er erzählte mir, dass Mr Bradly in den letzten Jahren im Ausland gewesen war und niemand wüsste, was er dort getrieben hatte. Aus seinen Worten konnte ich ebenfalls schließen, dass Bradly unter den Mitgliedern der Theatertruppe beliebt ist. Das verdankt er wahrscheinlich seinem Äußeren und seinem Charme. Nur weiter, Gonzales.«

»Mrs Atkins war bester Laune. Man sollte meinen, sie wäre traurig, da eine Kollegin ums Leben gekommen war. Aber weit gefehlt. Sie lachte und schäkerte mit Bradly, der sich dadurch sehr wichtig vorkam. Sie setzten sich vor den Kamin. Der Sohn holte Getränke.«

Gonzales nippte kurz an seinem Getränk.

»Dann kam es zu einem sehr unschönen Wortgefecht zwischen ihr und dem Sohn. Sie schickte ihn weg und meinte, er könne doch bei den anderen Schauspielern sitzen, die sich im vorderen Raum an einem großen Tisch lautstark unterhielten. Der gute Sohn war nicht begeistert und sagte es seiner Mutter auch mit bösen Worten. Er fügte am Ende noch weinerlich hinzu, dass ein Mitglied der Truppe ums Leben gekommen sei und seine Frau Mama ja damals auch nicht gerade in Trauer verfallen war, als Mr Atkins ermordet worden war. Daraufhin bekam er eine schallende Ohrfeige. Er wurde puterrot. Zumal die Kollegen Schauspieler am anderen Tisch sich über ihn ausgiebig amüsierten.

Seine Frau Mama meinte dann am Ende, er solle sich endlich wie ein richtiger Mann benehmen und nicht irgendwelchen Schauspielerinnen hinterherhecheln, die eine halbwegs hübsche Nase hätten. *Eso no ha sido bonito.*«

»Nicht fluchen, Gonzales«, flüsterte Beanstock.

»Das war nicht nett, habe ich gesagt. Es war kein Fluch, *Señor* Beanstock. Der junge Mann verließ dann den Pub. Ich habe ihn nicht mehr gesehen.«

Der Butler nickte ihm lächelnd zu und machte eine Handbewegung, dass er fortfahren möge.

»Mrs Atkins und Bradly saßen an einem Tisch in der Nähe. Zuerst erzählte Bradly Dinge über irgendwelche Theater, in denen er bereits tätig gewesen war. Ich hätte gedacht, die Dame Atkins wäre gelangweilt. Sie ist ja schließlich der Star der Truppe. Sie sah aus, als würde sie den Mann anhimmeln. Der ist fast einen Kopf kleiner als sie und vor allem viel jünger. Verstehe einer die Frauen. Jedenfalls sagte er auf ihre

Frage, was er nach dem Krieg getan hatte, dass er verschiedene Stellen angenommen hatte, um sich über Wasser zu halten. Das hätten auch andere tun müssen, sagte er. Er führte als Beispiel den Souffleur Cedric Sharp an. Der war kurz nach dem Krieg bei einer Opernsängerin als persönlicher Diener tätig gewesen. Daraufhin konnte sich Mrs Atkins kaum wieder beruhigen, so sehr musste sie lachen.«

»Was sagte sie dazu? Sie kam mir eher wie eine Dame vor, die sich nicht mit so untergeordneten Angestellten wie Souffleuren oder Hausdienern beschäftigen würde.«

»Sie lächelte sehr gönnerhaft und streichelte Ben Bradlys Hand. Ich verstehe das absolut nicht. Sie meinte dann noch, dass sein Talent verschwendet werden würde und er sicher bald auf den großen Bühnen der Welt stehen könnte. Sie versprach, sich für ihn einzusetzen, und sagte, dass ihr Name etwas galt in der Theaterwelt. Als die Flasche Rotwein geleert war, sind beide nach oben gegangen. Ich hatte die Hoffnung, dass Sie noch in dem Zimmer waren, als die beiden oben im Flur entlanggingen.«

Beanstock dachte nach. Das war mehr als seltsam. Er folgerte aus der Erzählung des Chauffeurs, dass Bradly sich wahrscheinlich an Mrs Atkins heranmachen wollte, um sie für seine Zwecke einzuspannen. Cedric Sharp dagegen hatte allen gegenüber den Eindruck hinterlassen, dass er ausschließlich an den großen Bühnen gearbeitet hatte. Er wies ständig darauf hin, was für ein ausgezeichneter Schauspieler er wäre und nur auf ein Engagement warten würde. Ihm fiel die Dienstbotenverbindung *Daisy Chain* ein.

Das wäre sein nächster Ansatzpunkt.

Hier gab es nichts mehr zu erfahren.

Die beiden erhoben sich und verließen den Pub.

Es war spät. In Parsley Field warteten noch Aufgaben auf einen Butler.

Auf Parsley Manor angekommen, betrat Beanstock das Haus, während Gonzales seine Celeste in die Garage fuhr. Sir Percival hatte es ihm erlaubt. Ansonsten hätte er sich eine Garage im Ort suchen und natürlich mieten müssen. Die Garage war so groß, dass noch vier Autos hineinpassen würden. Warum sollte sie leer stehen, hatte der Baronet gemeint.

Die Tür zum Salon war geöffnet und er sah Lady Fedora und Sir Percival dort bei einem Glas Wein sitzen. Der Baronet hielt zwischen seinen Händen Wolle und Milady rollte sie zu einem Knäuel ab. In der letzten Zeit beschäftigte sich Milady mit Handarbeiten. Eher mit geringen Erfolgsaussichten. Sie hatte versucht, für ihren Ehemann eine Mütze zu stricken. Am Ende war ein Schal daraus geworden. Wenn man sich die Länge des guten Stückes ansah, war es dann eher ein etwas lang geratener Topflappen. Ihre Talente lagen in der Malerei und im Schreiben. Ihr Gatte hatte versucht, sie von ihren Strickversuchen abzubringen, aber ohne Erfolg. Wenn sich Lady Fedora etwas in den Kopf gesetzt hatte, gab sie nicht so schnell auf. Die beiden sprangen sofort auf, als der Butler erschien. Das Strickzeug flog zu Boden.

Beanstock lief zu den Herrschaften, sammelte die Utensilien auf und platzierte sie sorgfältig auf dem

Salontisch.

»Nun, mein guter Beanstock, was haben Sie herausgefunden?«, fragte Lady Fedora.

Er berichtete und fügte am Ende an, dass er sich bei einem Freund in London über ein paar der Theaterleute erkundigen wolle. Auch von dem Fanbrief erzählte er und dass er dem Constable einen Hinweis geben würde. Seinen Verdacht, dass es sich um Gunnar, den Sohn von Mrs Atkins handeln könnte, äußerte er nicht. In diesem Punkt war er noch nicht sicher.

»Das sieht Inspector Greenwood nicht ähnlich, dass er den Brief übersehen haben soll. Das verstehe ich ganz und gar nicht«, sagte Sir Percival. »Dranbleiben, mein guter Beanstock. Es darf keinen weiteren Zwischenfall bis zur Premiere geben. Wie werden wir froh sein, wenn die Aufführung ohne neue Probleme geschafft sein wird. Wir haben alle zu viel Geld und Schweiß in dieses Projekt gesteckt.«

»Es war trotz alledem die Sache wert, Darling«, bemerkte Lady Fedora. »Sieh es einmal so. Am Ende haben wir hier ganz in der Nähe ein wunderbares Theater zur Verfügung und wir hoffen alle, dass wir viele schöne Stunden dort verbringen werden. Versuchen Sie alles, was möglich ist, Beanstock. Damit diese böse Angelegenheit bald aus der Welt geschafft ist. Bis zur Premiere sind es nur noch ein paar Wochen.« Der Butler senkte ergeben den Kopf.

Die Baronets verabschiedeten sich für die Nacht und Beanstock machte sich auf den Weg, um, wie an jedem Abend, die Türen zu überprüfen. Jedes Zimmer musste noch einmal kontrolliert werden. Am

Ende würde er, wie er es ebenfalls an jedem Abend tat, nachschauen, ob Lucinda gut schlief.

Auf der Treppe nach oben hielt Lady Fedora kurz inne, und sah sich nach dem Butler um.

»Ach, Beanstock, Ihre Schwester hat mir heute ein paar Fotos für das Theater vorgelegt. Sie sind wunderbar geworden. Sie hat die Proben begleitet und fantastische Aufnahmen gemacht. Wir werden sie alle nehmen können. Sie können stolz auf Ihre kleine Schwester sein. Sie passt sehr gut nach Parsley Field. Gute Nacht.«

Beanstock neigte den Kopf.

Emily war eine Bereicherung für die Gemeinde. Ohne Frage. Nun musste sich nur noch ihr Bruder Arthur damit abfinden.

Beanstockregel sechsunddreißig besagt: Ein Butler geht immer auf den Grund eines Problems, dachte Beanstock. *Das war auf jeden Fall auf diese Situation anwendbar. Vielleicht wird es Zeit für eine neue Regel. Nummer siebenundvierzig nunmehr: Priorität hat das Wohlergehen der Herrschaft. Aber auch ein Butler darf ein Privatleben haben.*

Daisy Chain

Beanstock stand am nächsten Vormittag in der Empfangshalle von Parsley Manor und wartete mit dem Telefonhörer am Ohr darauf, dass man ihn mit London verbinden würde. Das Fräulein vom Amt hatte eine sympathische Stimme gehabt und er sah in seiner Fantasie, wie sie diese winzigen Stöpsel in die richtigen Anschlüsse schob. Er hatte gehört, dass man bald diese netten Damen nicht mehr benötigen würde. Dann wäre es möglich, einfach eine Nummer zu wählen, um seinen Gesprächspartner zu erreichen. Aber im Moment glaubte noch niemand an diese Möglichkeit.

Es gab einen Klickton im Telefonhörer und am anderen Ende der Leitung nahm jemand ab.

»Mit wem spreche ich?«, fragte der Angerufene.

»*Daisy Chain*, Mr Black«, sagte Beanstock.

»*Daisy Chain*, Mr Beanstock. Wie wunderbar, wieder einmal von Ihnen zu hören. Ich hoffe, es ist alles in Ordnung auf Parsley Manor. Gibt es Probleme mit neuen Angestellten? Sie haben vor kurzem Mairi Logan als neues Hausmädchen eingestellt. Eine gute Wahl. Sie war überaus beliebt bei ihren vorherigen Arbeitgebern. Es gab niemals Grund zur Sorge.«

»Es geht nicht um Mairi. Wir sind mit der Wahl unseres neuen Hausmädchens sehr zufrieden, obwohl man bei der Dame wohl kaum noch von einem Mädchen sprechen kann. Sie hat sich sehr gut bei uns eingelebt. Nein. Es geht um etwas anderes. Der Name Cedric Sharp. Sagt er Ihnen auf Anhieb etwas?«

Mr Black am anderen Ende der Leitung dachte nach. Es dauerte einen Moment.

»Sharp. Im Moment habe ich keine Idee. Haben Sie weitere Informationen? Welchem Beruf geht der Herr nach?«

»Cedric Sharp arbeitet hier am Theater als Souffleur. Er hatte, so man hört, nach dem Krieg eine Anstellung als persönlicher Diener einer Opernsängerin in London. Leider kenne ich den Namen der Dame nicht. Es wäre hilfreich, wenn Sie einmal in den Unterlagen nachsehen könnten, ob etwas bei *Daisy Chain* verzeichnet worden ist. Ich habe zu wenig Hintergrundinformationen zu diesem Herrn.«

»Soso, Mr Beanstock. Das hört sich wieder nach einem interessanten neuen Fall für Ihr Detektivgehirn an. Ich werde mein Bestes tun und melde mich in den nächsten Tagen.«

»Vielen Dank, Mr Black. Außerdem würde ich Sie bitten, den Namen Ben Bradly zu überprüfen. Zu diesem Herrn habe ich leider überhaupt keine Informationen. Er ist Schauspieler, soll aber vor ein paar Jahren auch anderweitig beschäftigt gewesen sein. Vielleicht im Dienstbotenbereich.«

»Wird gemacht, Mr Beanstock. Haben Sie über meinen Vorschlag nachgedacht? Es ist jetzt ein halbes

Jahr her, dass ich Ihnen dieses interessante Angebot gemacht habe.«

»Ich muss ablehnen. Es wäre eine große Ehre, der nächste Mr Black zu werden. Aber meine Tätigkeit auf Parsley Manor ist für mich wichtiger denn je. Nun möchte meine kleine Schwester in unseren Ort ziehen. Ich würde sie nur ungern enttäuschen, indem ich nach London gehe. Und dann ist da ja noch mein Pflegekind. Ich hoffe, Sie verstehen das, Mr Black. Ich bin unserer Organisation sehr dankbar, muss aber diese Ehre ablehnen. Es tut mir leid, dass ich nicht schon mit Ihnen darüber gesprochen habe. Es gab einige Vorfälle in der letzten Zeit.«

»Ich habe davon gehört. Eine Reinigungskraft im Krankenhaus von Penzance hatte mich über Ihre Verletzung auf der Insel Penny informiert. Sie sollten wirklich vorsichtiger sein, Mr Beanstock. Ich habe mir Sorgen gemacht. Unser Informationssystem funktioniert immer noch recht ordentlich. Geht es Ihnen wieder gut?«

»Danke. Ich bin vollständig wiederhergestellt.«

»Ich hätte mich sehr gefreut, Sie bei uns in London zu haben. Einen neuen Mr Black zu finden, ist gar nicht so einfach. Der Rat der Drei trifft sich in einigen Wochen hier bei mir im Langham-Hotel. Wir werden eine Lösung finden. Ich bin müde, Mr Beanstock.«

»Ich verstehe, Sir. Bitte halten Sie mich auf dem Laufenden, wie das Gremium entscheiden wird. Ich verstehe Ihre Beweggründe. Sie erfüllen diese schwierige Aufgabe seit langer Zeit. Vielen Dank, Mr Black.«

»*Daisy Chain*, Mr Beanstock.«

Beanstock legte den Hörer auf die Gabel und blieb einen Moment nachdenklich in der Halle stehen. Er mochte den kleinen Mr Black mit seinem Faible für überaus farbige Oberhemden und Krawatten. Beanstock musste bei dem Gedanken an den netten Herrn lächeln. Es wäre ein großer Verlust, wenn er nicht mehr für die geheime Organisation zur Verfügung stehen würde.

Wie müssten seine nächsten Schritte aussehen?

Gunnar Atkins, Sohn der Schauspielerin. War er Colette Saint-Johns unnachgiebiger Verehrer gewesen und hatte sie am Ende umgebracht? Nach dem Motto, wenn ich sie nicht haben kann, soll sie niemand haben.

War er auch am Tod seines Stiefvaters vor einigen Jahren schuld? Das schloss Beanstock aus. Gunnar war jetzt achtzehn Jahre alt. Er wäre damals zu jung gewesen.

Wenn es sich beim Mord an Miss Saint-John um dasselbe Gift handeln würde, könnte ebenso eine Frau die Mörderin sein. Man sagte immer noch, dass Gift die bevorzugte Waffe der Frauen sei. Aber aus seiner Erfahrung heraus wusste Beanstock, dass das nicht immer richtig war.

Er war der festen Überzeugung, dass der Mörder oder die Mörderin aus dem Kreis der Theatertruppe kommen würde. Alles andere ergab für ihn keinen Sinn. Und er war der Meinung, dass der Todesfall des Mr Atkins vor Jahren etwas damit zu tun haben würde.

Beanstock ging in die Bibliothek des Hauses und

lief suchend an den Regalen entlang. Sir Percival kam durch die offene Tür herein. Neben ihm lief sein treuer Beagle Junior. Der Hund ließ sich mit einem lauten Schnaufer neben dem warmen Kaminfeuer nieder.

»Sir, hatten Sie einen schönen Spaziergang mit Junior?«, fragte Beanstock. »Darf ich Ihnen eine Erfrischung bringen?«

Sir Percival ließ sich in einen der bequemen Sessel vor dem Kamin sinken. Harrison hatte am Morgen, auf Beanstocks Anweisung, Feuer im Kamin gemacht. Die Tage wurden kühler und der Baronet verbrachte den Vormittag sehr gern in seiner Bibliothek.

»Junior und ich sind ganz schön durchgefroren. Eine Tasse Tee wäre jetzt genau das Richtige. Suchen Sie ein bestimmtes Buch, Beanstock?«

»Ich weiß, dass es ein Buch über die Theater Englands, Schauspieler und die Geschichte derselben in Ihrer Bibliothek gibt. Dieses Buch würde ich mir gern ansehen, wenn Sie erlauben.« Der Butler verließ das Zimmer und ging in die Küche. Nach ein paar Minuten war er mit einer Tasse Tee, zwei Stück Zucker und etwas Milch, wie es der Baronet gern trank, zurück in der Bibliothek. Natürlich hatte er auch die Ingwerkekse nicht vergessen, die Sir Percival so sehr liebte.

Der Baronet war inzwischen aufgestanden und sein Blick durchforstete das Bücherregal nach dem Buch, das Beanstock gesucht hatte. Er griff nach oben und zog einen dicken Wälzer mit einem roten Einband heraus.

»Da ist es doch. Ich wusste, dass der Einband rot war. Und daneben steht das *Who is Who* der Theaterschauspielkunst. Da sollten Sie auch fündig werden. Es ist vor fünf Jahren erschienen, also aktuell genug.«

Sir Percival reichte dem Butler die Bücher, der sie auf dem runden Tisch in der Mitte kurz ablegte. Der Baronet setzte sich wieder in den Sessel vor dem wärmenden Kaminfeuer. Beanstock servierte und nahm dann die Bücher an sich.

»Vielen Dank, Sir. Ich werde die Bücher wohlbehalten in die Bibliothek zurückbringen. Haben Sie noch einen Wunsch?«

»Wo befindet sich meine Frau?«

»Milady ist in ihrem Atelier.«

»Danke, Beanstock, das ist erst einmal alles. Ich werde mich etwas ausruhen. Heute Nachmittag erwarte ich meine Pächter. Wir treffen uns ja immer mindestens einmal im Jahr zum Austausch. Ist dafür alles vorbereitet?«

»Ich kann vermelden, dass Mrs Porkpie alles zu Ihrer Zufriedenheit vorbereitet hat. Der Tisch im Esszimmer ist bereits von Mairi gedeckt worden. Die Herrschaften werden mit dem Kuchenangebot zufrieden sein. Zum Lunch gibt es heute Sandwiches und eine leichte Vorsuppe.«

»Was meine Fedora nur immer mit ihren leichten Vorsuppen hat. Es gibt doch so wunderbare Eintöpfe.« Der Baronet seufzte. »Ich setze meine Hoffnung auf das Dinner.«

Beanstock senkte kurz den Kopf und verließ die Bibliothek. Seitdem Sir Percival eine schwere Krankheit überwunden hatte und nach der Kur in Bath, hatte Lady Fedora mit Mrs Porkpie gesprochen. Die beiden Damen hatten sich der leichteren Küche zugewandt. Was dem armen Sir Percival manchmal gar nicht gefiel. Aber er fügte sich.

Schließlich meinten es die Damen nur gut mit ihm.

Am Nachmittag, als die Pächter Sir Percivals im Esszimmer versorgt mit Tee, Kuchen und Whisky waren, fand Beanstock Zeit, die Bücher aus der Bibliothek durchzusehen. Er setzte sich in sein Büro. Die Tür zum Flur ließ er offen stehen. Er mochte es, wenn er die Geräusche aus Küche und Esszimmer in seinem Büro verfolgen konnte. Mrs Porkpie berichtete Phillis von einem neuen Rezept, Mrs Argyle stand mit Lizzy im Wäschezimmer. Sie falteten Laken und Tischtücher. Das helle Lachen der Zofe Lady Fedoras wehte durch die offene Tür herein. Beanstock lächelte.

Elizabeth Trilby, von allen nur Lizzy genannt, gab ihm immer noch einige Rätsel auf. Sie redete niemals über ihre Vergangenheit. Bei *Daisy Chain* lag nichts gegen sie vor. An jedem freien Tag des Monats fuhr sie früh am Morgen nach London und kam spät in der Nacht zurück. Sie war liebenswert, verstand sich mit jedem hier im Haus und machte ihre Arbeit ausgezeichnet. Beanstock empfand ihre Verschwiegenheit als angenehm, obwohl seine Neugier nicht gestillt war.

Er schlug das erste Buch auf und suchte nach Namen und Einträgen.

Es gab mehrere Einträge über Dan Atkins. Bis zu seinem vierzigsten Lebensjahr galt er als ausgesprochen berühmter Shakespearedarsteller. Sein Hamlet war legendär, stand im Buch. Danach verlor sich seine Spur. Sein Name tauchte noch manchmal in den Besetzungslisten von kleinen Theatern auf, aber eher in unbedeutenden Rollen.

Beanstock hatte sich bereits gewundert, wieso sich ein Dan Atkins für die Hauptrolle in dem eher mittelmäßigen Stück des Mr Piggyback bereit erklärt hatte. Er hatte wohl keine Wahl gehabt und sein Alkoholkonsum zu dieser Zeit war allgemein bekannt gewesen. Diese Informationen hatte Beanstock in einem Zeitungsartikel entdeckt. Damals war er bereits von Mrs Clarissa Atkins geschieden gewesen.

Sie hatte den Namen Atkins behalten. Über die Dame gab es gute Rezensionen im Buch. Sie war auch jetzt im fortgeschrittenen Alter eine gefragte Charakterdarstellerin. Ihr Sohn Gunnar wurde im Buch nicht erwähnt. Viele Schauspielerinnen waren eher geneigt, ihre Nachkommen zu verschweigen, um nicht alt zu erscheinen. Ein achtzehnjähriger Sohn war nicht geeignet, wenn die Dame eine Rolle als junge Hermia im Sommernachtstraum übernehmen wollte. Beanstock fand den Eintrag, dass sie dafür vor ein paar Jahren vorgesprochen hatte, dann aber als Titania, die ältere Gattin des Oberon, besetzt worden war.

Unter den Namen der anderen Darsteller des Stückes fiel noch Driffold Summer auf, der König der Nebendarsteller, wie er im Buch genannt wurde. Der Autor zeigte durchaus Sinn für Humor. Die Vita des Schauspielers war knapp gehalten. Daraus war nicht viel zu ersehen.

Ben Bradly, der Darsteller des Neffen im Stück und wohl, nach dem gestrigen Auftritt im Pub, ein Vertrauter der Mrs Atkins, galt unter Theaterleuten als mittelmäßig begabt. Der Buchautor drückte sich in seinem Fall sehr vorsichtig aus. Zwischen den Zeilen konnte man seine Abneigung gegenüber Ben Bradly spüren. Wahrscheinlich versuchte Bradley, mit Gunstbezeugungen Mrs Atkins gegenüber einen höheren Platz in der Welt der Theater zu ergattern.

Die anderen Mitglieder der Truppe wurden nur namentlich genannt. Auch Colette Saint-John war wohl nicht mehr als ein Name auf den Besetzungslisten. Sie hatte nie den Olymp der Theaterwelt erreichen können.

Alles in allem halfen Beanstock diese Erkenntnisse nicht viel weiter. Er nahm sich vor, beim nächsten Besuch im Theater mit Gunnar zu reden. Das schien ihm erfolgversprechend zu sein.

Sicher hatte der junge Mann einen guten Blick auf alle Aktivitäten der Darsteller.

Er stand nicht auf der Bühne, musste nur die Allüren seiner Frau Mama bedienen, saß ansonsten im Zuschauerraum und pflegte seinen Minderwertigkeitskomplex. So schätzte ihn Beanstock nach seinen kurzen Begegnungen mit ihm ein. Aber er wollte sich in dieser Richtung noch nicht festlegen. Oft trog der Schein und er hatte manchmal im Nachhinein erkennen müssen, dass hinter verschlossenen Türen ganz andere Dinge passierten als in der Öffentlichkeit.

Am Abend nahm er sich den Text des Briefes noch einmal vor. Er hatte, wie immer in seiner Frei-

143

zeit, die bunte Strickjacke angezogen, die er von seinem Pflegekind Lucinda bekommen hatte, sich in dem bequemen Sessel seines Zimmers niedergelassen und sein Notizbuch aufgeschlagen.

Er sah noch die geschriebenen Worte im Brief vor sich. Die Schrift würde er eher einer Dame zuordnen, so überaus fein waren die Buchstaben geschrieben. Der Schreiber war sicher sehr feinfühlig und eben überaus verliebt in Miss Saint-John gewesen. Eine Schriftprobe von Gunnar Atkins wäre eine gute Idee. Dann könnte Beanstock einen Vergleich anstellen.

Sollte er dem Constable nicht von dem Brief im Koffer berichten? Aber Inspector Greenwood war überaus gründlich. Warum sollte er den Brief übersehen haben? Nein. Er hatte ihn entdeckt, angesehen und als unwichtig abgetan. Wahrscheinlich hatte er den Pubwirt befragt und gehört, dass kein Fremder in jener Nacht im Pub logiert hatte oder vor Ort gewesen war. Also würde ein fanatischer Verehrer nicht der Mörder sein können. Der Inspector dachte genau wie er, dass der Mörder aus der Theatertruppe kam.

Morgen wollte Lady Fedora mit ihrer Freundin Lady Marjorie das Theater aufsuchen und die Fortschritte begutachten. Beanstock durfte sie begleiten. Das gab ihm die Möglichkeit, mehr über die anwesenden Schauspieler zu erfahren.

Es war spät, weit nach Mitternacht. Beanstock konnte sich ein Gähnen nicht verkneifen. Das erlaubte er sich natürlich nur in unbeobachteten Momenten. Ein Butler durfte niemals Müdigkeit oder vor allem ein Gähnen zeigen.

144

Er erhob sich aus dem Sessel und wollte zu Bett gehen. In diesem Moment klopfte es ganz leise an der Tür. Wer konnte jetzt noch auf sein? Wenn die Baronets ein Problem hätten, würden sie die Klingel in ihrem Zimmer benutzen, um Beanstock zu alarmieren.

Der Butler knöpfte die Jacke wieder zu und ging zur Tür. Er öffnete und erwartete einen der Angestellten.

Sein Blick ging etwas nach unten, denn Lucinda stand in ihrem weißen Nachthemd und barfuß vor seiner Tür.

»Kannst du nicht schlafen? Du bist doch nicht krank? Als ich vor einer Stunde nach dir gesehen habe, hast du doch geschlafen«, sagte er und hielt sofort seine Hand an ihre Stirn. Sie war kühl. Glücklicherweise.

»Ich wollte dich etwas fragen, Arthur«, kam es leise von dem Kind.

»Mitten in der Nacht? Morgen ist Schule und ich möchte kein neues Treffen mit Miss Glason erleben. Und dann stehst du barfuß auf dem Flur. Du musst dich ordentlich anziehen, wenn du dein Zimmer verlässt, junge Lady. Das bedeutet Morgenmantel und Hausschuhe.«

Lucinda sah zu Boden.

»Verzeihung. Ich wollte nur schnell fragen ...«

»Wir gehen jetzt erst einmal zu deinem Zimmer, damit du unter die warme Decke kommst.«

Beanstock drehte das Mädchen um und schob es zurück zu seinem Zimmer. Die Tür stand offen und Lucinda sprang schnell in ihr warmes Bett.

Beanstock prüfte sorgfältig, ob die Bettdecke auch bis zum Hals hochgezogen war. Dann setzte er sich auf die Bettkante.

»Also, warum schläfst du nicht und was wolltest du so dringend fragen?«

»Ich bin vorhin wieder wach geworden. Mir gingen plötzlich so viele Gedanken im Kopf herum. Da habe ich mir ein Buch genommen und gelesen. Das hat auch nicht geholfen. Ich dachte, eigentlich brauche ich nicht bis zum Morgen warten und frage dich lieber gleich. Als ich auf dem Flur war, habe ich Licht unter deiner Zimmertür gesehen.«

»Kleine Detektivin. Gut. Verstehe. Nun deine Frage, Luci.«

»Emily war doch gestern hier. Sie hat wunderbare Fotos gemacht. Lady Fedora war ganz begeistert. Ich mag Emily. Sie ist so lieb. Bronté findet sie auch sehr nett. Du magst sie doch auch, oder?«

Beanstock nickte lächelnd.

»Emily hat mich gefragt, ob Bronté und ich mit ihr zu der Premiere des Theaterstückes gehen möchten. Sie hat Freikarten von den Baronets bekommen und sofort an uns gedacht. Wir würden so gern in das neue Theater gehen. Bauer Pitsch hat es Bronté auch erlaubt. Ach bitte, Arthur.«

»Ich hätte dich auf jeden Fall mitgenommen. Die ganze Dienerschaft wird sich das Stück ansehen. Sir Percival war es ein Vergnügen, alle aus dem Haus einzuladen. Aber ich würde es sehr gern sehen, wenn du mit Emily und deiner besten Freundin in das Theater gehst. Ich habe doch in der nächsten Zeit eine Menge Arbeit. Also ist deine Frage damit beantwortet

146

und du kannst nun in Ruhe schlafen«, sagte Beanstock und erhob sich. Lucinda jubelte.

»Detektivierst du etwa schon wieder?«, fragte Lucinda und gähnte ausgiebig.

»Dieses Wort gibt es nicht, mein Kind. Wer hat dir das gesagt? Das kommt doch nicht von dir. Ich weiß schon, sag nichts, Gonzales.«

Lucinda nickte grinsend.

»Er ist immer so witzig. Du musst auch witziger werden, Arthur. Das macht Spaß.«

»Schlafen«, forderte Beanstock mit Nachdruck, verließ den Raum, löschte das Licht im Zimmer und schloss leise die Tür.

Er ging kopfschüttelnd zurück in sein eigenes Zimmer.

»Dieses Kind«, flüsterte er.

Theaterproben

Der alte Henry erwachte in seinem Refugium hoch über den Köpfen der zukünftigen und noch nicht anwesenden Zuschauer. Er streckte die steifen Glieder, stand auf und machte ein paar ungelenke Kniebeugen. Damit war sein Sportprogramm des Tages beendet und er konnte sich seinen Aufgaben widmen. Im Moment bestanden diese daraus, am Tage den Leuten im Theater bei Proben und Aufbau zuzusehen und am Abend, wenn das Theater endlich wieder still war, nach leckeren Mahlzeiten Ausschau zu halten. Wenn die Proben zu langweilig waren, griff er zu einem seiner Bücher und las.

Für den Fall, dass er am Tage das Gebäude verlassen wollte, hatte er sich einen Weg zurechtgelegt, der ihn weit von dem Trubel im Haus entfernte. Sollte man ihn entdecken, wäre es aus mit der schönen Unterkunft. Aber seine selbstgewählte Aufgabe, im nahen Wald die Wildererfallen zu zerstören, trieb ihn immer wieder hinaus. Es war eine wichtige Tätigkeit.

Wie er seinen Tagesplan später, wenn das Theater Abendvorstellungen zeigen würde, bewerkstelligen sollte, war ihm noch nicht klar. Diese Entscheidung schob er noch weit weg.

Henry ging zu der Porzellanschüssel an der Fensterseite und wusch sich das Gesicht. In jeder Nacht ging er mit dem Krug nach unten und tauschte das Schmutzwasser gegen frisches.

Früher, als er noch ganz allein hier gewesen war, hatte er sich den Luxus eines eigenen Bades leisten können und sich in einer der Umkleidekabinen der Schauspieler gewaschen. Glücklicherweise hatte niemand das Wasser abgestellt, als das Theater geschlossen worden war. Ab und zu, wenn er spät in der Nacht aus dem Wald zurückkam, nutzte er diese Möglichkeit auch weiterhin. Aber er wollte niemanden auf die Idee bringen, dass sich im Haus jemand eingenistet hatte, der hier nicht hergehörte. Deshalb putzte er danach den Waschraum auch immer penibel sauber.

Zum Glück hatte er sich noch mit genügend frischer Kleidung eingedeckt. Heute hatte er Spaß daran, die Samtpumphosen und ein spitzenbesetztes Musketierhemd anzuziehen. Die Kleider waren ordentlich auf einem alten Garderobenständer aufgereiht. Daneben hing sein bunt mit Bändern verzierter Hut, der sein Markenzeichen unter den Bewohnern von Pilpots geworden war.

Große Wäsche konnte er nun auch nicht mehr ohne Probleme veranstalten. Früher hatte er seine gewaschenen Kleidungsstücke auf der Bühne an einem quer darüber gespannten Seil trocknen lassen. Vorbei. Aber er wäre nicht der gewitzte Henry, wenn er nicht für alles eine Lösung finden würde.

Er hatte es sich gemütlich eingerichtet, oben, weit

über dem Zuschauerraum. Und die Proben waren im Moment alles andere als langweilig. Er saß dann mit einem Becher Tee an der Öffnung, durch die der große Kronleuchter auf und ab bewegt werden konnte, und beobachtete die Aktivitäten auf der Bühne.

Einen kleinen Kocher, eine Metallkanne und Tee hatte er sich aus der Teestube, die sich hinter der Bühne befand, besorgt. Das hatte eine Aufregung am nächsten Tag gegeben. Die ältere Frau, die alle Mrs Porkpie nannten, hatte ein Lamento veranstaltet, das er bis hinauf in sein privates Refugium gehört hatte.

Er kicherte.

Sie hatte jeden im Theater verdächtigt, die Dinge genommen zu haben. Dann war dieser steif wirkende Butler gekommen. Sie hatte ihm gemeldet, dass einige Dinge aus der Teestube verschwunden waren und ersetzt werden müssten. Das war sehr lustig gewesen.

Der Mann hatte einen Moment überlegt und sich dann etwas in einem kleinen schwarzen Buch notiert. Henry schätzte ihn als ziemlich clever ein. Vor diesem Mann musste er sich in Acht nehmen. Er hatte sich für ihn einen schönen Namen ausgedacht. Bei ihm hieß er Mr Snooper, Schnüffler. Henry dachte sich gern für Leute neue Namen aus. Das war ein Hobby von ihm.

Doch die kleinen Kuchenstücke der Frau waren zu verlockend. Es war für Henry ein kleines Fest, wenn er während seiner nächtlichen Runde noch ein Stück in der Teestube vorfand. So etwas Leckeres hatte er seit Jahren nicht mehr genossen. Leider empfanden die Theaterleute das ebenfalls und meist waren am Abend nur noch Krümel übrig.

Es war schon ein Risiko, die Sachen zu nehmen. Aber eine gemütliche Tasse Tee zu trinken, Kuchen zu genießen und den Proben zuzusehen, war für den alten Henry wie Luxus.

Nun saß er wieder an seinem Lieblingsplatz und blickte nach unten zur Bühne. Soeben hatten die beiden Bühnenarbeiter den Holzsarg auf die Bühne gebracht und auf zwei Ablagen abgestellt. Dann erschienen die Schauspieler. Sie sahen gelangweilt aus, vor allem dieser Darsteller des Geistlichen. Es war eine Kostümprobe und er fühlte sich sichtlich unwohl in seiner langen Soutane.

Der Regisseur stand vor der Bühne und setzte sich nun auf einen Platz in der zweiten Reihe.

Alle Darsteller nahmen ihre Plätze ein.

»Peter, muss ich dieses lange Ding tragen? Ich bin vorhin fast gefallen!«, rief der Reverend in den Zuschauerraum.

»Es ist eine Kostümprobe, Driffold, du bist ein Mann Gottes, was solltest du sonst tragen? Mit deinem Kollar am Hals läufst du doch auch schon ewig herum. Bitte alle auf die Plätze. Wir beginnen. Erster Akt, erste Szene ...« Im Hintergrund wurde die Tür zum Zuschauersaal geöffnet. »Ruhe! Wer stört denn dort?«, fragte der Regisseur.

»Bitte entschuldigen Sie, Mr Porter. Wir sind etwas zu spät. Wir wollten doch die Kostümprobe miterleben«, sagte eine Dame und kam nun in den Kegel des Bühnenscheinwerfers. Der Regisseur wedelte mit der rechten Hand und sah dann wieder zur Bühne.

Die beiden Damen nahmen leise in einer der hinteren Reihen Platz.

Henry verrenkte sich den Kopf, um zu sehen, wer da gekommen war. Es waren die beiden Ladys und noch dazu dieser Butler. Jetzt hieß es wirklich für Henry, ruhig zu bleiben. Auch sein Kichern sollte er sich verkneifen. Das war vor einigen Tagen schon einmal jemandem aufgefallen. Damals hatte man es aber nicht weiter verfolgt. Doch wenn dieser clevere Mr Snooper dabei war, sollte Henry sehr vorsichtig mit irgendwelchen Äußerungen sein. Er goss sich Tee nach und ruckelte sich in eine bequeme Position. Seine rechte Hand strich über seinen Bart. Es wurde mal wieder Zeit für eine Rasur. Doch der Sozialscheck war aufgebraucht. Der neue Scheck kam erst in ein paar Tagen. In der Nacht könnte er sich den Bart selbst etwas stutzen. Er störte ihn. Aber dazu brauchte er einen Spiegel und musste in eine der Garderoben gehen. Kommt Zeit, kommt Rat, war sein Motto.

Auf der Bühne halfen die beiden Arbeiter Andy und Lou dem Hauptdarsteller, in den Sarg zu krabbeln.

Alle waren bereit. Auch im Souffleurkasten regte sich etwas. Cedric Sharp blätterte in dem Manuskript.

In diesem Moment griff Driffold in die Tasche seiner Soutane, holte ein paar Blätter heraus und raschelte damit herum.

»Um Gottes willen! Driffold! Was machst du denn da?«, fragte vollkommen genervt der Regisseur.

Der Geistliche steckte die Blätter zurück in seine

Soutane und nestelte wiederum an seinem Kragen herum.

»Ich wollte nur sicher sein, welches Stück wir spielen. Einen kurzen Moment dachte ich, wir spielen die Mausefalle von Christie.«

Mr Porter stöhnte. Im Souffleurkasten wurde gehustet.

»In dem Stück von Agatha Christie gibt es doch gar keinen Mann der Kirche. Bitte konzentriere dich etwas mehr. Du bist doch sonst immer so genau. Was ist denn mit dir heute los? Und bitte! Spielt mir endlich etwas vor!« Er lehnte sich in seinem Sessel zurück und faltete die Hände wie zum Gebet.

Lady Fedora sah ihre Freundin mit verzogenem Gesicht an. Was für ein Schlamassel. Der Regisseur hatte ihr Mitgefühl. Lady Marjorie hob die Schulter. Sie konnte sich aus dieser Geschichte keinen Reim mehr machen. Es gab einfach zu viele Hindernisse auf dem Weg zu ihrem Theaterprojekt. Als ob eine Horde Kobolde am Werk war, die aus lauter Spaß am Streichespielen im Theater Ärger machten.

»Hätten wir vorher gewusst, wie kompliziert das alles hier ist, hätten wir Peter Pan aufgeführt«, flüsterte sie so leise wie möglich ihrer Freundin ins Ohr.

Lady Fedora stimmte ihr nickend zu.

»Wer, meine Liebe, sollte denn Captain Hook spielen?«, fragte sie.

Lady Marjorie und ihre Freundin warfen einen Seitenblick auf Beanstock, der neben ihnen im Gang stand. Dann hielten sich beide den Mund zu, um nicht laut lachen zu müssen.

Beanstock verstand nicht und räusperte sich leise.

Auf der Bühne ging der erste Akt ohne weitere Probleme über die Bühne. Sogar das neue Hausmädchen Yvette, dargestellt von der Tochter des Apothekers Hoppelton, machte ihre Sache sehr gut. Nur einmal gab es ein Problem, als sich Alan Mort in seinem Sarg bewegte und das Holz unter seiner Last ächzte. Denn der gute Mann war kein Leichtgewicht. Aber Mr Porter sah darüber hinweg und nach einer kurzen Pause begann der zweite Akt.

Die Umbauten zum Esszimmer wurden von den beiden Bühnenarbeitern sehr gut und effizient gemacht. Sie mussten nur ermahnt werden, dass sie möglichst wenig Lärm machen sollten. Die beiden kramten auf der Bühne herum wie eine Schar Kinder in ihren Spieltruhen.

Die Schauspieler nahmen ihre Plätze erneut ein.

Nun kam es darauf an, ob Constable Donegal eine gute Wahl für die Rolle des Sergeant Witherspoon gewesen war. Die Ladys im Zuschauerraum hielten die Daumen und sahen sich ängstlich an.

Aber auch der Constable war textsicher und machte seine Sache ausgezeichnet, wenn er auch immer noch etwas hölzern herüberkam. Seine Proben mit der Laienspielgruppe hatten sich gelohnt.

Dann kam der Auftritt des Butlers Hornsby. Zuerst stammelte er ein paar Worte, die niemand verstand.

»Ein Paket für Mrs Robert!«, rief er plötzlich mit lauter Stimme.

»Stopp!«, tönte es aus dem Souffleurkasten. »Ich habe Ihnen soeben zugeflüstert, ein Brief für Sie, Mr Robert! Was ist daran nicht zu verstehen gewesen?«

Pierce Upward, der Darsteller des Butlers, entschuldigte sich mit Hörproblemen. Er sagte dann den Satz richtig und es konnte zum Glück weitergehen.

Bis zum Ende des Aktes lief es gut und der Regisseur war endlich einmal zufrieden. Er ordnete eine kurze Pause an. So wie es auch während der Premiere sein würde. Dadurch hatten die Bühnenarbeiter genügend Zeit, das Esszimmer in den Salon zurückzuverwandeln. Wie zur Unterstützung der Pause krachte es laut hinter der Bühne. Andy sah hinter dem Bühnenbild hervor.

»Entschuldigung!«

Mr Porter verdrehte die Augen.

Die beiden Ladys erhoben sich und gingen zu ihm. Beanstock meldete sich kurz ab. Er wollte hinter der Bühne einige Fragen stellen. Vor allem wollte er mit dem jungen Gunnar reden.

Als er die Stufen zur Bühne hinaufstieg, hörte er hinter dem Vorhang einen Streit mit an.

Der Souffleur stellte den Darsteller des Butlers Hornsby mit harschen Worten zur Rede. Pierce Upward versuchte, ihn zu beschwichtigen.

»Bitte nicht so laut, guter Mann. Ich habe ganz einfach mein Hörgerät im Hotelzimmer liegen lassen. Ich verspreche, zur Premiere aufmerksamer zu sein. Bitte sagen Sie niemandem etwas davon. Es wäre mein Untergang, wenn das publik wird«, flehte der Mann.

»Nun gut. Lassen wir es dabei. Ich habe niemals bei Ihnen ein Hörgerät gesehen. Wo verstecken Sie das Ding denn?«, fragte der Souffleur.

»Diese Geräte sind schon lange nicht mehr so riesengroß. Ich erinnere mich, gelesen zu haben, dass bei der Krönung König Edward VII. seine Gattin, Prinzessin Alexandra, ein Hörgerät gehabt hat. Ein Diener hat es ihr immer hinterhertragen müssen, da das gute Stück mehr als fünfundzwanzig Pfund gewogen haben soll. Mein Hörgerät ist so groß wie eine Zigarettenschachtel und das Kabel verstecke ich hinter dem Ohr und unter meinem Haar. Darum trage ich es etwas länger. Unser lieber Regisseur hat sich bereits darüber mokiert. Er meinte, ein Butler sollte nicht so einen Haarschnitt haben«, antwortete ausschweifend Mr Upward.

»Also gut. Aber ich dulde kein weiteres unprofessionelles Verhalten auf der Bühne. Schlimm genug, dass dieser Darsteller des Geistlichen auf meinen Nerven herumtrampelt. Der denkt vielleicht, er wäre gut. Aber ich war einst König Lear. Das sollte man nicht vergessen. Mir macht so schnell niemand etwas vor«, sagte Mr Sharp nun etwas leiser. Die beiden trennten sich.

Beanstock würde sich das auf jeden Fall merken. Das Ego des Souffleurs war mächtiger als der Herr selbst.

Er sah zuerst in der kleinen Teestube nach. Dort fand er glücklicherweise seinen Gesprächspartner.

»Mr Atkins, wie schön, Sie zu sehen. Ich hoffe, es ist alles zur Zufriedenheit Ihrer Mutter arrangiert worden?«

Gunnar verzog das Gesicht zu einer bösen Grimasse.

»Es geht immer um meine Mutter, nicht wahr? Jeder macht sich Sorgen, dass die große Diva alles hat, was sie braucht«, antwortete der junge Mann und nippte an seinem Tee, den er sich gerade in eine Porzellantasse eingegossen hatte.

»Ich wollte Sie um etwas bitten. Nach der Premiere möchten die Mitglieder des Vereins einen kleinen Umtrunk veranstalten. Würden Sie mir bitte kurz aufschreiben, welche Vorlieben die Theaterleute in Bezug auf Speisen und vor allem Getränke haben? Ich bin immer gern gut vorbereitet, wenn es um ein Treffen meiner Herrschaft mit unbekannten Gästen geht. Das verstehen Sie doch sicher.«

»Na gut. Wenn es denn sein muss. Notieren Sie.«

»Dürfte ich Sie bitten, es selbst zu notieren? Das wäre mir eine große Hilfe. Zumal ich meine Brille im Haus vergessen habe.« Beanstock zog sein Notizbuch aus der Jacketttasche und reichte es dem Mann zusammen mit einem Stift.

Gunnar Atkins verstand das zunächst nicht, dachte sich aber wohl nichts dabei und notierte etwas. Es dauerte nur ein paar Minuten, dann hatte Beanstock seine Schriftprobe.

»Kannten Sie die verstorbene Miss Saint-John gut?«, fragte der Butler.

»Ich habe sie sehr gemocht, auch wenn sie ziemlich hochnäsig war und sich auf ihr Aussehen zu viel eingebildet hat. Sie war die Einzige der Truppe, die sich mit mir über mehr als über das Wetter unterhalten hat. Wenn man sie näher kennenlernte, war sie ganz nett. Dieses Ende hat sie wahrlich nicht verdient.« Mr Atkins trank seine Tasse leer, stellte sie neben der Spüle ab und verließ den Raum.

Beanstock betrachtete die Schriftprobe. Er hatte noch gut im Gedächtnis, wie der Brief ausgesehen

157

hatte. Aber diese Schrift war es auf keinen Fall gewesen. Der junge Mann drückte mit dieser etwas krakeligen Schrift das aus, was in ihm vorging. Frustration und Unzufriedenheit mit seinem Dasein. Was in großem Maße sicher durch das Verhalten seiner Mutter zu erklären war.

Beanstocks Verdacht war entkräftet. Er glaubte nicht, dass Gunnar der unnachgiebige Liebhaber aus dem Brief gewesen war, und er glaubte auch nicht, dass dieser Mann einen Mord oder sogar zwei begangen haben könnte.

Constable Donegal kam ihm auf dem Flur entgegen. Er grüßte Beanstock freundlich.

»Wie war ich, Sir? Meinen Sie, dass ich mich am Ende blamieren werde?«, fragte er und drehte nervös seinen Polizeihut in den Händen.

»Sie waren sehr gut, Constable. Vor allem haben Sie bis jetzt Ihren Text ohne Probleme aufsagen können. Was man von einigen Ihrer professionellen Kollegen nicht sagen kann.« Etwas leiser fügte Beanstock hinzu: »Ich möchte Sie etwas fragen.« Dabei sah er sich vorsichtig um, ob jemand in der Nähe sein würde, der seine Worte hören könnte.

Der Constable wies mit der Hand zurück in die Teestube. Die beiden Herren gingen hinein und Beanstock schloss vorsichtshalber die Tür, die ansonsten immer offen stand.

»Sie haben meine Aufmerksamkeit, Mr Beanstock. Haben Sie irgendetwas erkennen können bei Ihrem ... Besuch im Pub?« Der Constable drückte sich vorsichtig aus.

»Ich habe gesehen, dass es ein zweites Glas auf

dem Tisch gegeben hat. Das hat der Inspector sicher auch bemerkt. Man konnte den Abdruck gut erkennen. Die Leute verzichten nur zu gerne auf Untersetzer, die ansonsten die gute Tischplatte schützen würden. Aber hat der Inspector auch diesen Brief im Koffer entdeckt?«

»Er hat ihn gesehen, aber nicht weiter beachtet. Er meinte, das wäre nur das Geschwafel eines allzu aufdringlichen Fans im fernen London gewesen. Trotzdem musste ich mich am Bahnhof und im Pub erkundigen, ob in der letzten Zeit Fremde angekommen wären. Das war nicht der Fall. Also verfolgte Inspector Greenwood die Sache nicht weiter.«

»Verstehe«, murmelte Beanstock. »Es könnte sich aber bei dem Briefschreiber um ein Mitglied der Theatergruppe handeln. Ich bin mir da noch nicht ganz sicher. Den jungen Mann, Gunnar Atkins, habe ich ausgeschlossen. Ich habe eine Schriftprobe von ihm.«

»Sie haben doch nicht etwa den Brief eingesteckt! Mr Beanstock! Das können Sie nicht tun!«, rief der Constable entgeistert.

»Nein. Natürlich nicht. Ich habe ihn abgeschrieben, da mir der Text so bekannt vorkam. Die Schrift habe ich mir genau eingeprägt. Sie ist ziemlich speziell und unverkennbar. Sehr graziös und verspielt. Fast würde man denken, es hätte eine Dame geschrieben. Sie sollten den Brief sicherstellen, bevor der Mörder ihn eventuell an sich nehmen kann. Damit erweitert sich der Kreis der Verdächtigen. Haben Sie herausbekommen, ob Miss Saint-John an jenem Abend wirklich zur Telefonzelle gegangen ist?«

159

»Sie hatten recht. Sie hat den Pub kurz verlassen, um zu telefonieren. Ihr neuer Agent hat das bestätigt. Sie hatte sich einen neuen Agenten suchen müssen. Der vorherige Mann hat sie um eine Menge Geld betrogen. Nach dem Gespräch, bei dem ihr der Herr vorgeschlagen hatte, nach London zurückzukehren, ging die Dame in den Pub, um zu packen«, berichtete der Constable leise.

Die beiden hörten Schritte auf dem Flur. Mandy, der Inspizient, lief an den Garderoben entlang und rief die Schauspieler auf die Bühne. Es ging weiter.

»Da bin ich auch dabei. Ich muss gehen, Mr Beanstock. Inspector Greenwood ist gar nicht begeistert von meinem Spiel auf der Bühne. Er meinte, das würde sich für einen seriösen Polizeibeamten nicht ziemen. Aber er hat mich doch freigestellt für heute. Ich liebe das Theaterspiel. Fast ein bisschen mehr als meine Schnitzarbeiten«, sagte der Constable und öffnete die Tür zum Flur.

Beanstock kannte die Schnitzarbeiten des Polizisten gut. Sie waren in ganz Parsley Field beliebt und bevölkerten so manches Cottage des Ortes. Auf dem Tresen der Polizeistation stand sogar ein Holzpolizist, aus dessen Jackentasche ein kleiner Notizblock und ein winziger Stift herauslugten. Die Angewohnheit des Constable, so viel wie möglich zu notieren, wenn man am Tatort war, brachte den Inspector von Zeit zu Zeit zum Verzweifeln. Bald wäre kein Platz mehr in dem Regal hinter dem Tresen. Aber der gute Constable konnte ihm zu jeder noch so lange zurückliegenden Angelegenheit Auskünfte geben. Das versöhnte den Inspector dann wieder.

Im Flur öffneten die Schauspieler ihre Garderobentüren und machten sich auf den Weg zur Bühne. Geredet wurde dabei nicht. Beanstock hatte sogar den Eindruck, dass sich die Herrschaften belauern würden. Kein Wunder, nachdem es bei dieser Aufführung schon wieder einen echten Todesfall gegeben hatte. Eine Ausnahme machte Ben Bradly, der sich kumpelhaft bei Mrs Atkins unterhakte und ihr Nettigkeiten ins Ohr säuselte. Irgendwie konnte sich Beanstock diesen Mann nicht als Mörder vorstellen. Er war arrogant und auf seinen Vorteil bedacht. Aber welches Motiv sollte der Mann haben? Sicher könnte er Mrs Atkins' Mann damals getötet haben, aber Miss Saint-John passte nicht da hinein.

Beanstock stand im Flur und sinnierte über die Morde nach. Dann sah er Cedric Sharp aus der Garderobe von Driffold Summer kommen. Sharp rief etwas Unverständliches durch die offene Tür in die Garderobe dahinter. Er konnte aber nicht verstehen, was der Souffleur sagte. Es klang wie eine Warnung. Daraufhin erschien der Angesprochene in der offenen Tür und Beanstock hatte den Eindruck, dass er sehr zornig war.

»Du überschätzt deine Kompetenzen, Cedric! Denk darüber nach. Wir werden ja sehen, wer am Ende triumphiert«, schrie der Schauspieler, knallte die Tür hinter sich zu und lief mit weit ausholenden Schritten an Beanstock vorbei zur Bühne. Die beiden kannten sich wohl näher. Sie duzten sich.

Der Souffleur lächelte den Butler an.

»Schauspieler! Man kann nicht einmal einen Hinweis anbringen, der ihr Spiel verbessern würde, ohne dass sie sich angegriffen fühlen«, sagte er und verschwand in der anderen Richtung. Dort befand sich der Zugang zum Souffleurkasten.

Beanstock wartete, bis alle ihre Plätze auf oder neben der Bühne eingenommen hatten. Als er hörte, dass auf der Bühne die Probe begann, ging Beanstock zu den Garderoben. Er wusste, dass die Türen nicht abgeschlossen wurden. Zuerst betrat er den Raum der Mrs Atkins, der erste auf der linken Seite. Gunnar war mit seiner Mutter zur Bühne gegangen. Sein Gesicht hatte Abscheu und Widerwillen ausgedrückt. Mrs Atkins hatte dagegen ein sehr fröhliches Gesicht gemacht. Sie hatte sich in den Aufmerksamkeiten des weitaus jüngeren Bradly gesonnt.

Die Garderobe des selbst ernannten Stars war sehr ordentlich. Was Beanstock nicht erwartet hatte. Er sah sich auf dem Schminktisch um. Hier lagen neben den Schminkutensilien, mit denen sich die Dame ein junges Gesicht malte, nur Autogrammfotos ohne Unterschrift. Auf einem Bügel hing der Mantel der Dame. Er durchsuchte die Taschen, fand aber nichts Aufregendes. Vor allem fand er nichts, was Mrs Atkins selbst geschrieben haben könnte. Denn danach war er auf der Suche. In der Handtasche wurde er fündig. Ein Zettel mit einer Aufzählung von verschiedenen Dingen, die ihr Sohn wahrscheinlich besorgen sollte. Die Schrift war vollkommen anders.

Er verließ die Garderobe, horchte kurz nach den Geräuschen, die von der Bühne kamen, und öffnete die nächste Garderobe. Hier war es nicht ganz so ordentlich. Aber auch in dem Raum des Ben Bradly

162

war nichts Relevantes zu finden. An der Tür hing der Mantel des Mannes. Beanstock durchsuchte die Taschen und fand einen Zettel mit Notizen. Mr Bradly hatte sich offensichtlich sehr viel vorgenommen. Es war eine Art Fahrplan für seine weitere Arbeit in der Theaterbranche. Sehr seltsam. Aber die Schrift passte nicht zu dem Brief an Miss Saint-John.

So arbeitete sich Beanstock von Garderobe zu Garderobe vor. In fast allen Räumen entdeckte er Briefe oder Zettel. Er prägte sich die Schriftbilder genau ein und machte sich Notizen.

Beanstock stand nun wieder auf dem Flur und überlegte.

Was wäre, wenn es einer der Angestellten war? Der Regisseur oder Mandy, der Inspizient. Andy und Lou, die beiden Bühnenarbeiter, schloss er kurzerhand aus. Er hatte eher den Eindruck in den letzten Tagen gehabt, dass den beiden nur ihre Arbeit wichtig war. Sie kümmerten sich nicht um die Schauspieler. Die beiden Herren waren sich selbst genug und lebten zusammen in der Nähe von Pilpots in einem Seniorenheim. Die Arbeit hatten die beiden nur übernommen, weil sie Langeweile gehabt und das Elysion immer schon geliebt hatten. Genauso dachte er über den Requisiteur Jasper. Auch dieser Herr kümmerte sich nicht um die Allüren der Schauspieler.

Beanstock hatte am ersten Tag, als man das alte Theater wieder auf Vordermann gebracht hatte, ein Gespräch zwischen den drei Männern gehört, in dem sie ihre Freude ausdrückten, das Haus endlich wiederzusehen. Sie liebten einfach ihre Arbeit für das Theater.

163

Aus Richtung der Bühne wurden Stimmen laut. Beanstock ging zurück und stellte sich auf die Seite neben den Inspizienten.

»Was gibt es?«, fragte er Mandy leise.

Der Inspizient winkte ab.

»Ach, wie immer beschwert sich jemand. Dieses Mal ist es unser geschätzter neuer Hauptdarsteller, Mr Alan Mort. Er verlangt mehr Aufmerksamkeit für seine Rolle und beschwert sich, dass er in diesem Akt fast nur hinter einem Busch hocken muss. Na und? Für seine Gage würde ich auch da hocken und ab und zu grunzen. Meine Güte«, erklärte er und verdrehte die Augen. Dann blätterte Mandy in seinen Unterlagen, die er, auf einem Brett geheftet, stets bei sich hatte, und betrat die Bühne.

Beanstock hatte dem Inspizienten über die Schulter geschaut und einen Blick auf die Notizen des Mannes geworfen. Auch diese ergaben keine Übereinstimmung mit dem Brief an Colette Saint-John.

Er folgte Mandy und ging leise über die Treppe neben der Bühne in den Zuschauerraum.

»Außerdem ist dieser Busch so klein, sodass ich fast danebenliegen muss!«, brüllte in diesem Moment Mr Mort, der nun den Wilbur Willoby spielen sollte. Sicher bereute der Regisseur seine Wahl bereits.

Peter Porter stand vor der Bühne und wischte sich mit einem Taschentuch über die schweißnasse Stirn.

»Andy!«, rief er mit heiserer Stimme. Sofort erschien der Bühnenarbeiter hinter einer Pappkulisse.

»Chef?«, fragte Andy.

»Besorgen Sie einen größeren Busch für unseren geschätzten Hauptdarsteller!«, rief der Regisseur in

Richtung Bühne.

Andy hielt seine Hand an seine Mütze, salutierte und grinste breit.

»Wird erledigt, Chef!«, entgegnete er laut und verschwand mit seinem Freund Lou, um einen neuen Busch zu suchen. Von irgendwoher kam ein Kichern.

»Wer war das?«, rief Peter Porter. »Kein Kichern während der Probe! Mr Sharp, waren Sie das in Ihrem Kasten? Ich muss doch sehr bitten!« Er ließ sich resigniert in einen der Sessel fallen, schloss die Augen und zählte. Es half.

Beanstock stieg schnell die Stufen hinab und ging durch den Saal zur hinteren Doppeltür. Dort standen die beiden Ladys und beobachteten das Drama.

Als der Butler angekommen war und den Kopf leicht neigte, wedelte Lady Marjorie mit der Hand in Richtung Ausgang und sie verließen möglichst lautlos den Saal.

Vor dem Theater angekommen, fuhr gerade Gonzales vor. Er brachte Nachschub für die Teestube. Solange sich das Theater noch nicht selbst trug, war es für den Verein eine Herzensangelegenheit, Unterstützung in allen Dingen zu leisten.

Über dem Eingang waren Arbeiter dabei, ein neues Schild mit dem Namen Elysion-Theater anzubringen. Die Buchstaben im Stein waren doch schon sehr in die Jahre gekommen. Man konnte sie kaum noch lesen.

Lady Fedora sah sich das neue Schild an.

»Es ist sehr schön geworden. Im Schaukasten neben der Tür hängen schon die Fotos Ihrer Schwester, lieber Beanstock. Haben Sie das gesehen? Ich finde, sie hat ihre Sache sehr gut gemacht.«

Beanstock neigte zustimmend den Kopf.

Nachdem Gonzales den Korb mit den Kuchenstücken und Sandwiches in die Teestube gebracht hatte, stiegen die Damen und Beanstock ein, Gonzales setzte sich hinter das Steuer des Bentleys und es ging nach Hause. Kurz hielt der Chauffeur noch auf dem Innenhof des Wasserschlosses an und Lady Marjorie verabschiedete sich von ihrer Freundin.

»Ich habe erst einmal genug vom Theater und freue mich nun auf die Premiere. Danach ist zum Glück keine weitere Vorstellung dieses fürchterlichen Stückes geplant. Mr Porter hat bereits signalisiert, dass er sich um andere Schauspieler und ein anderes Theaterstück kümmern wolle. Das erscheint mir sehr vernünftig. Und dann haben wir ja auch noch unsere Laienspielgruppe. Sie werden auf jeden Fall dort Aufführungen übernehmen.« Sie zwinkerte Lady Fedora zu und ging. Als sie die Tür öffnete, lief ihr sofort die kleine Blossom in die Arme. Wie sich doch ein Hund über die Rückkehr eines Familienmitglieds freuen konnte. Lady Fedora winkte ihrer Freundin und Gonzales wendete den Wagen.

Beanstock sah auf seine Taschenuhr. Es war fünfzehn Uhr. Gerade noch genug Zeit, um die Teatime vorzubereiten. Er wusste natürlich, dass er sich auf Mrs Argyle verlassen konnte. Aber ein Butler nahm immer gern alle notwendigen Dinge selbst in Augenschein.

Auf Parsley Field angekommen, stieg Beanstock aus und öffnete zuerst die Autotür für Milady und dann die Tür zum Haus. Auf dem Weg in die Küche sah er in seinem Büro nach. Es war keine Post für ihn gekommen. Mr Black brauchte wohl noch Zeit.

Nun gab es Butlerdinge zu tun.

Noch zwei Wochen bis zur Premiere

Die Nervosität unter den Bewohnern auf Parsley Manor vergrößerte sich, je näher der Termin der Premiere rückte. Beanstock war mit seinen Ermittlungen noch keinen großen Schritt weitergekommen. Trotzdem war für ihn der Brief der Schlüssel zum Mord an der jungen Schauspielerin. Wie das mit dem Mord an Mr Atkins vor ein paar Jahren zusammenhängen könnte, war ihm noch nicht klar. Aber die Vorgehensweise war ähnlich. Es musste eine Verbindung geben. Wo blieben die Informationen von Mr Black?

Die Mitglieder des Vereins zur Rettung des Elysion-Theaters hielten sich inzwischen mit ihren Besuchen bei den Proben lieber zurück. Die Stimmung unter den Theaterleuten war aufgeheizt genug.

Mrs Porkpie und Phillis kümmerten sich, wie an jedem Tag in der letzten Zeit, um das Wohl der Theaterleute während der Probenzeit im Elysion. Wenn es wirklich weitergehen sollte und das Theater auf eigenen Füßen stehen könnte, sollte jemand für die Teestube eingestellt werden.

Im Moment gingen die Meinungen in Bezug auf die Fortführung des Theaters noch weit auseinander.

Constable Donegal hatte Beanstock unter dem Siegel der Verschwiegenheit mitgeteilt, dass es wie bei Mr Atkins hochdosiertes Morphium gewesen war, was Colette Saint-John umgebracht hatte. Das bestärkte den Butler in seiner Annahme, dass die Morde zusammenhingen.

Beanstock ging am nächsten Tag zu Fuß nach Parsley Field. Es war nur ein Weg von zehn Minuten. Die frische Morgenluft tat ihm gut. Er wollte seinen Kopf frei bekommen. Im Landwarenladen war eine Bestellung abzuholen und danach wollte er mit dem Apotheker Hoppleton sprechen.

Nachdem er die gedruckten Karten für Lady Fedora bei Mrs Bloom bezahlt hatte, verließ er den Laden und betrat die hübsche alte Apotheke mit den hohen polierten Apothekerschränken.

Mrs Hoppleton war vor der Eingangstür mit neuen Pflanzen für die Kübel beschäftigt. Es war im Ort allgemein bekannt, dass sich die Damen Hoppleton und Bloom seit Jahren in einem Wettstreit um das schönste Geschäft befanden. Wie zur Unterstützung hatte Mrs Bloom den Butler vor ein paar Minuten zur Tür ihres Ladens begleitet und ihn auf ihre eigenen bunten Blumen vor dem Eingang hingewiesen. Die Frage, welche er am besten finden würde, ihre oder die gegenüber, hatte Beanstock geflissentlich nicht beantwortet.

Der Apotheker sah gestresst aus. Auch das fröhliche Klingeln über der Tür, als Beanstock eintrat, entlockte ihm kein Lächeln.

Während Mr Hoppleton froh war, wenn die Premiere vorbei war, hörte seine liebe Gattin Sybill nicht auf, ihre Tochter in den höchsten Tönen für die Darstellung des Hausmädchens zu loben.

»Meine Güte, Mr Beanstock, sie spielt ein Hausmädchen, das auch noch im dritten Akt stirbt. Sie gibt doch nicht die verdammte Königin Kleopatra. Ich drehe hier noch durch mit meinen Grazien. Den gesamten Tag muss ich mir den Text anhören. Mittlerweile könnte ich selbst das Hausmädchen spielen. Und ihre letzten Worte im Stück, wo sie sagt: Ich hatte Tanzunterricht, müssen Sie wissen, und habe eine angenehme Singstimme, ist auch noch Öl auf das Feuer gewesen. Jetzt denkt Pam, sie wäre für Hollywood geboren. Haben Sie sie mal singen hören?«, fragte der Apotheker in verschwörerisch leisem Ton.

Beanstock schüttelte den Kopf.

»Haben Sie ein Glück. Brian, mein Sohn, ist so froh, dass er im Moment seinem Studium nachgehen darf. Er will die Apotheke irgendwann übernehmen, müssen Sie wissen.« Bei den letzten Worten hatte sich die Miene des Apothekers sichtlich aufgehellt.

»Was kann ich denn heute für Sie tun, Mr Beanstock? Es ist doch niemand krank im Haus.«

»Nein. Es geht allen gut. Vielen Dank. Ich brauche heute nur eine Auskunft. Es geht um Morphium. Was können Sie mir darüber erzählen und bekommt man dieses Medikament leicht? Das würde mich sehr interessieren.«

Der Apotheker sah sein Gegenüber skeptisch an.

»Warum wollen Sie das wissen? Inspector Greenwood war gestern auch hier und fragte mich nach Morphium.«

»Es handelt sich im Prinzip um dieselbe Angelegenheit«, antwortete Beanstock vorsichtig. »Ich weiß schon etwas über dieses Medikament, möchte aber Ihre Meinung als Spezialist dazu hören.«

»Und sicher wollen Sie, dass ich dem Inspector nichts davon erzähle. Ich verstehe schon. Ihr Hobby ist bekannt im Ort.«

Beanstock räusperte sich.

»Also Morphium. Das Medikament wird aus dem getrockneten Milchsaft des Schlafmohns gewonnen. Es kann bei einer zu hohen Dosis zu Halluzinationen, Übelkeit und Atemstillstand führen. In der Medizin ist es ein hochwirksames Schmerzmittel, das vor allem bei der Behandlung von Krebspatienten eingesetzt wird«, dozierte der Apotheker.

»Ist es leicht zu bekommen?«, fragte Beanstock.

Mr Hoppleton kratzte sich an der Schläfe.

»Es sollte nur von einem Arzt verabreicht werden und dementsprechend gibt es Morphium ausschließlich auf Rezept und in besonders schweren Schmerzfällen. Ich wüsste nicht, auf welchem Wege man es ansonsten bekommen könnte. Der menschliche Geist ist bekanntlich trickreich. Wenn man etwas haben will, dann bekommt man es auch. In meiner Apotheke habe ich Morphium niemals vorrätig. Nur auf Bestellung von Dr. Winterbottom wird es zeitnah geordert. Mir ist auch nichts abhandengekommen in der letzten Zeit. Inspector Greenwood hat bereits mit Dr. Winterbottom gesprochen. Er hat kein Morphium vorrätig und bestellt immer erst bei Bedarf.«

»Vielen Dank, Mr Hoppleton. Das war eine sehr aufschlussreiche Darlegung«, sagte Beanstock.

Mrs Hoppleton betrat die Apotheke mit einem

großen Korb in der Hand. Sie trug Gartenhandschuhe und eine Miene zur Schau, die allen Anwesenden sagen sollte, diesmal bin ich die Gewinnerin.

Gegenüber, im Laden von Mrs Bloom, wurde die Tür geöffnet und die Witwe Bloom erschien mit einem so riesigen bepflanzten Topf in Händen, dass man die Dame kaum sehen konnte.

Mrs Hoppleton drehte sich zum Schaufenster der Apotheke um, sah hinüber zum Laden der Witwe und wurde augenblicklich blass.

»Das kann doch nicht wahr sein. Wo hat diese Hexe den Topf versteckt gehabt? Die hat doch so lange gewartet, bis ich fertig bin«, rief sie aus und ließ ihren Korb samt Inhalt fallen. Es schepperte laut.

»Und es geht los«, murmelte Mr Hoppleton.

Beanstock blickte aus dem Schaufenster. Der riesige Topf war von Mrs Bloom mit viel Mühe und Muskelkraft über die Treppe nach unten getragen worden. Sie stellte ihn neben der kleinen Bank ab, die dort stand. Gegenüber gab es natürlich auch eine Bank, größer und bunter. Der Topf war mit einem riesigen Rhododendron bepflanzt und die Blüten leuchteten in zarten Rosatönen.

Mrs Bloom stellte sich gerade hin, drückte den schmerzenden Rücken durch und wischte den Schmutz von ihrer bunten Schürze. Dann sah sie lächelnd zu der Apotheke gegenüber, klatschte in die Hände und ging zurück in ihren hübschen Laden.

»Hoffentlich braucht sie heute Abend kein Medikament gegen den schmerzenden Rücken. Sie hat sich vielleicht verhoben«, sagte der Apotheker, der ebenfalls zum Schaufenster gegangen war und

172

hinaussah. Er lächelte. Seine Frau sah es zum Glück nicht. Sie wurde nun zornesrot und verschwand in den hinteren Räumen.

»Heute gibt es kalte Küche! Ich muss zum Markt fahren! Blumen kaufen!«, rief sie aus dem hinteren Bereich. Ihr Mann verdrehte die Augen.

»Ich werde heute Abend in den Pub gehen!«, rief er zurück. Daraufhin schepperte es erneut laut in der angrenzenden Küche.

»Pam!«, rief die Apothekerfrau laut. »Du kommst mit und hilfst mir tragen!«

»Oh, Mama! Ich muss doch meinen Text lernen!«, rief die Tochter der Hoppletons aus den Tiefen der Wohnung.

»Du kannst den Text seit Langem! Hopp!«

Ein lautes Geräusch aus der oberen Etage ließ den Apotheker zusammenzucken. »Das war ihr Textbuch.«

Beanstock verabschiedete sich schnell und verließ die Apotheke.

Als er Parsley Manor erreichte, sah er zuerst in seinem Büro nach, ob Post für ihn gekommen war. Leider war auch heute nichts aus London eingetroffen.

Nun wurde es Zeit, den normalen Aufgaben eines Butlers nachzugehen.

Es läutete an der Eingangstür und Beanstock machte sich auf den Weg. Lizzy kam von oben mit einem Seidenkleid über dem Arm. Sie wollte zur Tür gehen. Beanstock hob die Hand.

»Kümmern Sie sich um das Kleid. Ich habe den großen Fleck gestern bereits begutachtet. Versuchen

Sie ihr Bestes. Es handelt sich um Blaubeersaft. Ein heikles Unterfangen. Vielleicht versuchen Sie zuerst Seifenwasser. Wenn das nicht hilft, lösen Sie am besten Salz im Wasser auf.«

Es läutete erneut.

Lizzy knickste kurz und verschwand durch die offene Seitentür, die zum Dienstbotentrakt führte. Dort gab es auch eine Waschküche, mit allem ausgestattet, was zur Bekämpfung hartnäckiger Flecken nötig war.

Beanstock öffnete.

»Inspector Greenwood. Das ist eine Überraschung. Wie kann ich Ihnen helfen?«, fragte Beanstock und hoffte, dass der Polizist nicht wegen seiner ungenehmigten Alleingänge gekommen war.

»Nun, Mr Beanstock, ich weiß nicht, ob man Pilpots mit der Neuauflage dieses Theaters wirklich einen großen Dienst erwiesen hat. Wir haben einen Toten im Wald vorgefunden, der zur Theatergruppe gehört.«

Der Butler war erschüttert. Das wurde nun doch eine größere Sache. Hätte er das nicht voraussehen können? Solange er das Motiv des Mörders nicht kannte und die Handschrift des Briefes auch noch nicht eindeutig identifiziert hatte, hätte er sicher nichts voraussehen können, aber es ärgerte ihn trotzdem ungemein.

Er bat den Inspector herein. Hinter ihm erschien Constable Donegal. Er sah den Butler mit weit aufgerissenen Augen an. So als wolle er sagen, erzählen Sie nichts von Ihrem Besuch am Tatort. Beanstock nickte ihm freundlich zu und schloss hinter den

Herren die Tür.

»Sir Percival ist in der Bibliothek. Ich werde Sie melden. Warum war der Herr denn im Wald unterwegs?«, fragte der Butler.

»So viel wir bis jetzt wissen, hatte er am Abend einen Streit mit Clarissa Atkins. Das ist sicher für Sie interessant, nicht wahr, Mr Beanstock?«, fragte der Inspector. Mehr würde Beanstock von ihm nicht erfahren. Er musste sich auf seine eigene Informationsquelle verlassen. Constable Donegal.

Der Butler öffnete die Doppeltür zum Reich des Baronets.

»Sir Percival, Inspector Greenwood möchte Sie sprechen«, sagte er und beugte den Kopf leicht.

Der Baronet stand auf der Leiter an einem der Bücherregale und angelte nach einem großen Atlas. Beanstock eilte zu ihm und hielt die Leiter fest.

»Sir, es wäre besser, wenn Sie mich das machen lassen.«

Sir Percival nickte. Er war manchmal eben einfach zu klein für bestimmte Dinge und wusste das auch.

Er stieg herab und Beanstock hinauf. Der Butler griff nach dem Atlas und brachte ihn nach unten. Dort legte er ihn auf den runden Tisch, der in der Mitte stand.

»Bitte nehmen Sie Platz, Inspector. Tee? Oder etwas Kräftigeres?«, fragte Sir Percival.

Der Constable wollte gerade etwas sagen. Einem Tee wäre er nach diesem arbeitsreichen Vormittag sicher nicht abgeneigt. Aber sein Vorgesetzter lehnte alles ab. Die Enttäuschung war Donegal am Gesicht abzulesen. Er griff in seine Jackentasche und der allseits bekannte Notizblock kam zum Vorschein. Mit Vergnügen sah Beanstock, dass ein brandneuer Stift an der Seite des Blocks zu sehen war.

»Was kann ich für Sie tun?«, fragte der Baronet.

»Ich habe mit dem Earl of Southcoffelton nicht reden können, da er geschäftlich mit seiner Gattin heute Morgen nach London gefahren ist. Er leitet doch zusammen mit Ihnen diesen Verein zur Rettung des Elysion-Theaters, nicht wahr?«

Sir Percival nickte.

»Darum bin ich hier. Sie haben wieder einen Schauspieler weniger. Heute Morgen wurde Driffold Summer, der Darsteller des Geistlichen ...« Der Inspector warf einen fragenden Blick auf seinen Constable, der sofort seinen Notizblock durchforstete.

»Father Mortimer Brewster«, las der Polizist vor.

Eigentlich sollte der gute Donegal doch die Rollennamen langsam kennen, dachte Beanstock. Doch er wusste auch, dass Donegal seine Notizen über alles liebte und ausschweifend notierte, was ihm vor den Stift kam.

»Genau, der Mann wurde heute Morgen im nahen Wald von einem Vogelbeobachter entdeckt«, sagte der Inspector.

»Ach wirklich, das ist interessant. Welchen Vogel hat der gute Mann denn dort im Besonderen beobachtet?«, unterbrach Sir Percival die Rede des Inspectors. Beanstock räusperte sich kurz.

»Einen Seidensänger, Sir Percival«, las der Constable lächelnd vor.

»*Cettia Cetti*, wie wunderschön. Er ist eigentlich im Mittelmeerbereich angesiedelt. Ein insektenfressender Singvogel, sehr klein, der Gute. Verbreitet sich aber in der letzten Zeit auch gern nach Norden hin. Sehr ...« Inspector Greenwood unterbrach nun mit einem Räuspern die Ausführungen des Baronets.

»Stimmt, Inspector. Bitte verzeihen Sie. Ich habe mich in der Vergangenheit gern mit der Vogelwelt der Britischen Inseln befasst. Sie sind wegen einer traurigen Angelegenheit gekommen. Bitte weiter«, sagte der Baronet und bekam rosa Wangen.

»Der Tote weist mehrere Stichverletzungen auf. Wenn ich nicht genau wüsste, dass die Zeiten der Duelle vorbei sind, würde ich denken, hier hat sich jemand mit einem Schwert ausgetobt«, fuhr der Inspector fort. »Wir werden sehen, was der Rechtsmediziner herausbekommt. Ich vermisse Dr. Seeker. Er stand leider nicht zur Verfügung. Ich komme mit diesem Mann aus Maidstone einfach nicht zurecht. Außerdem nuschelt er, man versteht ihn kaum.«

»Das ist wirklich wahr, Sir. Ich konnte nur Kauderwelsch notieren am Tatort«, unterbrach nun der Constable und bekam einen bösen Blick von seinem Vorgesetzten.

»Ich wollte Sie auf jeden Fall persönlich unterrichten. Soviel ich weiß, steht die Premiere in zwei Wochen an. Möchte nicht in der Haut des Regisseurs stecken. So kurzfristig einen neuen Darsteller zu finden, der dann auch noch den Text lernen muss, wird eine heikle Angelegenheit«, sagte der Inspector und erhob sich aus seinem Sessel. »Wir werden Sie und den Earl auf dem Laufenden halten. Guten Tag, Sir Percival.«

Beanstock brachte die Herren zur Tür und öffnete

sie.

Die beiden verließen das Haus. Bevor Beanstock die Tür schließen konnte, drehte sich Inspector Greenwood nochmals zu ihm um.

»Ach, Mr Beanstock, eine kurze Anmerkung. Es wäre nett, wenn Sie mich mit Ihren Ermittlungen auf dem Laufenden halten. Sie werden es doch sicher nicht abstreiten wollen. Die Morde fallen Ihnen ja sozusagen in den Schoß hier vor Ort. Da kann ein Mr Beanstock nicht anders. Nun, ich bin für jede Hilfe dankbar. Die ganze Sache erscheint mir furchtbar sinnlos zu sein. Als ob der Mörder wahllos Schauspieler umbringt. Ich erkenne bis jetzt überhaupt kein greifbares Motiv.«

Beanstock nickte verstehend mit dem Kopf.

»Das sehe ich ähnlich. Obwohl ich inzwischen der Meinung bin, dass der Mörder innerhalb der Theatertruppe zu suchen ist. Mit dem Motiv habe ich auch so meine Schwierigkeiten. Die Morde sehen wahllos aus. Ich bin mir aber einer Sache ganz sicher, es geht hier nur um das Theater. Es ist kein Mörder, der von außen kommt. Und dieser Verehrerbrief ...« Beanstock bekam einen Blick von dem Constable, der ihn verstummen ließ.

Inspector Greenwood kniff die Augen zu Schlitzen zusammen.

»Ich meine diesen Brief, von dem ich hörte, als Miss Saint-John noch gelebt hat. Sie erwähnte ihn mir gegenüber. Ich meine, der Schreiber könnte damit zu tun haben.« Hoffentlich schluckte der Inspector diese Geschichte. Da hatte sich Beanstock doch tatsächlich selbst verraten.

Aber Inspector Greenwood war von ihm schon so einiges gewohnt. Er winkte ab, verdrehte die Augen und ging zu dem Polizeiwagen, der vor der Tür parkte.

Die beiden Herren stiegen ein und der Wagen fuhr in Richtung Parsley Field davon. Hoffentlich bekam der Constable keinen Ärger durch die Unachtsamkeit Beanstocks. Dass er von dem Brief wusste, könnte auch nur an einer Erwähnung durch den Constable gelegen haben. Es bedeutete noch nicht, dass Beanstock am Tatort gewesen sein könnte.

Am Nachmittag ließ sich Sir Percival zusammen mit Beanstock zum Theater nach Pilpots fahren. Er hatte mit dem Impresario, Mr Nickel, telefoniert, um die anstehende neue Krise zu besprechen. Der Regisseur würde ebenfalls anwesend sein.

Als man das Theater erreichte und durch die Eingangshalle den Zuschauerraum betrat, waren hinter den Kulissen laute Stimmen zu hören.

»Was ist denn nun schon wieder los? Schauen Sie doch bitte nach, Beanstock, wer sich dort danebenbenimmt«, sagte Sir Percival und machte sich auf den Weg in das Büro des Impresarios, das man rechts durch eine Tür und über eine schmale Treppe erreichen konnte. Es gab auch einen Zugang über die hintere Bühne, aber Sir Percival hatte genug von streitenden Menschen.

Gonzales blieb im Zuschauerraum und sah sich dort etwas um. Dabei hörte er weit oben, wo der große Kronleuchter hing, Schritte. Er konnte sich keinen Reim daraus machen. Wer kletterte denn auf

dem Speicher herum? Er wusste von den Aufräum-
arbeiten, dass es oben unter dem Dach einen fast
leeren Speicher gab. Nur ein paar kaputte Kulissen
und mit Requisiten gefüllte Kisten fristeten dort ein
einsames Dasein. Die Motten hatten leichtes Spiel
gehabt in all den Jahren. Es war von diesen Dingen
nicht mehr viel zu gebrauchen und sie sollten in der
nächsten Zeit entsorgt werden. Doch das war irgendwie über den vielen anderen Problemen in Vergessen-
heit geraten.

Der Chauffeur setzte sich auf einen der bequemen
Sessel in der zehnten Reihe und beobachtete die
Decke weiter. *Das wird sicher interessant für Señor
Beanstock sein*, dachte er.

Die Tür zum Zuschauerraum wurde von der Halle
aus erneut geöffnet und mit weit ausholenden Schritten, ein Manuskript des Stückes unter dem linken
Arm, trat die Witwe Bloom ein, in der rechten Hand
ihren Regenschirm wie eine Standarte vor sich hertra-
gend. In ihrem Schlepptau hatte sie Pamela Hoppleton und den jungen Vikar Thomas Burton, der nun
schon längere Zeit als Hilfe für den in die Jahre
gekommenen Pfarrer Wilson in Parsley Field lebte.
Er hatte sich sehr gut eingelebt, auch wenn er immer
noch in seinen Predigten ziemlich steif auf seine
Schäfchen wirkte. Pamela und der Vikar konnten mit
Mrs Bloom kaum Schritt halten. Der Vikar stolperte
einmal fast über seine eigenen Füße.

Gonzales sah den drei Leuten interessiert nach.
Was hatte Mrs Bloom wohl wieder ausgeheckt? Sie
wollten sicher ebenfalls zum Impresario. Denn sie
gingen über die Bühne und dann durch eine Tür zum

Büro des Theaters.

Es gab auch hinten einen Nebeneingang zum Theater nur für die Angestellten und Schauspieler. Aber dort, wo in früheren Zeiten ein Portier in einem Glaskasten gesessen und den Eingang bewacht hatte, war noch nicht aufgeräumt worden. So hielt man die Tür geschlossen und alle nahmen den Vordereingang.

Hinter den Kulissen war das Streitgespräch beendet worden. Nun erschienen nacheinander zuerst Peter Porter, Cedric Sharp, der kleine Souffleur, und dann Beanstock auf der Bühne. Mr Porter drehte sich zu dem Souffleur um und machte sich absichtlich etwas größer, als er eigentlich war. Gonzales freute sich, ein interessantes Stück auf der Bühne präsentiert zu bekommen, und ruckelte sich bequem in seinem Sessel zurecht.

»Zum allerletzten Mal, Mr Sharp! Wir brauchen Sie im Souffleurkasten! Sie können die Rolle des Father Mortimer nicht übernehmen!«, rief der Regisseur und wollte davonlaufen.

Cedric Sharp hielt ihn an der Jacke fest. Mr Porter riss sich ärgerlich los.

»Ich kann doch aber als Einziger hier in diesem furchtbaren Theater den Text genau. Ich kenne alles auswendig. Ich könnte sogar das Hausmädchen spielen, wenn es denn sein müsste. Sie finden niemanden so kurzfristig. Schließlich habe ich in Stratford-upon-Avon einstmals ...«

Der Regisseur unterbrach den kleinen Mann.

»Mr Sharp. Ich weiß, Sie gaben den König Lear. Aber soviel ich weiß, haben Sie nur vorgesprochen und wurden niemals engagiert. Guter Mann, Sie sind in diesem Kasten unter der Bühne sehr gut aufgehoben. Schluss nun. Ich habe Arbeit zu erledigen! Außerdem würde Ihnen die Kutte des Geistlichen nicht passen! Wir haben keine Zeit mehr, etwas daran zu ändern! Schluss!«, brüllte Mr Porter und lief davon. Man hörte ihn im Weglaufen bis zehn zählen.

Mr Sharp stand zornesrot auf der Bühne und drehte sich abrupt um. Beinahe hätte er den Butler umgeworfen, der hinter ihm erschienen war, so schnell wollte er davonlaufen.

»So viel ich bis jetzt gesehen habe, Sir, machen Sie Ihre Arbeit wirklich ausgezeichnet. Sie sollten sich beruhigen. Wie wäre es mit einer guten Tasse Tee?«, fragte Beanstock.

Gonzales amüsierte sich königlich auf seinem Platz.

»Tee? Tee? Hat man in diesem Land ständig nur als Antwort eine Tasse Tee? Ich brauche etwas anderes als diese braune Brühe!«, schrie der Mann und lief zur Seitentreppe.

Er durchquerte den Zuschauerraum, riss die Doppeltür auf und verschwand aus dem Gesichtsfeld des Chauffeurs. Nach ein paar Sekunden fiel die Eingangstür krachend ins Schloss.

Gonzales konnte sich ein Kichern nicht verkneifen.

Beanstock rückte seine Krawatte zurecht und wollte sich ebenfalls zum Büro des Impresarios begeben. Er war gespannt, wem man die Rolle des Kirchenmannes nun aufstülpen würde.

Einer Eingebung zufolge hielt er kurz inne und sah auf den Souffleurkasten hinab. Er kehrte um und ging zurück hinter die Bühne. Da es im großen Saal sehr still geworden war, konnte Gonzales hören, dass der Butler unter der Bühne unterwegs war. Er stand auf, ging auf die Bühne und lauschte. Dann wusste er, wohin Beanstock gegangen war.

Gonzales hockte sich neben den Souffleurkasten und spähte hinein.

»*Señor* Beanstock! Was suchen Sie denn bei dem armen kleinen Mr Sharp?«

Beanstock bekam einen kurzen Schreck, fasste sich aber sofort wieder.

»Warum schleichen Sie denn auf der Bühne herum? Ich suche etwas Schriftliches von dem aufgebrachten Herrn. Es ist nicht das erste Mal, dass ich sehe, wie er sich mit einem Mitglied der Theatertruppe streitet. Zuletzt hatte er Streit mit dem nun toten Mr Driffold Summer.« Er kramte vorsichtig in den Unterlagen, die dort lagen. Der Herr sollte auf keinen Fall bemerken, dass jemand in seinen Sachen gewühlt hatte.

Beanstock blätterte in dem Manuskript. Er hoffte, dass ein pingeliger Mensch wie Cedric Sharp Anmerkungen an die Ränder geschrieben hatte. Aber es gab keinerlei Notizen. Beanstock musste sich in diesem Fall etwas anderes einfallen lassen.

»Gut. Das reicht mir. Ich habe von allen Schauspielern Schriftproben. Sehr interessant, *Señor* Gonzales. Es gab keinerlei Übereinstimmungen. Was sagen Sie dazu?«

Gonzales verstand kein Wort.

»Wozu, *Señor*?«, fragte er den Butler, der nun wieder auf dem Weg nach oben war. »Lassen Sie

183

mich doch bitte an Ihren Erkenntnissen teilhaben!«
Aber es kam keine Antwort.

»Dieser Butler macht mir das Leben noch schwerer als üblich. *No entiendo nada*«, murmelte Gonzales. Das bedeutete, dass er nichts verstanden hatte.

Er ging zurück in den Zuschauerraum und setzte sich auf einen der Sessel. Beanstock hatte die Bühne erreicht, überquerte sie und lief, so schnell es ging, in Richtung des Büros.

Gonzales sah ihm kopfschüttelnd nach.

Er griff in seine Westentasche, zog die Taschenuhr heraus, sah nach der Zeit und lächelte still vergnügt.

»Ich muss ja noch Blumen besorgen. Herringbone gibt mir bestimmt einen schönen Strauß«, murmelte er und rieb sich die Hände. Ihn erwartete wohl ein besonders schöner Abend.

Im Büro des Impresarios wurde inzwischen heiß diskutiert. Sir Percival hatte vorgeschlagen, die Premiere abzusagen. Es hatte zu viele Vorfälle gegeben. Er meinte, es wäre das Vernünftigste, mit einem anderen Stück und einer anderen Besetzung ganz neu anzusetzen.

»Das können wir nicht tun, Sir«, sagte daraufhin die Sekretärin Miss Robin. Sie saß mit einem Stenografieblock neben dem Schreibtisch ihres Chefs und schrieb fleißig mit. »So viel ich von Mrs Bloom gehört habe, sind alle Karten bereits verkauft. Sie hat dankenswerterweise den Verkauf übernommen. Die Leute werden ziemlich aufgebracht sein, wenn nun alles abgesagt werden sollte.«

Es klopfte an der Tür.

»Herein!«, rief Mr Nickel, der Impresario,

ungehalten.

Die Witwe Bloom öffnete die Tür und trat mit ihren Begleitern ein. Das Büro des Mr Nickel war nicht eines von den repräsentativen, wie man es von Banken oder von Versicherungen her kannte. Viel Platz war nicht mehr und als nach ein paar Minuten auch noch Beanstock kam, wurde es doch ziemlich eng. Der Butler blieb deshalb in der offenen Tür stehen. Mr Nickel war mit seinem Raum damals, als das Elysion noch geöffnet hatte, zufrieden gewesen. Er hatte die Meinung vertreten, dass er die meiste Zeit sowieso im Theater unterwegs sein würde. Deshalb würde er kein großes Büro benötigen. Nun bereute er diese Entscheidung.

»Mrs Bloom, was kann ich für Sie tun? Das ist hier eine interne Besprechung«, sagte Mr Nickel.

»Guten Tag. Als Leiterin der Laienspielgruppe möchte ich Ihnen unseren lieben jungen Vikar ans Herz legen für die frei gewordene Rolle des Father Mortimer Brewster. Er kennt den Text, ist bereit und die beste Wahl. Wir haben geübt.« Mrs Bloom stand mit verschränkten Armen und einem Gesichtsausdruck, der keine Widerrede dulden würde, vor den Herren. Diese waren sprachlos.

»Woher wissen Sie schon wieder, dass eine Rolle frei ist?«, fragte Sir Percival überrascht. »Der interne Funk in Parsley Field funktioniert, wie man sieht.«

Der Vikar, um den es hier ging, hatte während Mrs Blooms Rede immer einmal den Finger gehoben, war von der Witwe aber ignoriert worden. Nun meldete er sich erneut zu Wort.

»Eigentlich wollte ich nicht ...«

185

»Ach was! Sie sind am besten dafür geeignet. Pfarrer Wilson gibt Ihnen frei für die Zeit der Proben. Er ist begeistert von der Aussicht, dass ein Kirchenmann diese Rolle ausfüllt, und freut sich schon auf die Aufführung«, erklärte Mrs Bloom mit strengem Blick auf den Mann.

»Aber ich ...«, versuchte es Thomas Burton erneut.

»Aber ja!«, rief Mrs Bloom. Dabei rutschte ihr blumenbewehrter Strohhut etwas zur Seite. Sie richtete ihn sorgfältig.

Beanstock hatte sich diese Diskussion wortlos mit angehört. Er zweifelte daran, dass der arme Vikar Lust hatte, auf einer Bühne zu stehen. Mr Burton war ein recht schüchterner und zuweilen wortkarger Herr. Seine Sonntagspredigten waren gut, aber doch immer wieder durch sein leichtes Stottern unterbrochen. Die Bewohner von Parsley Field hatten sich an ihn gewöhnt und nahmen es hin. Wie war er in die Laienspielgruppe geraten? Das passte gar nicht zu ihm. Wahrscheinlich hatte die überaus resolute Dame Bloom damit zu tun. Wenn sie sich etwas in den Kopf gesetzt hatte, gab es keinen Widerspruch.

»Nun, ich denke ...«, sagte der Regisseur Porter. Er wurde unterbrochen.

»Dann ist das ja abgemacht und eine Verschiebung oder sogar eine Absetzung des Stückes ist damit aus der Welt. Schließlich habe ich in meinem Laden bereits den Rest der Karten verkauft. Sie wissen ja, dass ich den Kartenverkauf übernommen habe, bis das Theater wieder eine Kasse und einen Kartenverkäufer hat. Wir von der Laienspielgruppe über-

186

nehmen auch die Erfrischungen für die Besucher am Tag der Aufführung. Wollen Sie die guten Menschen von Parsley Field und Pilpots so sehr enttäuschen?«, fragte Mrs Bloom. »Aus gut unterrichteter Quelle weiß ich, dass seine Eminenz, der Bischof von Rochester höchstpersönlich, zu erscheinen gedenkt. Und natürlich auch unser lieber Pfarrer Wilson.« Mrs Bloom verschränkte die Arme und sah trotzig in die Runde.

»Nun ich ...«, sagte nun der Impresario und wurde ebenfalls unterbrochen.

»Also gut. Vielen Dank, meine Herren. Wann ist die nächste Probe?«

»Morgen um zehn Uhr ist Generalprobe, aber ...«, antwortete der Regisseur.

»Wir sehen uns morgen. Meine Herren, Miss Robin, auf Wiedersehen.« Mrs Bloom drehte sich auf dem Absatz um, schob sich an Beanstock vorbei, der in der offenen Tür stand, und verließ mit ihren beiden Vereinsmitgliedern das Büro. Ihre Schritte verhallten im Flur.

»Bin ich für die Rolle nicht etwas zu jung, Mrs Bloom?«, hörte man den Vikar flehen.

»Ach was. Humbug!«, rief die resolute Leiterin der Laienspieltruppe. »Ich male Ihnen ein paar Falten ins Gesicht! Wir müssen patriotisch denken. Diese Schlacht muss geschlagen werden!« Dann wurde es wieder still.

Die Leute im Raum sahen sich entgeistert an.

»Das war es also mit unserer geheimen Besprechung. Nun haben wir einen echten Polizisten und einen echten Kirchenmann in der Rolle des Father

Mortimer«, sagte Mr Porter. Er stand auf und verließ das Büro. Es gab noch viel zu tun und er musste den anderen Schauspielern klarmachen, dass noch ein weiterer Laienschauspieler mitmachen würde. Diese Diskussion würde sehr unschön werden. Das wusste er ganz genau. Clarissa Atkins hatte vor ein paar Tagen geäußert, die Bühne verlassen zu wollen, wenn noch ein einziger Laie dabei sein sollte.

Er seufzte auf dem Weg zu den Garderoben.

»So etwas habe ich noch niemals erlebt. Das kann sich kein Schriftsteller ausdenken, was hier abgeht«, murmelte er, während er sich auf die unschönen Diskussionen mit seinen Schauspielern vorbereitete.

Aus dem Schatten einer Nische trat Mrs Atkins mit boshaft verzogenem Mund. Sie hatte alles mit angehört. Nun lächelte sie tief befriedigt.

»Was tun wir denn als Nächstes für schöne Dinge? Die Langeweile ist ein böses Monster«, murmelte sie leise. Dann sah sie sich auf dem Flur um. Sie war allein. Das dachte sie zumindest.

Denn dem alten Henry war das Kichern in diesem Moment vergangen. Er hatte sich hungrig aus seinem Zimmer weit über dem Zuschauerraum geschlichen, um das Theater über seinen Schleichweg zu verlassen. Sein Sozialscheck war im Postamt von Pilpots abzuholen. Henry würde danach, fein angezogen mit einem Samtanzug und seinem bunt behangenen Zylinder, den Pub in Pilpots aufsuchen. Das gönnte er sich manchmal. Man kannte ihn dort und akzeptierte den alten Herrn als ein Unikum, das in jedes Dorf gehörte.

Er war also heruntergeschlichen und hatte die

Schauspielerin bemerkt. Sie stand im Schatten einer Nische des Flurs und hörte den Erzählungen im Büro des Impresarios zu. Die Tür stand offen und man konnte jedes Wort verstehen. Also hatte sich Henry ebenfalls versteckt und kauerte nun hinter einem großen Schrank, der in dem schummrigen Flur stand.

Als die Dame endlich verschwunden war, kam er hervor und strich mit der Hand über die Stoppel seines Bartes. Die Rasur in der gestrigen Nacht war ihm nicht wirklich gut gelungen. In der letzten Zeit fühlte er sich nicht mehr so wohl im Theater. Die Angst, entdeckt zu werden, verdarb ihm die Freude an seiner schönen Unterkunft. Was die Dame wohl gemeint hatte? Das klang sehr boshaft.

Er horchte nach den Erzählungen der Leute im angrenzenden Büro. Die Tür war zum Glück von innen geschlossen worden, nachdem die alte Dame mit ihrer Entourage eilig davongelaufen war. Henry machte sich schnell auf den Weg, über die hintere Treppe zum alten Theaterausgang. Dieser Butler, den er heimlich Mr Snooper getauft hatte, war dort gewesen. Dem musste der alte Henry unbedingt aus dem Weg gehen.

Den Schlüssel für den Nebeneingang an der Seite des Theaters hatte er vor langer Zeit in der alten Portiersloge an sich genommen. Fast von Büschen zugewachsen, hatte man den Zugang noch nicht wieder reaktiviert. Alle gingen vorn durch die Halle. Aber wenn das Theater wirklich wieder normal laufen sollte, würde man schnell auch diesen Eingang nutzen wollen. Dann müsste sich Henry eine neue Strategie zurechtlegen. Doch er war nicht umsonst im

Krieg gewesen. Mit neuen Angriffsplänen kannte er sich aus. Es würde ihm schon etwas einfallen.

Am Abend, nachdem die Aufgaben des Tages erfüllt waren, saß Beanstock in seinem Sessel und blickte zum vielleicht hundertsten Mal auf die Zeilen in dem Brief an die verstorbene Miss Saint-John.

Immer wieder kam er auf diesen Brief zurück, obwohl er Inspector Greenwood verstand, wenn der meinte, der Brief wäre unwichtig. Es hatte zur Zeit des Mordes keine Fremden im Pub gegeben. Es waren nur die Theaterleute verdächtig. Wäre es nicht jemandem aufgefallen, wenn unter diesen Leuten ein Verehrer der Schauspielerin gewesen wäre? Das hätte sich doch sicher herumgesprochen.

Beanstock sah in den seltsamen Zeilen dieses Verehrers irgendetwas, was ihn immer wieder an den Brief denken ließ. Er versuchte etwas anderes und las den Brief laut vor. Da er allein war, fiel es ihm leicht. Unbewusst las er mit besonderer Betonung.

»So bin ich also ohne Hoffnung, wieder geliebt zu werden, du Schöne. Unglückliche Liebe ist eine See ...« Beanstock unterbrach seine Lesung und stutzte. Dass er es nicht sofort gesehen hatte. Er verließ sein Zimmer und ging hinunter in die Bibliothek, um etwas zu überprüfen.

Um diese Zeit waren alle Bewohner in ihren Zimmern und schliefen nach den Mühen des Tages friedlich und tief.

Beanstock öffnete leise die Tür zur Bibliothek und ging an den Regalreihen entlang.

Mit geübtem Blick fand er das Gesuchte. Die

gesammelten Werke von Shakespeare.

Er schlug das Buch auf und blätterte. Sein Blick ging zur Decke, als würde er dort den Mörder entdecken.

»Natürlich! Shakespeares Romeo und Julia! Warum war ich denn so dumm?«, rief er etwas zu laut. Sofort schwieg er und horchte nach Geräuschen. Aber es regte sich nichts. Er atmete auf. Nur aus dem Bootsraum kam ein leises Knurren. Junior fühlte sich in seinem Körbchen gestört.

»Ich entschuldige mich, Junior. Ich bin es nur. Keine Gefahr.«

Der Brief war ein Mischmasch aus eigenen Worten und verdrehten Zitaten aus dem berühmten Klassiker. Jemand hatte sich, ohne nachzudenken, einfach bei dem großen Dichter bedient. Am Ende wurde der Text aggressiver. Als hätte der Schreiber selbst erkannt, dass er keine Chance bei der Angebeteten hätte. Wenn man das Ende von Romeo und Julia betrachtete, war es klar, dass die Julia des verstörten Verehrers nun tot war. Noch dazu war sie, wie ihr klassisches Vorbild, vergiftet worden.

Dieser verwirrte Geist musste so schnell wie möglich zur Strecke gebracht werden. Bevor noch eine weitere Person ums Leben kommen würde. Trotzdem war Beanstock das Motiv für den zweiten Mord an Driffold Summer und dem Mord an Dan Atkins vor Jahren noch nicht klar.

Er hoffte, morgen etwas von Mr Black aus London zu hören. *Daisy Chain* war ansonsten immer eine zuverlässige Quelle gewesen. Was dauerte dieses Mal so lange?

Post für Mr Beanstock

Der nächste Morgen verging ohne nennenswerte Vorkommnisse. Fast waren die Bewohner von Parsley Manor und Southcoffelton Hall glücklich, dass der Tag nur seine übliche Routine bereithielt. Man war auf jeden Fall froh, Inspector Greenwood nicht schon wieder mit einer Meldung über ein neues Mordopfer bei sich anzutreffen.

Über diese Tatsache unterhielten sich Lady Fedora und ihre beste Freundin, Lady Marjorie, am Telefon. Sie verabredeten sich, am Nachmittag bei Tee und Gebäck über die vergangenen Tage zu philosophieren. Man wollte in den Nachbarort East Bushing Fall fahren, in dem es seit einiger Zeit eine neue Teestube gab.

East Bushing Fall lag etwas mehr als acht Meilen von Pilpots entfernt und war für seine Keramikwerkstätten überall in der Gegend bekannt. Mrs Porkpie hatte Beanstock gegenüber die neue Teestube erwähnt und erklärt, dass eine ihrer Freundinnen sie führen würde, die sehr leckere Kuchenkreationen herstellte. Der Butler wiederum hatte Lady Fedora davon berichtet, als es um einen Ausflug ging und man sich fragte, wo es sich lohnte, einzukehren.

Die beiden Damen waren begeistert, dem Theaterdesaster für eine Weile zu entkommen. Sie wollten sich die dort ansässigen Keramikwerkstätten ansehen und dann zur Teatime in die neue Teestube gehen.

Ihre Gatten würden in der Zwischenzeit einen Freund in London besuchen. Da der neue Chauffeur der Southcoffeltons die beiden Herren fahren würde, war Gonzales für den Ausflug der Damen bereit. Aber natürlich lehnte Lady Marjorie dieses Ansinnen sofort ab. Es war für sie eine Freude, selbst zu chauffieren. Sie würde Lady Fedora nach dem Mittag abholen. Sie meinte noch, dass sich ihre Freundin warm anziehen sollte. Sie beabsichtigte, trotz des herbstlichen Wetters mit ihrem offenen Sportwagen zu kommen. Nachdem der Telefonhörer aufgelegt war, hatte sich Lady Marjorie in froher Erwartung die Hände gerieben.

Beanstock erwog, nach dem Lunch seine Untersuchungen in den Theatermorden weiter zu verfolgen. Er wollte nochmals nach Pilpots fahren und sich im Elysion umsehen. Noch hatte er nicht alle Möglichkeiten ausgeschöpft. Er wollte den Impresario nach Unterlagen zu den Schauspielern fragen. Vielleicht fand man dort auch die gesuchte Schriftprobe, die passen könnte. Er war immer noch überzeugt, dass dieser Brief der Schlüssel war, den Mörder ausfindig zu machen.

Der Butler war inzwischen sicher, dass es sich um einen Mann handelte. Da blieben nicht mehr sehr viele Verdächtige übrig. Er konzentrierte seine Ermittlungen auf Cedric Sharp und Ben Bradly.

193

Bill Thomas, den Darsteller des Dr. Belly hatte er bereits vor einiger Zeit ausgeschlossen. Dieser Mann kümmerte sich hauptsächlich um sich selbst, beteiligte sich niemals an irgendwelchen Diskussionen, war absolut textsicher und eigentlich der umgänglichste Mensch innerhalb der Theatertruppe.

Oder war gerade diese Umgänglichkeit verdächtig?

Zwischen den Proben saß er meistens auf der Bühne in einem Sessel und las. Im Pub war er lieber für sich oder machte ausgedehnte Spaziergänge in der Umgebung.

Beanstock hatte einmal ein Gespräch zwischen ihm und Mandy mit angehört. Der Inspizient hatte sich freundlich nach seinen Kindern erkundigt und Mr Thomas hatte sofort seine Brieftasche gezückt, aus der er eine Vielzahl süßer Kinderbilder herausgenommen hatte. Mit Stolz in der Stimme hatte er Mandy von seiner weitverzweigten Familie berichtet und gemeint, dass seine Frau bald schon einen neuen kleinen Mr Thomas erwarten würde.

Beanstock wollte ihn ungern zu den Verdächtigen zählen. War diese normal wirkende familiäre Art und Weise eventuell von einem guten Schauspieler vorgespielt? Beanstock schüttelte leicht den Kopf. Langsam verrannte er sich in abstruse Theorien. Er musste weiter ermitteln.

Mr Nickel und seine Sekretärin waren ebenfalls unverdächtig. Beanstock glaubte nicht an ihre Schuld. Für den Impresario wäre es eine Katastrophe, wenn das Theater schließen müsste, bevor es überhaupt wieder hatte öffnen können. Und Miss Robin hatte mehr Interesse an ihrem Chef, als irgendwelchen Mordgelüsten nachzujagen. Beanstock war ein guter Beobachter. Er hatte die liebevollen Blicke bemerkt, die beide austauschten. Ob sie schon seit längerer Zeit Gefühle füreinander hegten, konnte er natürlich nicht sagen. Aber Mrs Nickel hatte wohl die Zeichen richtig gedeutet und einen Scheidungsanwalt aufgesucht.

Gonzales, der seine Arbeiten in der Garage bis zum Lunch beenden würde, bot sich wiederum als Chauffeur an.

So fuhren die beiden Herren zusammen zum Theater. Unterwegs berichtete der Chauffeur davon, dass er Schritte auf dem Speicher des Elysion gehört haben wollte.

»Sind Sie sicher?«, fragte Beanstock. »Vielleicht haben Sie die Arbeiter hinter der Bühne gehört. Die Decke ist sehr hoch. Wie wollen Sie da etwas gehört haben?«

»Es war in diesem Moment ungewöhnlich still im Zuschauerraum. Sie waren hinter der Bühne und die Streithähne auseinandergelaufen. Ich hatte es vorher schon kurz gehört, aber nicht beachtet. Als Sie sich dann zum Büro des Impresarios aufgemacht hatten, hörte ich erneut Schritte. Es waren keine Proben und niemand weiter im Theater«, sagte Gonzales.

Beanstock dachte nach.

»Wenn es so ist, glaube ich Ihnen natürlich. Das ist sehr interessant. Die Schauspieler berichteten schon einmal von einem Kichern oder Lachen, das sie gehört haben wollten. Theaterleute sind ausgesprochen abergläubisch. Sie glauben an Geister und ich

195

habe gesehen, dass sich Pierce Upward öfter bekreuzigt, wenn er sich unbeobachtet fühlt.«

In der restlichen Zeit fuhren die Herren schweigsam durch die schmalen Wege. Wie fast überall im Königreich waren auch hier in der Gegend überaus eng gebaute Straßen üblich. Es gab Ausweichstellen, aber es passierte auch manchmal, dass zwei Wagen sich Scheinwerfer an Scheinwerfer auf einer besonders schmalen Brücke gegenüberstanden. Die Vernunft der Autofahrer siegte meistens. Es war noch niemals zu einem Unfall gekommen.

Es war früher Nachmittag, als Gonzales' Wagen vor dem Theater parkte.

»Wir sehen zuerst nach dem Speicher. Das interessiert mich wirklich«, sagte Beanstock.

Wie immer war die große Doppeltür geöffnet und die beiden konnten ohne Probleme in das Haus gelangen. In der Eingangshalle hatte sich einiges getan. Ein ortsansässiger Tischler hatte am Morgen einen wunderschönen neuen Tresen aufgebaut. Das dunkle Holz glänzte im Licht der einfallenden Sonne. Hinter dem Tresen gab es Regale und auf dem Tresen eine Kasse. Später würde man dort seine Karten für die Aufführungen kaufen können. Hinter dem Tresen war ein offener Durchgang, in dem der gleiche Tischler eine neue Garderobe eingebaut hatte. Alles sah sehr gediegen und luxuriös aus.

Beanstock und Gonzales gingen nach rechts durch die Nebentür, die auch zu dem Büro des Impresarios führte.

Dort gab es nach ein paar Metern hinter einer einfachen Holztür eine schmale Treppe zum Speicher.

Der Bereich unter dem Dach wurde kaum benutzt. Der Zugang war zu schmal, um größere Dinge hinaufzuschaffen. Im Theater gab es genügend Lagerplätze für Requisiten und Bühnenbilder.

Die Tür gab keinen Laut von sich, als Gonzales sie öffnete. Die Herren stiegen langsam hinauf. Sie versuchten, möglichst leise zu sein. Man wollte den Geist nicht erschrecken. Auch nebulöse Wesen können Angst haben.

Oben angekommen, standen sie in einem großen Raum. In der Mitte war die Aufhängung des großen Kronleuchters zu sehen, den man mithilfe einer Kurbel hinunterlassen konnte. Es gab eine Öffnung, durch die man einen guten Blick auf den Zuschauerraum und vor allem die Bühne hatte. Neben der Öffnung lag eine Decke.

Beanstock hockte sich neben die Öffnung und blickte hindurch. Er griff nach der Decke und hob sie auf. Etliche Kuchenkrümel fielen zu Boden. Die beiden Männer sahen sich grinsend an.

»Hier hat es sich jemand zu den Proben bequem gemacht. Sehen wir uns weiter um«, flüsterte Gonzales.

Beanstock ging zu einem Stapel Kisten an der hinteren Wand. Er winkte Gonzales und wies mit einer Geste seiner Hand auf die dahinter versteckte Tür.

»Was tun wir?«, fragte der Chauffeur.

»Wir sind höflich und klopfen an«, entgegnete der Butler. Die Tür war aus Eisen, natürlich leicht verrostet. Er klopfte und der blecherne Ton hallte durch den Speicher. Die beiden Herren hielten ihre Ohren an das kühle Metall und horchten, ob sich dahinter etwas bewegte. Es blieb still.

Beanstock drückte die leicht verrostete Klinke und schob die Tür auf. Ein rundes Fenster an der rechten Seite des Raumes ließ Sonnenstrahlen herein. Staubkörner tanzten im Licht wie kleine Motten auf der Suche nach einer Mahlzeit.

An der hinteren Seite stand ein alter Diwan, der mit einer löcherigen Decke und zerschlissenen Samtkissen bedeckt war. Daneben gab es einen dreibeinigen Tisch, auf dem der vermisste Wasserkocher und andere Gegenstände standen, die Mrs Porkpie als gestohlen gemeldet hatte. Die Steckdose in der Wand neben dem Tisch sah nicht besonders vertrauenswürdig aus. Wie leicht konnte es einen Kurzschluss geben. Warum gab es hier oben überhaupt einen Stromanschluss? Das erschien Beanstock sehr fragwürdig.

»Wer mag es sich hier so gemütlich eingerichtet haben?«, fragte Beanstock.

»Das ist doch sicher sehr kalt im Winter, oder, *Señor* Beanstock? Wer würde denn freiwillig so ein Leben auf sich nehmen? Haben Sie diese Steckdose gesehen?«, fragte Gonzales.

Beanstock nickte.

»Ein gefährliches Unterfangen, hier auf dem Speicher mit diesem Anschluss ein elektrisches Gerät zu benutzen. Vielleicht lebt dieser Bewohner schon längere Zeit im alten Theater und musste sich nun, da das Theater wieder eröffnet werden soll, einen neuen Platz suchen. Es gibt viele Menschen, die sich von der Gemeinschaft zurückgezogen haben, weil sie mit

198

ihrem normalen Leben nicht mehr zurechtkamen oder einen Schicksalsschlag verarbeiten mussten.«

Beanstock setzte sich auf einen Hocker ans Fenster, den er mittels eines Taschentuchs vorher gründlich vom Staub befreit hatte.

»Wollen Sie hier auf diesen Menschen warten, *Señor*?«

»Ich möchte mich in seine oder ihre Situation hineinversetzen. Es ist manchmal gut, einen Moment an einem Ort zu verweilen. Er oder sie hat versucht, etwas Normalität in das schwierige Leben am Rande der Zivilisation zu bringen. Sehen Sie, wie sorgfältig alles arrangiert worden ist. Die Kleider ordentlich auf einem Bügel und Tasse und Kanne sauber abgewaschen auf einem Tuch stehend. Das sogenannte Bett wurde ordentlich gemacht. Ich könnte mir vorstellen, dass es jemand ist, der in einem anderen Leben fester Bestandteil einer Familie gewesen war. Der Krieg hat so viele Dinge zerstört. Wir gehen später noch einmal hinauf, Gonzales. Ich bin sicher, der gesuchte Bewohner wird zurückkommen. Ich möchte unbedingt mit ihm oder ihr reden.«

Sie gingen über die Treppe zurück in den langen Flur und weiter bis zum Büro des Impresarios.

»Sehen wir uns im Büro um. Vielleicht ist Miss Robin vom Lunch zurück«, sagte Beanstock.

Gonzales beobachtete den Butler lächelnd aus seinen Augenwinkeln. Auch wenn die Sekretärin nicht da sein sollte, würde das Beanstock nicht abhalten, herumzustöbern. Aber dieser Mann musste stets die Form wahren. Das lag ihm im Blut.

Beanstock fragte sich nicht zum ersten Mal, wer

eigentlich auf das Theater aufpasst, wenn alle zum Lunch ausgegangen waren. Er sollte den Baronet darauf aufmerksam machen. In den Theatern war es eigentlich üblich, den Vordereingang jenseits der Aufführungen geschlossen zu halten und den Nebeneingang zu benutzen. Dort saß meist ein Portier und war für die Sicherheit zuständig. Aber im Elysion schien sich niemand für das Abschließen am Tage verantwortlich zu fühlen. Deshalb hätte es durchaus passieren können, dass ein Dieb die Gerätschaften aus der Teeküche gestohlen hätte. Nun hatte er ja erkannt, wer für die abhandengekommenen Dinge verantwortlich war.

Wahrscheinlich dachte niemand, dass irgendjemand in Pilpots auf der Suche nach Kostbarkeiten das Theater ausrauben könnte. Aber gerade in dem kleinen Kosmos eines Dorfes fanden sich oft die seltsamsten Figuren zusammen. Beanstock hatte das nur zu oft feststellen müssen.

Im Büro des Impresarios war niemand anzutreffen. Die Tür stand weit offen.

»Man könnte das Theater wegtragen, wenn die Leute zum Lunch sind«, bemerkte Gonzales und sprach dabei die Gedanken des Butlers laut aus. Beanstock nickte zustimmend.

»Abends verschließt meist Mr Nickel das Theater oder, wenn er nicht vor Ort ist, einer der anderen Angestellten. Das wurde so abgesprochen. Tagsüber macht sich hier wohl niemand groß Gedanken. Das halte ich für bedenklich und werde Sir Percival dahingehend informieren.«

Sie sahen sich um. Da es nur diesen einen Raum

200

gab, würde das nicht lange Zeit in Anspruch nehmen. Es stand ein großer Schreibtisch darin, ein kleiner Tisch davor mit einer Schreibmaschine und an den Wänden verschiedene offene Regale mit Akten.

Beanstock ging an den Regalen entlang und las die Aufschriften. Er fand den Ordner mit der Liste der Schauspieler und den Vertragsunterlagen. Er sah sich die Unterschriften genau an.

»Wir gehen, Gonzales. Ich habe alles, was ich brauche.« Beanstock entnahm ein Blatt aus dem Ordner, knickte es und verstaute es in seiner Jacketttasche. Der Ordner kam zurück an seinen Platz im Regal.

Der Chauffeur zuckte mit der Schulter und folgte dem Butler, der bereits auf dem Flur stand. Beanstock redete wieder einmal nicht über seine Erkenntnisse.

Als die beiden in der Nähe der Treppe zum Speicher ankamen, hörten sie Schritte auf der Treppe. Die beiden Herren sahen sich lächelnd an. Beanstock machte eine Geste mit seiner Hand, dem illegalen Bewohner leise zu folgen.

Sie warteten noch einen Moment vor der Tür zum Speicher ab. Dann drückte Gonzales die Klinke und öffnete die Tür. Sie gab keinen Laut von sich. Nach all der langen Zeit hätte man erwartet, dass das rostige Scharnier quietschen würde, aber weit gefehlt. Da hatte jemand eine Ölkanne benutzt. Aber die alten Holzstufen knarrten leise bei jedem Schritt. Das war leider nicht zu überhören.

Sie stiegen hinauf und durchquerten den großen Raum mit der Öffnung für den Kronleuchter. Dann standen sie vor der Metalltür und horchten nach

Geräuschen dahinter. Es blieb still.

Beanstock klopfte an der Tür. Der metallische Klang durchdrang den Speicher wie eine alte rostige Glocke, die lange nicht benutzt worden war. Nichts rührte sich hinter der Tür. Beanstock blickte zu Gonzales und nickte ihm zu.

Er drückte die Klinke und die Tür sprang auf.

Vor ihnen stand ein Mann in Samtpumphosen, einen Zylinder mit bunten Bändern auf dem Kopf und einem mottenzerfressenen Umhang. Der Herr machte große Augen. Einen Moment belauerten sich die drei.

»Mr Snooper!«, rief der alte Herr. »Ich hätte mir denken können, dass Sie mich finden!«

»Wie bitte?«, fragte Beanstock überrascht. Gonzales grinste breit und musste es sich verkneifen, laut loszubrüllen.

»Wie haben Sie mich genannt, Sir? Mein Name ist Beanstock. Wir wollen Sie nicht vertreiben. Bitte bleiben Sie ruhig. Seit wann leben Sie bereits im Theater?«

Der alte Herr war blass geworden und musste sich setzen. Der Stuhl knarrte verräterisch. Hier oben gab es kaum neue intakte Dinge. Das hatte Beanstock sofort bemerkt.

»Geht es Ihnen gut, Sir? Kann ich Ihnen eine Erfrischung reichen?«, fragte der Butler, wie immer überkorrekt.

Gonzales hatte, ganz der Praktiker, bereits nach einer Tasse gegriffen und aus einem Krug Wasser eingegossen. Er reichte sie dem Mann.

»Ich lebe hier schon seit kurz nach dem Krieg. Nachdem das Theater geschlossen wurde, bin ich eingezogen. Habe vorher im Wald kampiert, war nicht schön im Winter, gar nicht schön«, erklärte er, nahm einen Schluck aus der Tasse und sah den Chauffeur dankbar an.

»Geht es Ihnen wieder besser? Wie ist denn Ihr Name?«, wollte Gonzales wissen.

»Henry. Nur Henry.«

»Also, nur Henry, wir sind die Letzten, die sie aus Ihrer Wohnung vertreiben wollen. Auch wenn diese Steckdose an der Wand mir etwas Sorgen bereitet. Ich untersuche diese schrecklichen Todesfälle unter den Schauspielern. Haben Sie davon etwas mitbekommen?«, fragte Beanstock freundlich.

»Die Steckdose ist in Ordnung. Ich ziehe auch immer vorsichtshalber den Stecker heraus, wenn ich das Theater verlasse. Und ja, ich habe von den Morden gehört. Bin fast jeden Tag draußen. Muss auf die Tiere achten und die gemeinen Fallen im Wald zerstören. Ich bekomme so einiges mit, Mr Snooper, auch dass Sie Detektiv spielen.«

»Was haben Sie denn alles so mitbekommen?«, fragte der Butler interessiert. Er holte sich den Hocker, den er bereits gesäubert hatte, und setzte sich zu Henry.

»Hab sofort gesehen, dass jemand hier oben gewesen ist. Der Hocker war nie so sauber«, meinte Henry und konnte schon wieder lächeln. Die Farbe kam in sein Gesicht zurück.

In der nächsten halben Stunde erzählte Henry von seinen Beobachtungen. Auch den Vorfall mit Clarissa Atkins vor dem Büro des Theaterdirektors ließ er nicht aus. Dann sagte er etwas, was Beanstock in seinem Verdacht, den er seit einiger Zeit hatte, bestätigte. Er nickte verstehend mit dem Kopf.

»Das ist sehr verdächtig. Sie haben also gehört, dass sich Gunnar mit dem Souffleur gestritten hat. Es ging um die tote Miss Saint-John, nicht wahr?«

Henry nickte.

»Ich hatte eine Zeitlang Gunnar in Verdacht. Aber seit ein paar Minuten bin ich mir sicher, wer der Täter ist. Mein Gott, ich hätte den dritten Mord vielleicht verhindern können. Aber die Schriftprobe in den Akten des Impresarios hat mir erst den Beweis geliefert.« Beanstock schüttelte traurig den Kopf. »Das wird aber nicht genügen, um den Mann zu überführen.«

Gonzales dagegen verzog zornig seinen Mund, weil er immer noch nicht verstanden hatte, wer der Schuldige war. Er wünschte sich wirklich, dass dieser Butler etwas mitteilsamer wäre.

»Wer ist es denn nun gewesen, *Señor* Beanstock?«, rief er aufgebracht.

Beanstock nahm das Schreiben aus seiner Tasche, das er aus dem Büro des Impresarios mitgenommen hatte, und reichte es Gonzales. Henry sah über die Schulter des Chauffeurs und lächelte.

»Den Kerl habe ich von Anfang an nicht gemocht«, sagte er.

»Sehen Sie diese Unterschrift? Diese schnörkeligen Buchstaben? Das ist die gleiche Schrift wie in dem Verehrerbrief. Nun wissen Sie, wer dieser perfide Mörder ist. Cedric Sharp war es. Vielleicht warten auf mich noch mehr Beweise in Parsley Field. Eine Antwort von Mr Black steht noch aus.« Er steckte das Blatt zurück in seine Tasche und erhob sich.

»Wir werden Ihr Versteck nicht verraten. Aber wir sollten uns später über alles intensiv unterhalten. Und ich denke, auch Inspector Greenwood benötigt Ihre Aussage. Ich befürchte, wir müssen den Täter aus der Reserve locken«, sagte Beanstock.

Henrys Gesicht bekam wieder diesen schelmischen Ausdruck, für den er im ganzen Ort bekannt war.

»Bin zu allem bereit, Mr Snooper!«, rief er. »Das wird ein Spaß!«

Beanstock erzählte ihm von seinem Plan und wie man ihn ausführen könnte. Henry verstand.

»Wir sehen uns heute Abend, Henry. Bitte vorsichtig sein.«

»Ich werde hier sein. Abends gehe ich selten aus. Hab meinen Sozialscheck und meinen Whisky und ab und zu auch eines von diesen leckeren Kuchenstücken von der älteren Dame, die so laut schimpfen kann«, erklärte Henry.

»Mrs Porkpie?«, fragte Gonzales.

Beanstock nickte.

Beanstock und Gonzales gingen zur Tür und schlossen sie sorgsam hinter sich. Dann verließen sie das Theater und fuhren zurück nach Parsley Field.

»Konnten Sie mir denn nicht sofort sagen, wen Sie verdächtigen? Müssen Sie aus allem immer so ein Geheimnis machen?«, fragte Gonzales unterwegs.

»Ich muss ganz sicher sein, bevor ich jemanden anklage. Das verstehen Sie doch bestimmt, oder, Gonzales? Hoffentlich ist inzwischen Post für mich angekommen. Ansonsten muss ich nochmals mit Mr Black telefonieren. Heute Abend fahren wir erneut nach Pilpots. Ich hoffe, dann klärt sich endlich alles auf.«

»Netter Mann, der *Señor* Black.« Gonzales lächelte stillvergnügt. Seine Gedanken flogen zurück nach London, als er dort mit Beanstock einen Fall für *Daisy Chain* gelöst hatte. Und seitdem wohnte Lucinda als Beanstocks Pflegekind bei ihnen.

Wieder auf Parsley Manor meldete Mrs Argyle, dass die Ladys von ihrem Ausflug noch nicht zurück seien. Die Herren würden erst spät am Abend aus London kommen. Sie wollten mit ihrem Freund im Club essen. Das kam Beanstock sehr entgegen. Er wollte sich die gesammelten Beweise nochmals genau ansehen. Immer wieder geisterte dieser seltsame Liebesbrief durch seine grauen Zellen. Er hatte zwar die passende Schriftprobe in den Akten des Theaters gefunden, aber das allein war noch kein ausreichender Beweis.

»Es ist Post für Sie gekommen, Mr Beanstock. Mit einem Kurier aus London. Das ist sicher sehr wichtig«, sagte die Hausdame. »Oben auf dem großen Umschlag war das kleine Gänseblümchen gedruckt.«

Beanstock dankte ihr und ging sofort in sein Büro.

Da lag der Brief. Endlich ein Zeichen von Mr Black. Und er war fündig geworden. Der Umschlag war dick gefüllt.

Auf der ersten Seite, die Beanstock betrachtete, entschuldigte sich Mr Black für die Zeit, die seit ihrem Telefongespräch verstrichen war. Es hatte gedauert, bis er alle notwendigen Unterlagen zusammen gehabt hatte. Mr Black hoffte, ihm helfen zu können, und fügte am Ende noch an, dass der Butler vorsichtig sein sollte.

Beanstock sah den Stapel durch.

Es war eine Liste mit den Anstellungen von Cedric Sharp und dabei stellte Beanstock fest, dass sich die Wege von Clarissa Atkins und Mr Sharp in der Vergangenheit öfter gekreuzt hatten. Sie waren mehrmals in Theatern zusammen angestellt gewesen. Davon hatte ihm niemand aus der Theatertruppe erzählt. Mrs Atkins behielt diese Tatsache wohl auf jeden Fall lieber für sich. Denn das nächste Schreiben war ein Auszug aus dem Strafregister des Sohnes der Dame.

Gunnar hatte mehrere Anklagen in Bezug auf Betrügereien bekommen. Zumeist waren es Lappalien gewesen und er war mit einer Geldstrafe davongekommen. Woher Mr Black diese Schreiben hatte, wollte Beanstock lieber nicht wissen. Der Arm der *Daisy-Chain*-Verbindung reichte lang, bis hin zu Angestellten bei Scotland Yard.

Dass Gunnars liebe Frau Mama diesen Umstand lieber geheim hielt, war verständlich. Aber wo kam da Cedric Sharp ins Spiel? Hatte er die Dame erpresst? War er hier in Pilpots in alte Verhaltensweisen zurückgefallen und hatte erneut Gunnar oder seine Mutter unter Druck gesetzt? Vielleicht war das der Streit, den der alte Henry mit angehört hatte.

Die nächsten Blätter bestanden aus Schreiben einer Dienstbotenagentur. Man hatte Cedric Sharp als

Privatdiener empfohlen. Bevor er bei einer bekannten Operndiva angestellt worden war, hatte er noch eine andere Anstellung gehabt. Gleich nach dem Krieg hatte er für einen Mr Warren in der Nähe von Stratford-upon-Avon gearbeitet. Das waren nur zwei Monate gewesen. Dann war er nach London zurückgekehrt. Beanstock vermutete, dass der Souffleur wieder einmal versucht hatte, im Shakespeare Theater vorzusprechen. Sein Frust musste groß gewesen sein, dass man ihn einfach nicht nehmen wollte.

Über Mr Warren war hier nichts weiter verzeichnet. Dafür umso mehr über die nächste Anstellung bei einer Mrs Mariella della Monti, einer hoch angesehenen Mezzosopranin ihrer Zeit. Ihr Stern war bereits am Verblassen gewesen, als Cedric Sharp bei ihr angefangen hatte.

Es gab den Eintrag eines Hausmädchens aus dieser Zeit. Eine Patty Smith erklärte *Daisy Chain* gegenüber, dass man sie fälschlich verdächtigt hatte, eine kostbare Brosche entwendet zu haben. Sie erklärte frei heraus, dass sie den neuen Privatdiener der Dame damit in Verbindung bringen würde. Sie berichtete von ihren Beobachtungen. Der Mann hätte sich an die alte Dame herangemacht und sie ausgenutzt. Die arme Mrs Monti war da schon schwer krank gewesen. Das Mädchen hatte ein Gespräch belauscht, in dem er die Dame dazu bringen wollte, ihm etwas zu hinterlassen.

Miss Smith meinte aber, dass bereits zu diesem Zeitpunkt, außer vielleicht ihrem Schmuck, keine großen Wertsachen mehr vorhanden waren. Die Opernsängerin hatte jahrelang über ihre Verhältnisse gelebt.

Daisy Chain hatte damals einen Anwalt mit der Anklage gegen das Hausmädchen betraut. Man hatte Erfolg gehabt, da die Brosche zum einen nicht mehr gefunden wurde und zum anderen das Hausmädchen am Tag des Diebstahls ein Alibi aufweisen konnte. Aber der Privatdiener Sharp hatte das Mädchen bereits entlassen und war in der Folgezeit allein mit Mrs Monti. Zu diesem Zeitpunkt war die Dame kaum noch ansprechbar und Sharp hatte es nach Beanstocks Meinung schamlos ausgenutzt.

Ihm kam ein Verdacht. Er durchforstete die Dokumente weiter und fand die Kopie eines ärztlichen Schreibens, den Miss Smith ebenfalls hinterlegt hatte, aus Angst, man würde ihr noch mehr zuschreiben wollen.

Denn kaum fünf Tage nach dem Ausscheiden des Hausmädchens, war Mrs Monti gestorben. Laut des ärztlichen Schreibens hatte die Dame Krebs im Endstadium gehabt. Und was hatte der Apotheker gesagt? Wann verschrieb man oft Morphium? Das war schon eher ein Beweis für die Schuld des Souffleurs.

Über Ben Bradly konnte Mr Black keine großen Erkenntnisse liefern. Er war ein mittelmäßiger Schauspieler, der sich oftmals mit Gelegenheitsjobs als Kellner in dubiosen Bars über Wasser gehalten hatte. Inzwischen verdächtigte Beanstock ihn nicht mehr. Man konnte dem Herrn höchstens seinen überdurchschnittlichen Egoismus vorhalten. Beanstock legte die Dokumente langsam auf seinem Schreibtisch ab. Es klopfte.

»Herein«, sagte er mit traurigem Unterton.

Mrs Argyle öffnete die Tür und stellte eine Tasse Tee auf den Schreibtisch. Prüfend sah sie Beanstock an.

»Ist alles in Ordnung? Ich dachte, Sie hätten vielleicht gern eine Erfrischung.«

»Vielen Dank, Isidora.« Der Butler war offensichtlich abwesend mit seinen Gedanken. Er hatte die Hausdame bis jetzt nur ein Mal mit ihrem Vornamen angeredet. Damals, als es um Mrs Argyles verzwickte Vorgeschichte gegangen war und er ihr geholfen hatte.

»Kann ich irgendetwas für Sie tun?«, fragte sie besorgt.

»Wenn Sie sich bitte heute Abend um Lucinda kümmern würden. Ich habe sie etwas vernachlässigt in den letzten Tagen. Das wäre nett. Ich muss nochmals nach Pilpots fahren und hoffe, im Sinne der Baronets zu handeln.«

Beanstock hatte leise gesprochen und war fast abwesend erschienen.

»Natürlich kümmere ich mich um das Kind. Bitte machen Sie sich keine Sorgen und vor allem bitte ich Sie, vorsichtig zu sein.« Die Hausdame nickte ihm zu und verließ das Büro.

Sie sorgte sich, aber wusste Gonzales an der Seite des Butlers. Das war eine kleine Beruhigung.

Morpheus

Auf der Bühne waren die Proben in vollem Gange und man war beim letzten Akt angekommen. Alan Mort war nun auch mit der Größe seines Busches zufrieden und hatte sich sogar einen kleinen Stuhl dahinter stellen lassen. Alle hatten ihre Texte ordentlich aufgesagt. Es war endlich einmal eine Probe, die vom Anfang bis zum Ende ohne Vorkommnisse ausgekommen war. Auch Vikar Burton machte seine Sache recht gut. Sein Stottern ab und an passte sogar zu seiner Rolle des Father Mortimer Brewster. Der Souffleur konnte sich beruhigt zurücklehnen. Er stand im Moment, da er nichts zu tun hatte, in der Teestube und hielt eine Tasse in der Hand. Tee war da nicht drin. Es duftete nach einem guten Whisky. Seit Langem hatte Mr Sharp eine dieser kleinen, flachen Flaschen mit Hochprozentigem immer bei sich.

Die Tür zum Flur stand offen. Jemand hielt von dort einen alten Zylinder mit bunten Bändern in die Türöffnung und wackelte damit, bis die Bänder tanzten.

Dann trat ein Mann durch die offene Tür.

»Hallo, König Lear!«, sagte der alte Henry und lächelte verschmitzt.

Der Angesprochene stutzte und sah sich den Kerl von oben bis unten genau an. Was für eine seltsame Gestalt.

»Wer sind Sie, zum Teufel?«, fragte Sharp.

»Ich bin hier nicht der Teufel. Den Job haben Sie übernommen. Ich wohne im Theater und bekomme eine Menge Dinge mit, die eigentlich nicht für meine Ohren gedacht sind. Können Sie sich vorstellen, was ich letztens gehört habe? Es ging um einen Brief, eine Flasche Wein und Ihren Besuch in einem Zimmer, das nicht das Ihre war. Ich bin manchmal abends im Pub und horche gern an fremden Türen, müssen Sie wissen, Morpheus. Was denken Sie darüber? Ist das ein paar Pfund wert?«

»Wer ist Morpheus? Was denken Sie sich? Ich werde den Inspizienten rufen!«, rief Sharp und wollte sich an dem alten Henry vorbeischieben.

»Sie als alter Theaterhase müssten doch wissen, dass Morpheus der Gott der Träume ist. Nach ihm wurde ein bestimmtes Medikament benannt. Klingelt es da bei Ihnen? Wissen Sie, ich gebe gern Leuten meine eigenen Namen. Habe ich schon früher im Krieg gern gemacht.«

»Ich weiß nicht, was Sie meinen. Ich muss zurück in meinen Souffleurkasten. Ich bin aber sehr neugierig. Treffen wir uns doch heute Abend und reden noch einmal über Ihre Beobachtungen. Um achtzehn Uhr wird die Probe heute beendet sein und die Schauspieler haben das Theater dann verlassen. Ich erwarte Sie am Bühnenrand.«

Henry grinste breit. Der Souffleur schob sich an ihm vorbei und lief durch den Flur davon. Er konnte sich nicht erklären, woher dieser Fremde diese Dinge wissen könnte.

Bevor Beanstock und Gonzales erneut nach Pilpots fahren würden, hielten sie vor der Polizeistation Parsley Field. Inzwischen war es Abend geworden.

Der Butler legte Inspector Greenwood die Dokumente aus London vor und erklärte ihm seinen Verdacht.

»Wir müssen den Mörder aus der Reserve locken. Er ist sehr clever und wird sich niemals von allein ergeben«, sagte Beanstock.

»Ich hatte Mrs Atkins in Verdacht, ihren Mann damals umgebracht zu haben. Nun erzählen Sie mir, es wäre doch ein anderer gewesen. Und ihren Sohn haben Sie wirklich ausschließen können? Woher haben Sie diese Dokumente?«, fragte der Inspector.

»Mein Informant in London ist sehr umtriebig, wie Sie feststellen werden. Ich kann keine Namen nennen. Zurück zum Brief des Verehrers. Nun, ich hatte von jedem eine Schriftprobe gesehen und Gunnar vom Verdacht freigesprochen ...«

Inspector Greenwood unterbrach den Butler.

»Aber dieser Brief besagt doch gar nichts. Ich denke, da liegen Sie falsch.«

»Bei allem Respekt, Sir, der Schreiber verehrte Miss Saint-John auf eine Weise, die absolut nicht zu Gunnar Atkins passen würde. Er ist zwar ein zutiefst gestörter junger Mann, aber eine solche Tat schließe ich bei ihm aus. Seine Schrift passte überhaupt nicht.

213

Seine Mutter ist da etwas ganz anderes. Aber ich denke, sie hat nur Spaß daran, Leute zu verärgern. Ich schreibe ihr aufgrund der Beobachtungen meines Informanten die seltsamen Unglücksfälle auf und neben der Bühne zu. Sie hätte kein Motiv gehabt, Miss Saint-John umzubringen. Dieser Brief war wichtig. Ich habe eine Schriftprobe vorliegen, die eindeutig beweist, wer ihn geschrieben hat. Außerdem habe ich hier ein ärztliches Attest, das beweist, wie Cedric Sharp an das Morphium gekommen ist. Und ich denke, er hat auch seine ehemalige Arbeitgeberin in London damit umgebracht oder zumindest ihren Tod beschleunigt.«

Der Butler griff aus dem Stapel der Papiere ein Schriftstück heraus und legte es dem Inspector vor.

»Nun sehen Sie hier diese geschwungenen Buchstaben beim S und beim W? Und jetzt sollten Sie auf den Verehrerbrief schauen. Ich hoffe, er wurde sicher verwahrt.«

»Donegal, holen Sie den Brief aus der Asservatenkammer«, sagte Inspector Greenwood. Der Constable, der in diesem Moment von der Probe aus Pilpots zurückkam, salutierte kurz, öffnete die Bürotür und verschwand im Flur. Nach kurzer Zeit war er zurück und legte den Brief auf den Schreibtisch des Inspectors.

»Dann haben Sie den Brief also doch noch an sich genommen? Das ist sehr vernünftig, Sir«, sagte Beanstock.

»Da bin ich aber froh, dass Sie mich für vernünftig halten, Mr Beanstock«, erwiderte der Inspector. »Übrigens wurde mir die Vorstrafenakte von Gunnar

Atkins bereits aus London zugeschickt. Da bin ich auf dem Laufenden. Woher kennen Sie interne Scotland Yard Akten?«

Beanstock räusperte sich und fuhr fort.

»Auch die Wahl der Worte passt zu Cedric Sharp. Er zitiert hier ohne Skrupel den großen Shakespeare. Das ist das zweite Motiv, das ihn angetrieben hat. Er hat nie die Chance bekommen, auf den großen Bühnen des Königreiches zu stehen. Er war sich absolut sicher, dass man ihm böse mitgespielt hätte und er ansonsten ein Star geworden wäre. Am Anfang hatten wir keinerlei Motiv. Nun haben wir mehrere zur Verfügung: verletzter Stolz, nicht erwiderte Liebe und das schlimmste Motiv, Habgier.«

Die Herren beugten sich über den Brief und verglichen die Schrift mit dem Dokument, das der Butler bei der Durchsuchung des Büros im Theater entdeckt hatte. Es war der Theatervertrag für Cedric Sharp.

»Tatsächlich, Sir! Sehen Sie sich das große S an«, rief der Constable.

»Das sehe ich auch, Donegal! Gut, Mr Beanstock, ich weiß, dass man Ihrem Urteil trauen kann. Wenn Sie mir für diese Dokumente Ihre Quelle nicht nennen können, müssen wir die Beweise natürlich auf anderem Weg zusammentragen. Und Ihr Informant in Pilpots spielt mit? Sie wollen mir nicht sagen, wer es ist?«

»Das möchte ich nicht ohne seine Einwilligung. Wir haben unser Versprechen gegeben. Er traut es sich zu. Deshalb sollten wir nun in das Theater zurückkehren und nochmals mit ihm reden. Ich denke, die Morde liefen so ab: Ich habe von dem

Inspizienten Mandy erfahren, dass Mr Atkins der Schauspielerin Miss Saint-John schöne Augen gemacht hat. Da Sharp in sie verliebt war, musste er ihn loswerden. Als sich hier in Pilpots die Wege des Souffleurs und der Dame wieder kreuzten, hatte sie nur Spott für ihn übrig. Das bezahlte sie mit dem Leben. Das Morphium hatte er von seiner Anstellung bei der Opernsängerin behalten.«

»Wenn die Dame ihn nur verspottet hat, warum hat sie dann den Brief behalten?«, fragte Constable Donegal.

»Vielleicht aus Sentimentalität oder weil sie sich doch tief in ihrem Herzen geschmeichelt fühlte. Wer kann das jetzt noch sagen?«, sagte Beanstock. »Ich denke, da hat Mr Sharp seinen ersten Fehler begangen. Er fühlte sich nach dem Mord an Miss Saint-John so sicher, dass er den Brief nicht mitgenommen und zerstört hat.«

»Und Driffold Summer? Warum hat er diesen Mord auch noch begangen?«, fragte Gonzales.

»Wahrscheinlich hat er etwas gesehen, was ihm zum Verhängnis wurde. Sie wohnen alle im selben Pub, auf demselben Flur. Vielleicht hat er Sharp gesehen, wie er an jenem Abend das Zimmer der Colette Saint-John mit einer Flasche Wein betreten hatte«, erklärte Beanstock. »Irgendwie haben sich alle in dieser Theatertruppe belauert. Das fiel uns auf, als wir einmal dem Pub einen Besuch abgestattet haben.«

Inspector Greenwood verschränkte seine Arme trotzig.

»Soso, Sie haben ihm einen Besuch abgestattet. Lassen wir das im Moment. Es gibt wichtige Dinge zu erledigen.«

Beanstock und Gonzales machten sich auf den Weg nach Pilpots. Der Inspector würde Verstärkung anfordern und dann ebenfalls im Theater erscheinen. Das sollte unauffällig geschehen, damit der Mörder nicht gewarnt werden würde. Also ohne den lauten Lärm, den Polizeiwagen ansonsten veranstalteten.

Die Schauspieler hatten sich umgezogen und waren zusammen mit dem Regisseur und dem Inspizienten auf dem Weg zum Pub *Three Chattering Ducks*. Peter Porter hatte alle zu einem Umtrunk eingeladen. Constable Donegal war bereits nach seinem letzten Auftritt verschwunden, da er zur Arbeit musste. Und der Vikar wollte in die Kirche und für seinen Auftritt beten.

Die letzten Proben waren recht gut verlaufen und der Regisseur war endlich zufrieden. Nun konnte die Premiere kommen.

Der Impresario Mr Nickel hatte zusammen mit seiner Sekretärin bereits am frühen Nachmittag das Theater verlassen. Da bahnte sich wohl eine Affäre an, wie es Andy und Lou ausdrückten. Die beiden amüsierten sich köstlich.

Das Theater lag still und dunkel im Schein des Mondes.

Das Licht war, bis auf einen minimalen Lichtkegel auf der Bühne, gelöscht worden. Die beiden Bühnenarbeiter hatten das Theater abgeschlossen. Keinem der Leute war das Fehlen des Souffleurs aufgefallen. Der Mann war allen Mitarbeitern mehr als unsympathisch. So war auch Peter Porter froh gewesen, als

217

Cedric Sharp sich ihnen an diesem Abend nicht angeschlossen hatte. Aber niemand vermutete ihn noch im Theater.

Der alte Henry hatte alles von seinem Aussichtsposten hoch oben über dem Zuschauerraum beobachtet. Nun stand er auf und machte sich leise auf den Weg nach unten.

Cedric Sharp saß auf der Bühne in einem Sessel. Neben sich auf einem Tisch eine Flasche Wein und zwei Gläser. Er träumte von seiner Karriere als König Lear. Wer sagte eigentlich, dass der König groß sein musste? Immer wieder einmal, bei seinen unzähligen Vorsprechterminen, hatte man Cedric erklärt, dass er etwas zu klein für die ein oder andere Rolle wäre. Was Cedric nicht verstanden hatte, war, dass man ihm mit dieser Ausrede hatte entgegenkommen wollen. Er hatte einfach kein Talent für die Bühne.

Als er sich vor ein paar Tagen im Wald hatte um Driffold Summer kümmern müssen, war dieser Kerl ausfallend geworden und hatte ihn tief beleidigt. Er hatte lachend erklärt, dass er so wenig Können für die Bühne hätte wie eine Ratte zum Kochen. Das war zu viel gewesen. Der Ausdruck in Driffolds Gesicht, als Cedric mit dem Schwert, das er sich aus dem Fundus besorgt hatte, auf ihn losgegangen war, war unbezahlbar gewesen.

»Von wegen zu klein«, murmelte Cedric. »Ich könnte sogar König Artus spielen, so gut wie ich mit dem Schwert umgehen kann.«

Im Zuschauerraum waren Schritte zu hören. Es war stockdunkel zwischen den Reihen. Cedric kniff die Augen zusammen, um besser sehen zu können.

»Sind Sie das, mein erwarteter Gast?«, fragte er und griff in seiner Tasche nach dem Messer, das er sich aus der Teestube besorgt hatte. »Wie sind Sie in das abgeschlossene Theater gelangt? Ich habe mich schon die ganze Zeit gefragt, wie Sie das machen, ohne von irgendjemandem gesehen zu werden.«

Aus der Dunkelheit kam keine Antwort. Nur ein verhaltenes Kichern.

Cedrics Gesicht hellte sich auf.

»Natürlich! Sie sind der Geist!«, rief er und stand auf. »Was für ein Spaß! Die anderen Schauspieler sind so abergläubisch. Aber ich habe keinen Moment daran geglaubt. Wohnen Sie hier im Theater? Wie wunderbar. Kommen Sie, trinken wir ein Glas zusammen.«

Cedric nahm die Flasche und goss die beiden Gläser voll mit blutrotem Wein.

Henry trat in den Lichtkegel auf der Bühne.

»Ich denke nicht, dass ich mit Ihnen Wein trinken sollte. Haben Sie nicht schon zu oft Wein getrunken mit Menschen, denen es dann plötzlich schlecht ging?«, fragte Henry und ging näher an den Mann heran.

»Sie sind gut informiert, mein Freund. Ja, schnöder Mord, wie er aufs beste ist ...«, sagte Cedric und setzte sich wieder.

»Finden Sie das wirklich witzig und eines Zitats vom großen Shakespeare wert?«

»Ein Mann mit Geschmack. Sie kennen Ihren Shakespeare. Was haben Sie gemacht, bevor Sie hier gelandet sind?«

»Ich glaube, das geht Sie nichts an. Reden wir

über meine Bezahlung.«

Cedric Sharp erhob sich und griff nach den Gläsern.

»So einen guten Tropfen bekommen Sie nicht so oft, wenn ich mir Ihren Anzug ansehe. Keine Angst.« Er trank aus jedem Glas einen Schluck und reichte dann eines davon Henry.

Der alte Herr griff zu dem Glas und nahm einen Schluck.

»Wirklich guter Wein. Haben Sie so auch Dan Atkins damals umgebracht? Ich habe gehört, er war ein sehr ausgiebiger Weintrinker.«

»Ach, Atkins. Was für eine Verschwendung guter Rollen. Er war einmal jemand, aber am Ende nur noch peinlich auf der Bühne. Ich konnte das nicht mehr mit ansehen. Außerdem schäkerte er mit meiner Liebsten herum. Das geht nicht. Sie verstehen das doch?«

Henry nickte. Er schwankte leicht.

»Setzen Sie sich«, sagte Cedric.

»Warum haben Sie Ihre liebste Colette umgebracht, wenn Sie so in die Dame vernarrt waren?«

»Die wunderschöne Colette. Meine Julia. Sie wurde einfach nicht vernünftig und als ich ihr erzählte, dass ich diesen kunstvollen Brief verfasst hatte, konnte sie sich nicht mehr halten vor Lachen. Sie meinte, was ich mir einbilden würde. Verstehen Sie? Das geht nicht.«

»Den anderen Mann haben Sie im Wald umgebracht. Dort habe ich Sie beobachtet. Ich bin sehr oft im Wald«, sagte Henry. Ihm war etwas schwindlig, aber das schob er auf die Aufregung.

»Mitten in der Nacht treiben Sie sich im Wald herum? Das ist nicht gut in Ihrem Alter. Driffold dachte wirklich, er könne mich erpressen. Stellen Sie sich das vor. Wissen diese Leute denn nicht, dass Erpresser nicht lange genug leben, um die Früchte ihrer Arbeit zu ernten? Obwohl ich damit durchgekommen bin bei den Atkins'«, sagte Cedric, stand auf und näherte sich Henry, der inzwischen auf einem Stuhl saß. Er griff in seine Tasche und holte das Messer heraus.

»Wissen Sie, in dem Wein war kein Morphium, das habe ich leider inzwischen aufgebraucht, aber etwas zum Einschlafen. Ich habe nur so getan, als würde ich trinken. Damit es leichter für mich ist. Das verstehen Sie doch. Halten Sie einfach still!«, rief Cedric Sharp und wollte sich auf Henry stürzen. Aber der alte Herr war noch immer sehr gelenkig. Er ließ sich mitsamt dem Stuhl zur Seite fallen.

Gonzales sprang aus dem Zuschauerraum auf die Bühne und warf sich auf den kleinen Cedric. Da hatte dieser keine Chance. Das Messer flog zur Seite und verschwand im Souffleurkasten. Beanstock lief zu Henry und stellte sich schützend vor ihn.

Nun kamen von allen Seiten Polizisten auf die Bühne. Sie hatten dort leise gewartet, bis der Souffleur alles gestanden hatte. Inspector Greenwood ließ die Handschellen klicken.

»Nicht nötig, Mr Snooper, mir geht es gut. Sie glauben doch nicht, dass ich so dämlich war, von dem Wein zu trinken. Wie konnte der Kerl erwarten, dass ich so dumm bin?«, fragte der alte Herr und kicherte. »Bin auch ein guter Schauspieler.«

Constable Donegal sah erstaunt zu Henry.

»Sie sind der Kicherer!«, rief er aus.

Vor dem Eingang des Theaters hörte man ein Auto scharf abbremsen. Die Türen zum Saal flogen auf und Sir Mortimer und sein bester Freund Percival liefen durch den Mittelgang zur Bühne.

»Ich konnte es nicht glauben, als ich von Mrs Argyle hörte, dass Sie im Theater sind und nach dem Mörder suchen, Mr Beanstock. Wir kamen gerade aus London und sind sofort hierher gefahren. Ich hatte den Eindruck, dass Mrs Argyle sich große Sorgen um Sie gemacht hat. Aber ich sehe, Sie haben sich genug Verstärkung mitgebracht«, sagte Sir Percival etwas außer Atem.

Sir Mortimer sah sich Henry an und grübelte kurz. Er kannte diesen Mann. Dann fiel es ihm ein.

»Henry, sind Sie das? Henry Brown. Mein alter Kamerad aus Kriegstagen. Wo haben Sie gesteckt? Was machen Sie hier im Theater? Ich hatte mich vor längerer Zeit nach Ihnen erkundigt. Wir waren doch damals Freunde und ich wollte gern wissen, wie es Ihnen ergangen ist«, sagte Sir Mortimer und stand nun vor dem alten Henry, dem das etwas unangenehm war.

»Hab nach dem Krieg einfach nicht mehr an mein altes Leben anschließen können. Bin hier in Pilpots gelandet, weil meine Mutter ja hier einmal gelebt hat. Aber ihr Häuschen war schon lange verkauft. Ich wollte niemandem zur Last fallen und habe mir eine andere Bleibe gesucht. Da kam mir das alte geschlossene Theater gerade recht. Nicht böse sein. Ich werde meine sieben Sachen packen und verschwinden«,

222

sagte Henry traurig und wollte gehen.

»Das kommt nicht infrage. Sie hätten zu mir kommen können. Wir sind doch alte Kameraden. Wir werden etwas für Sie finden und bis dahin bleiben Sie hier. Wir verdanken Ihnen, dass ein Mörder überführt werden konnte. Das muss doch etwas gelten, mein Bester«, sagte Sir Mortimer und klopfte dem alten Herrn beruhigend auf die Schulter.

Hinter der Bühne gab es plötzlich Aufruhr. Man hörte Geschrei und Gepolter.

Inspector Greenwood stand mit gezogenem Revolver neben dem offenen Vorhang und sah zur Decke hinauf. Beanstock und Gonzales machten es ebenso.

Oben auf dem Schnürboden des Theaters stand Cedric Sharp und balancierte zwischen den Seilen hindurch.

Es war eine Zwischendecke. Von hier aus konnte man Bühnenbilder, oder Teile davon, mittels Seilen nach oben und unten verschieben.

»Was soll denn das? Kommen Sie herunter. Das ist gefährlich! Sie kommen aus diesem Theater nicht mehr heraus!«, rief der Inspector nach oben.

»Warum ist er da hinaufgeklettert? Und dann mit Handschellen. Das ergibt keinen Sinn«, bemerkte Gonzales.

»Ich glaube, er ist nicht nur ein bisschen verwirrt«, sagte Beanstock.

Ein paar Polizisten waren inzwischen auf dem Schnürboden und versuchten, an Cedric Sharp heranzukommen.

»Gehen Sie langsam zu den Beamten und ergeben Sie sich!«, rief Constable Donegal.

Cedric Sharp machte einen Schritt auf die Polizisten zu. Einer seiner Füße verhakte sich in einem der Seile, die hier oben in Massen herumlagen, und er kam ins Straucheln. Er fiel.

Mit einem Aufschrei fiel er vom Schnürboden nach unten und landete auf seinem Souffleurkasten. Das Holz splitterte sofort in tausend Stücke und der kleine Mr Sharp lag wie eine zusammengeklappte Scheibe Brot darin. Seine Augen standen weit offen. Ein dünner Blutfaden war neben seinem Mund zu sehen. Er verstand wohl sein Schicksal nicht, das ihn hierhergebracht hatte.

»Verdammt«, flüsterte der Inspector und schloss Cedrics Augen. »Trotzdem war es ein guter Plan, Mr Beanstock. Für Henry war es ziemlich gefährlich, aber Sie hatten sich vorher gut abgesprochen. Dass Sie die vordere Tür mittels eines Dietrichs geöffnet haben, habe ich nicht gesehen. Verstehen wir uns?«

Beanstock nickte.

Premierentag

Lucinda war aufgeregt. Sie stand in ihrem Zimmer und Mrs Argyle half ihr, ihr bestes Kleid, das hübsche mit den kleinen Röschen auf dem Tüllrock, anzuziehen.

»Hör endlich auf, zu zappeln, Luci. So werden wir niemals fertig«, sagte die Hausdame und hakte auf ihrem Rücken den letzten Haken ein.

Dann drehte sie das Mädchen zu sich um und griff zu einer Haarbürste. Sie wollte das Haar wieder in Ordnung bringen, das durch das Überziehen des Kleides verwuschelt worden war.

Man hörte die Klingel an der Tür.

»Das ist Emily! Sie holt mich ab! Wir fahren mit dem Bus! Ich muss los! Bronté ist sicher auch schon da!«, rief das Mädchen, riss die Zimmertür auf und rannte davon.

Mrs Argyle legte seufzend die Bürste zurück auf die Kommode.

»Ich habe mein Bestes getan«, sagte sie.

Wie alle anderen Angestellten hatte sich auch die Hausdame für den Abend besonders schick angezogen.

Sie hatte ihr bestes schwarzes Spitzenkleid hervorgeholt und gebügelt. Im Haar trug sie eine glitzernde Spange und in der Hand hielt sie eine kleine, mit Pailletten besetzte Tasche, die sie noch von ihrer Mutter hatte.

Sie trat auf den Flur des Dienstbotenbereichs. Mehrere Türen wurden geöffnet und ein ungewohntes Bild war zu sehen. Mrs Porkpie mit einem eleganten Hut auf dem grauen Haar, Phillis in ihrem besten geblümten Wollkleid, Mairi in einem schwarzen Kostüm mit weißem Spitzenkragen. Lizzy sah in ihrem weißen Kleid wunderschön aus.

Alle bestaunten Harrison. So kannte man den Knecht nicht. Er trug vor allem bequeme Kleidung. Heute hatte er seinen karierten Anzug, der etwas in die Jahre gekommen war, und ein weißes Hemd nebst Krawatte aus dem Schrank geholt. Er sah aus wie frisch gebadet und duftete nach einem etwas aufdringlichen Rasierwasser.

Der Bus wartete vor der Tür. Sir Percival hatte es sich nicht nehmen lassen, für seine guten Angestellten einen Ausflug nach Pilpots zum Theater zu organisieren. Lucinda saß neben Emily und ihrer besten Freundin Bronté auf den vorderen Plätzen und die Kinder konnten vor Aufregung kaum die Beine still halten.

Die Baronets und Beanstock waren bereits mit dem Bentley vorausgefahren.

Es fehlte nur noch Herringbone. Der Busfahrer hupte und dann kam der Gärtner um die Ecke seines Gewächshauses gelaufen. Er stieg schnell ein. Mrs

Argyle hatte bis zu diesem Moment neben dem Einstieg gewartet, um sicher zu sein, dass alle anwesend waren. Vorher hatte sie ordnungsgemäß die Türen des Hauses verschlossen.

Nun setzte sie sich neben Emily und die Kinder.

»Verzeihung, Mortecai wollte mich nicht weglassen«, sagte der Gärtner und löste damit ein fröhliches Lachen im Bus aus.

»Alle gut festhalten! Wir fahren nach Pilpots!«, rief der Busfahrer Gordon, ein junger Mann, den im Ort alle schon von anderen Gelegenheiten her kannten.

Das Elysion-Theater lag im Schein des Mondes. Das Portal war hell erleuchtet und fein angezogene Zuschauer strömten fröhlich plaudernd in die Eingangshalle. Hier gab es zur Begrüßung ein Glas Sekt, gespendet vom Pub *Three Chattering Ducks* und serviert vom Wirt persönlich. Durch die Neueröffnung des Theaters rechnete er sich in der kommenden Zeit mehr Einnahmen aus. Es würden sicher auch Leute aus den Nachbarorten kommen und vielleicht sogar im Pub übernachten wollen. Schon dachte der gute Mann über einen Anbau nach.

Das Theater war ausverkauft. Vor der Bühne hing der neue rote Samtvorhang und dahinter hörte man leises Gepolter.

Oben in einer der Ehrenlogen lehnte sich lächelnd Lady Exeter zum Bischof von Rochester hinüber, wedelte Luft mit einem schwarzseidenen Fächer in ihr Gesicht und erklärte seiner Exzellenz, dass es dieses neue Theater ohne ihr Engagement wohl nicht gegeben hätte.

In der ersten Reihe saßen der Theaterverein und die Mitglieder der Laienspielgruppe. Mrs Bloom, die Leiterin, hatte sich bereit erklärt, als Souffleuse zu agieren. Der Souffleurkasten war zerstört und man hatte sich geeinigt, die Öffnung mit einer Platte zu verschließen. Mrs Bloom bekam einen Stuhl auf der Nebenbühne und konnte von dort aus arbeiten.

Hinter der Bühne, im Flur zu den Garderoben, lief Mandy aufgeregt mit seiner Kladde herum und klopfte an jede Tür. Er erinnerte sich, dass er das vor Jahren schon einmal gemacht hatte. Er dachte auch an den Skandal um den toten Dan Atkins. Damals war es das Ende für diese Bühne gewesen. In weiser Voraussicht bekreuzigte er sich, obwohl er nicht gläubig war.

»Nicht mehr daran denken. Das bringt Unglück«, murmelte Mandy, drehte sich dreimal im Kreis und spuckte kurz über die rechte Schulter. Mehr konnte er nicht tun. Das war ein altes Ritual aus Theaterkreisen, das Unheil fernhalten sollte. Er klopfte an der nächsten Tür.

»Mrs Atkins, auf die Bühne, noch fünf Minuten!« Von der anderen Seite der Tür kam ein kurzes Brummen.

Mandy lächelte. Die Dame Atkins hatte in den letzten Tagen viel Verdruss erlebt. Ihr Sohn hatte endlich den Mut aufgebracht und ihr seine Meinung gesagt. Dass sie eine verwöhnte Diva sei, dass sie sehen konnte, wer ihre Allüren bediente, und dass er, Gunnar Atkins, nach der Premiere zu seinem Vater nach Schweden reisen würde. Dieser hatte ihm eine

Stelle in seiner eigenen Firma angeboten. Sein leiblicher Vater hatte eine Bäckereifabrik eröffnet, wo die in ganz Schweden beliebten *Kanelbullar*, also Zimtschnecken, hergestellt wurden. Das lag ihm weitaus mehr als die Welt der Bühne. Clarissa Atkins hatte einen psychotischen Anfall simuliert, der ihrem schauspielerischen Talent alle Ehre gemacht hatte. Zum Glück war der Dame endlich der Spaß an irgendwelchen Streichen vergangen.

Beanstock und Gonzales trafen den jungen Mann in der Teestube an. Sie brachten Erfrischungen für die Theaterleute. Heute zum letzten Mal. Für die nächsten Vorstellungen würde ein Geschäft aus Pilpots die Versorgung übernehmen.

»Ich habe gehört, dass Sie nach Schweden zu Ihrem Vater reisen werden. Das klingt interessant«, sagte Beanstock zu Gunnar.

»Ich freue mich darauf«, meinte der junge Mann. »Ich habe hier nichts mehr, was mich hält. Zumal meine Mutter mir gesagt hat, dass sie Post von meinem Vater, die für mich bestimmt gewesen war, weggeworfen hat. Das war ein weiterer Punkt. Ich bin froh, dass der Mord an meinem Stiefvater Dan Atkins aufgeklärt wurde. Sie haben einen großen Anteil daran, Mr Beanstock.«

Beanstock beugte lächelnd den Kopf.

»Wir wünschen Ihnen alles Gute in der Zukunft, Mr Atkins.«

»Bitte, sagen Sie Gunnar. Ich werde in Schweden den Namen meines Vaters, Gunnarson, annehmen.«

»Das freut mich wirklich für Sie, Gunnar«, sagte Gonzales und klopfte dem jungen Mann auf die

Schulter.

»Es gibt ein Sprichwort in Schweden. Es kommt alles an den Tag, was unterm Schnee begraben lag. Das finde ich überaus passend für die Vorkommnisse in diesem Theater. Gut, dass es vorbei ist.« Gunnar nickte den beiden Herren zu und verließ die Teestube in Richtung des Zuschauerraumes.

»Nehmen wir unsere Plätze ein, *Señor* Gonzales. Es wird Zeit«, sagte der Butler. Die beiden machten sich auf den Weg.

Im Saal herrschte gespannte Atmosphäre.

In der ersten Reihe neben Sir Mortimer und Sir Percival saß der alte Henry. Er hatte rosa Wangen vor Aufregung, dass er hier unten neben seinem alten Kameraden sitzen durfte. Er trug den schwarzen Anzug, den er in dem alten Reisekoffer mit der Aufschrift Olympic gefunden hatte. Er bekam von allen Seiten Komplimente, auch wenn er etwas muffig duftete und auf dem Rücken seiner Smokingjacke in glitzernden Buchstaben OLYMPIC stand.

Für ihn hatte sich das Blatt wirklich zum Guten gewendet. Ab sofort würde er der neue Portier des Theaters sein, ein Gehalt beziehen, in dem Glaskasten beim hinteren Theatereingang sitzen und die Räume dahinter als Wohnung beziehen. Sir Mortimer hatte sich für den alten Mann eingesetzt. Er wollte ihm seine Dankbarkeit zeigen.

Als in der zweiten Szene des ersten Aktes Alan Mort, alias Wilbur Willoby, lebendig und in einem Stück aus dem Sarg kletterte, ging ein Aufatmen durch den Saal.

Beanstock sah sich lächelnd zu seiner Schwester

230

um. Neben ihr saß Gonzales, sehr nah und sehr vertraut. Emily lachte leise und hakte sich bei dem Chauffeur unter.

Beanstock verging das Lächeln.

Mrs Argyle, die das natürlich beobachtet hatte und neben ihm saß, schlug leicht mit der Hand auf den Arm des Butlers.

»Lassen Sie Emily doch den Spaß!«

Auf der Bühne nahm das Stück seinen Lauf.

Am Ende des zweiten Aktes gab es tosenden Beifall und sogar der ansonsten immer sehr ernst wirkende Vikar Burton konnte sich ein Lächeln nicht verkneifen. Pfarrer Wilson, der hinter dem Bischof von Rochester saß, sprang sogar ab und zu von seinem Stuhl auf und applaudierte seinem Vikar euphorisch.

In der Pause, alle hatten sich eine Erfrischung in der Halle besorgt, gab Lucinda mit wichtigem Gesichtsausdruck bekannt, dass sie nun genau wüsste, welchen Beruf sie einmal ergreifen wolle. Sie sah ihren Pflegevater Arthur fröhlich lächelnd an und erklärte, Schauspielerin werden zu wollen.

Beanstock verging zum zweiten Mal an diesem Abend das Lächeln.

Theaterstück für die Bühne, bearbeitet von August Piggyback

Titel: Der Geist des Wilbur Willoby

Kriminalkomödie in vier Akten von August Piggyback

Personen:

Wilbur Willoby, der Patriarch der Familie, sechzig Jahre alt, untersetzt, kleiner Bauchansatz, braunes leicht angegrautes Haar, kein Bart, Zigarrenraucher, trägt gern feine graue Nadelstreifenanzüge, unverheiratet, durch Geschäfte in Indien reich geworden.

Hornsby, Butler, hager, seit zehn Jahren angestellt im Hause.

Tante Ophelia, Wilburs unverheiratete Schwester, leicht verrückt, denkt, sie sei die Ophelia aus Hamlet. Trägt gern Kleider wie eine Dame aus einem Shakespeare-Stück. Bekommt Tabletten gegen ihre Wahnzustände.

Robert, Neffe von Wilbur, Eltern gestorben, groß,

dunkles Haar, arrogant, spielsüchtig.

Serafina, Ehefrau des Neffen, gepflegt, keine Kinder, hübsch, jung, blondes Haar, nur die teuersten Kleider.

Mr Peacock, Anwalt der Familie, bester Freund des Hausherren Wilbur, füllige Gestalt, dunkles Haar, etwas schäbige Anzüge, gibt nicht viel auf sein Äußeres, treu und Wilbur ergeben.

Father Mortimer Brewster, Geistlicher, äußerst religiös, versucht mit allen Mitteln, Geld für seine marode Kirche zu bekommen, spricht ständig darüber, groß und hager, kaum Haar auf dem Kopf, Soutane.

Dr. William Belly, Hausarzt der Familie seit vielen Jahren, will neue Klinik bauen lassen, klein, unscheinbar, fast täglich im Hause.

Yvette, Hausmädchen, hübsch, sehr jung, auf ihren eigenen Vorteil bedacht, blondes lockiges Haar, schnell gelangweilt.

Sergeant Witherspoon, Polizist, Uniform, Brille, hat ein Auge auf Yvette geworfen und flirtet mit ihr, so oft er im Haus ist.

Ort der Handlung: Ein Herrenhaus auf dem Land in der Nähe von London

1. Akt

1. Szene:

Salon. Im Hintergrund ein Kamin mit einem Gemälde
darüber. Im Raum, auf Konsolen und einer Anrichte
verteilt, kostbare Antiquitäten, offensichtlich
indischen Ursprungs. Zwei hohe Türen zur Terrasse.
Der Blick öffnet sich zu einem Garten. Eine
Kommode mit Gläsern, Karaffen plus Inhalt und
einem Telefon. Stühle und an der rechten Seite ein
großer runder Tisch. Vor dem Fenster links steht ein
kleines Plüschsofa. An der Wand neben dem Kamin
steht ein silbrig glänzender Papierkorb (Unbedingt
ein rotes Sofa! Anweisung des Autors Piggyback!)

Vor dem Kamin ein aufgebahrter Toter, es handelt
sich um den verstorbenen Wilbur Willoby. Davor, auf
Stühlen verteilt, sitzen die Schwester, Neffe und Frau,
Arzt und Anwalt der Familie. Father Mortimer, ein
Geistlicher, steht neben dem Sarg und betet. Leise
murmelnd. Am Ende bekreuzigt er sich. In der Ecke
steht das Dienstmädchen Yvette und besieht sich ihre
Fingernägel. Sie sieht gelangweilt aus.

Der Butler tritt auf und will sich vor dem offenen
Sarg verbeugen. Dabei verheddert sich sein Fuß in
der Seidendecke des Sarges, die bis auf den Boden
hängt. Er fällt fast in den Sarg. Die Anwesenden
zucken zusammen.

Der Butler fängt sich, bringt den Sarg in Ordnung.

Butler Hornsby:
Der beste Arbeitgeber, den ich jemals hatte. Er ging zu früh und lässt uns voller Demut zurück. Er liebte sein Schachspiel … das hübsche mit den Elfenbeinfiguren und den Intarsien an der Seite … das er dereinst aus Indien mitgebracht hatte … jenes mit den Goldeinlagen und den Diamanten an den Figuren der Königin und des Königs. Hornsby, sagte er oft, Hornsby, Sie werden dieses unscheinbare Brett für mich sorgsam aufbewahren, wenn ich nicht mehr da bin. Denn er liebte es und wollte, dass es einen angemessenen Platz nach seinem Ableben findet. Wir beide hatten ein überaus inniges Verhältnis.
(Er wirft einen schrägen Blick zu den Anwesenden. Der Anwalt räuspert sich. Der Butler stellt sich neben Yvette und blickt gen Himmel.)

Robert: (steht auf.)
Er war der beste Onkel, den sich ein Junge hätte wünschen können. Er nahm mich auf, als meine Eltern von uns gegangen waren. Was für ein herber Verlust. Ich kann hier nicht verweilen und das liebe Antlitz im Tod betrachten. Die Gefühle übermannen mich.
(Er zieht ein Taschentuch aus der Jacketttasche und drückt es an seine trockenen Augen.
Er wendet sich ab und geht zur Tür.)

Father Mortimer: (Sein verklärter Blick geht zum Himmel empor.)
Wie sagte ich noch gestern zu meiner lieben Gemeinde? Wir werden den Namen des Herrn

preisen, so einen wunderbaren Gönner gefunden zu
haben. Der Name Wilbur Willoby bekommt einen
Platz in der Kirche, auf dass man sich seiner erinnert.
Möge seine geliebte Seele den Weg in den Himmel
finden. Er wird fehlen.
(Er bekreuzigt sich und spricht tonlos ein Gebet.)

Yvette: (Murmelt leise.)
Geliebte Seele? Schwarz war seine Seele wie der Teer
auf den Straßen.

(Hornsby hustet leise und sieht Yvette strafend an.)
Hornsby:
Das geht Sie überhaupt nichts an. Halten Sie den
Mund, Sie freches Ding.

Ophelia:
Wird der Name Willoby an der Kanzel hängen,
Father Mortimer? Sodass alle Gemeindemitglieder es
sehen und dem Verblichenen für seine Großzügigkeit
danken können?

Father Mortimer: (Räuspert sich.)
Nun, wir werden einen Platz im Glockenturm finden.
Dort kann er das Läuten zum Lobe des Herren hören.
Er liebte das Läuten der Glocken! Wie oft kniete er,
mit mir im Gebet vereint, vor dem Altar, legte mir
seine Hand auf die Schulter und meinte, mein lieber
Mortimer, deine Kirche soll blühen und ein Vorbild
im Angesicht unseres Herrn sein. Läute, lieber
Mortimer, läute!

(Tante Ophelia bekommt einen Hustenanfall.)

Serafina:
Der Glockenturm? Da sieht doch niemand den Namen des größten Geldgebers der Kirche. Haben Sie denn schon etwas von ihm bekommen? Das sollte mich wundern. Wenn ich an den lieben Wilbur zurückdenke, kann ich ihn mir nicht kniend vor dem Altar vorstellen. Hatte er nicht Rheuma in den Beinen? Außerdem war er doch gar nicht so religiös, glaubte eher an die Macht des Geldes als an die Macht eines göttlichen Wesens. Was denken Sie, warum er niemals geheiratet hat? Er hat keine reiche Erbin gefunden, die ihm zusagte.

(Ihr Gatte Robert sieht seine Frau mit großen Augen an und wedelt mit der Hand, sie solle ihm folgen.)

Father Mortimer:
Er hatte mir eine Zuwendung des Öfteren in Aussicht gestellt. Lobet den Herrn! Denn er wird uns in sein Himmelreich bringen. Beten wir für unseren lieben Verblichenen.
(Er schließt die Augen und will zu einem Gebet ansetzen. Man unterbricht ihn rüde.)

Serafina:
Nun gut. Man wird sehen. Robert benötigt dringend Ruhe nach diesem Schock. Er muss sich hinlegen und ich brauche eine Tasse Tee. Yvette!
(Sie sieht zu dem Hausmädchen.)
Bringen Sie mir in einer halben Stunde Tee auf mein

Zimmer. Ich brauche Ruhe nach diesem furchtbaren
Verlust. Der gute Wilbur hat mich geliebt.
Ich sei die beste Gattin für seinen Neffen, hat er oft
gesagt.
(Die beiden Eheleute verlassen den Raum.
Serafina drückt ein Taschentuch an die Augen. Sie
lächelt.)

Yvette: (Murmelt.)
Die beste Gattin? Das kleine Flittchen. Tee in einer
halben Stunde? Na klar, vorher müssen sie auf ihr
Glück mit Champagner anstoßen. Wenn der alte
Wilbur wüsste.
(Sie kichert und bekommt erneut einen bösen Blick
von Hornsby.)

(Ophelia steht auf und geht zum Sarg.)

Ophelia Willoby:
Mein geliebter Bruder, tot, tot, tot … seine Schwester
bleibt zurück und muss auf Almosen hoffen. Der Rest
ist Schweigen. Oh, Ort meiner Kindheit, geliebt und
geschätzt, die besten Jahre gab ich dir. Nun soll ich
arme Seele ihn verlassen und komme nimmermehr in
dieses Haus der seligen Freude.
Guter Peacock, Sie waren mir immer ein Freund.
(Auch sie wirft einen vielsagenden Blick zum Anwalt
Mr Peacock.)

Yvette: (Murmelt leise vor sich hin)
Gut, dass sie nicht Freudenhaus gesagt hat. Alte
Krähe.

Hornsby:
(Flüstert ebenfalls)
Ich muss doch sehr bitten. Nehmen Sie die alte Krähe
zurück.

Yvette:
Ist doch die Wahrheit. Haben Sie noch nie bemerkt,
was hier im Haus abgeht? Wenn die Lichter gelöscht
sind, suchen sich alle Anwesenden ein anderes
Zimmer für die Nacht. Und unser lieber Verstorbener
war da keine Ausnahme. Der Alte war der
Schlimmste von allen.

(Hornsby räuspert sich lautstark und macht einen
Schritt fort von Yvette. Sie lächelt diabolisch.)

(Der Anwalt lockert seinen Kragen. Tante Ophelia
wirft einen langen schwarzen Schleier über ihr
Gesicht und steht mit einer theatralischen Geste auf.)

Tante Ophelia:
Ich muss etwas zu mir nehmen, sonst falle ich in
meiner Trauer über den Sarg hinweg und gehe mit
meinem geliebten Bruder in das Land jenseits der
Lebenden.

(Die Anwesenden sehen sich vielsagend an. Peacock
erhebt sich, dreht sich zu Yvette und will ihr mit einer
Geste seiner Hand sagen, dass sie Ophelia helfen
solle. Yvette lächelt.
Das Dienstmädchen macht eine Geste in Richtung
des Anwalts, die ausdrückt, dass die Tante verrückt

ist. Der Anwalt stöhnt leise und hilft Ophelia selbst, indem er die Tür zum Flur öffnet und ihr seinen Arm reicht. Ophelia sieht ihn dankbar mit schmachtendem Blick an. Sie verlassen den Salon.)

(Dr. Belly erhebt sich langsam von seinem Stuhl, geht zum Sarg, legt eine Hand auf die Brust des Toten und stöhnt.)

Dr. Belly:
Was für ein Verlust. Er meinte an seinem letzten Tag, bevor er so plötzlich von uns ging, Belly, sagte er, Sie waren mir der beste Freund auf Erden. Ich bin Ihnen überaus verpflichtet.

(Er wirft einen Blick durch den Raum, geht zu einer Anrichte, auf der eine silberne Figur steht, greift sie sich, dreht sie herum und lächelt.)

2. Szene:
Salon, Nacht

(Der Sarg ist geschlossen und es ist dunkel im Raum. Nur brennende Kerzen in einem dreiarmigen Leuchter erhellen die Szene notdürftig. Die Tür wird geöffnet. Jemand betritt den Raum und schließt, nachdem er einen Blick auf den Flur geworfen hat, leise die Tür hinter sich. Man erkennt den Anwalt der Familie, der mit einem offensichtlich schweren Sack hereinkommt. Er legt den Sack auf dem Boden ab und geht zum Sarg.

Er klopft auf den Sarg und horcht. Aus dem Inneren
kommt die Stimme des vermeintlich Toten.
Er klingt wütend.)

Wilbur Willoby:
Nun mach das verdammte Ding schon auf, Peacock!
Warum ist der Sarg geschlossen worden? Ich ersticke
hier drin in diesem Damast-Zeug. Wer hat bestimmt,
dass ich im Nachthemd beerdigt werde?
(Der Anwalt verdreht die Augen und öffnet den Sarg.
Wilbur lebt noch und steigt mithilfe des Anwalts aus
dem Sarg. Er trägt ein langes weißes spitzenbesetztes
Damast-Nachthemd und ist zornig.)

Anwalt Peacock:
Deine liebe Schwester hat es verlangt. Sei lieber froh,
dass sie nicht dabei war, als ich es dir angezogen
habe. Zum Glück wollte es niemand anders tun. Noch
nicht einmal der Herr von dem Begräbnisinstitut war
dazu bereit. Wie viele Feinde hast du dir eigentlich
gemacht in den letzten Jahren? Ich habe es dann, als
dein bester Freund aus Kindertagen, übernehmen
dürfen. Ansonsten wäre dein böser Plan sofort
aufgeflogen.
Eigentlich wollte sie dich anziehen wie Hamlet auf
seinem Totenbett. Gut, dass du diese
Betäubungspillen genommen hattest. Noch nicht mal
der liebe Arzt deines Vertrauens hat etwas bemerkt,
als er dir die Hand auf die Brust gelegt hat. Ich
konnte ihn nur mit Mühe davon abhalten an dir
herumzudoktern, als du gestorben warst. Wie
peinlich, wenn die ganze Sache aufgeflogen wäre.

Was willst du zur Hölle damit erreichen?

Wilbur Willoby:
Ich will wissen, wer mich wirklich geliebt hat.
Danach wird das Testament erst richtig gemacht.
(Er kichert leise.)
Ich habe mich nicht in Indien abgerackert, um hier
meine habgierige Brut durchzufüttern. Hast du
meinen Butler gehört? Der Idiot denkt, er bekommt
das wertvolle Schachspiel. Der wird sich wundern.
Nichts wird er bekommen. Und Dr. Belly?
Desgleichen der himmlische Father Mortimer. Was
brauche ich eine Platte mit meinem Namen irgendwo
in einer verstaubten Ecke? Was denkt er, denn, was er
bekommt? Ist alles vorbereitet?

Peacock:
Na sicher. Alles steht im Gartenhaus bereit. Ich habe
dir auch deinen guten Anzug dorthin gebracht. Der
Gärtner ist für die nächste Zeit abbestellt und wird
dich nicht stören. Ich bin immer noch der Meinung,
dass es falsch ist, was du tust. Du hast alles erreicht
im Leben, was man erreichen kann. Hast ein schönes
Haus und viel Geld. Was willst du mehr?

(Wilbur winkt ab und reibt sich in freudiger
Erwartung die Hände.)
Wilbur Willoby:
Sie werden sich gegenseitig zerfleischen. Allein das
ist es wert, diese Scharade aufzuführen. Meine
verrückte Schwester muss sich eine neue Bleibe

242

suchen. Ich werde sie in ein Heim einweisen lassen. Mein lieber spielsüchtiger Neffe kann sich von seinen Kredithaien umbringen lassen. Er fliegt aus dem Haus. Seine Frau, dieses Modepüppchen, verabscheut mich genau wie ich sie. Hast du sie gehört? Was für ein primitiver Geist. Alles nur Fassade. Ich will sie alle aus dem Haus haben und Hornsby kann auch gleich seinen Koffer packen. Die Einzige, die etwas für mich übrighatte, ist Yvette. Vielleicht hinterlasse ich ihr ein gerahmtes Bild von mir.

Peacock:
Wenn du dich mal da nicht irrst. Yvette ist es vollkommen egal, ob du lebst oder tot bist. Ich habe sie beim Durchstöbern deines Schlafzimmers erwischt. Wer weiß, was sie sich alles schon eingesteckt hatte, bevor ich dazukam.

Wilbur Willoby:
Dieses Flittchen! Dann bekommt sie gar nichts.

(Vom Flur werden Stimmen laut.
Die beiden legen den schweren Sack in den Sarg, schließen ihn mit den Schrauben und verlassen den Raum
durch die Terrassentür.)

(Die Tür wird erneut geöffnet. Dr. Belly kommt herein. Er sieht sich vorsichtig um,
geht zum Sarg, macht ein böses Gesicht und spricht zu dem Toten.)

243

Dr. Belly:
Du denkst, ich weiß nicht, dass du mir nichts
vermachst, du alter Geizhals. Wir werden sehen, wer
am Ende der Gewinner ist. Altes undankbares Fossil!
Wegen deines Zipperleins habe ich meine anderen
Patienten vernachlässigt. Noch nicht einmal den
Kredit wolltest du mir geben.

(Er geht zu der Anrichte und nimmt die silberne
Statue. Er versucht, sie in seine Jackettasche zu
stecken. Es gelingt nicht sofort und die Tasche reißt.
Er nimmt sie unter die Jacke, öffnet noch
verschiedene Schubladen in der Anrichte und steckt
sich eine silberne Zigarrendose ein.
Auf dem Weg zur Tür greift er sich noch einen
silbernen Kerzenleuchter und stopft ihn samt
brennender Kerzen unter seine Jacke. Es kommt
Qualm aus seiner Jacke. Er läuft zur Tür, öffnet sie,
geht hinaus und knallt die Tür hinter sich wieder zu.)

3. Szene:
Salon, der nächste Tag, im Hintergrund die Terrasse.
Der Sarg ist inzwischen verschwunden.

(Robert und seine Frau stehen an der offenen
Terrassentür und unterhalten sich leise. Serafina
raucht eine Zigarette an einer langen Spitze. Sie
schaut gelangweilt in den Garten.)

Serafina:
Gott sei Dank ist dieses Ding aus dem Haus. Die

Träger heute Morgen haben sich mehr als dumm angestellt. Hätten den Sarg fast fallen gelassen. Natürlich nur, weil dieser Butler mit angefasst hatte. Er ist so ein übler Tollpatsch. Wir sollten ihn so schnell wie möglich entlassen. Natürlich ohne das Schachspiel. Was meinst du, was der Alte uns vermacht hat? Wenn es das Haus ist, können wir es sofort verkaufen und nach London ziehen. In diesem Provinznest habe ich es lange genug ausgehalten.

Robert:
Wem sollte er denn sonst etwas vermachen? Tante Ophelia? Sicher nicht. Sie hat kein Hehl aus ihrer Abneigung gegen ihn gemacht. Außerdem ist sie nicht ganz richtig im Kopf. Ich glaube, sie denkt, sie ist die wiedergeborene Ophelia aus Hamlet. Das kommt uns nur entgegen.

(Der Butler tritt auf.)

Butler Hornsby:
Post für Sie, Sir.

(Er hält Robert ein Silbertablett direkt vor die Nase. Robert schaut ihn böse an und greift nach dem Brief. Der Butler geht ab ohne ein Wort. Man hört ihn mit Yvette, dem Hausmädchen, im Flur schimpfen.)

Hornsby:
Was drücken Sie sich hier in den Ecken herum? Haben Sie nichts zu tun?

Yvette:
Ich werde hier bald verschwinden. Ich gehe zum
Film! Dann können Sie ihren Staub allein
wegwedeln. Ich habe Angebote, müssen Sie wissen!
Man wird sich um mich reißen! Ich hatte
Tanzunterricht und habe eine angenehme
Singstimme!
(Sie beginnt zu trällern.)

Hornsby:
Vorher können Sie mit dem Staub herumspielen und
einen Tanz aufführen! Von mir aus singen Sie dem
Teeservice etwas vor! Hopp, hopp!

(Yvette kommt in den Salon und beginnt, mit einem
Staubwedel lieblos im Salon herumzuwedeln.
Robert öffnet den Brief und zieht einen Bogen
heraus.
Er überfliegt ihn und sein Auge beginnt zu zucken.)

Serafina:
Was ist denn?

Robert:
Es ist nichts. Nur eine Rechnung vom Hutmacher.
Verrückter Kerl. Er meint, wir wären ihm etwas
schuldig. Ich werde ihm meine Meinung geigen!

(Er steht auf, zerknüllt den Brief und wirft ihn in
einen Papierkorb.

Yvette wedelt mit dem Staubbesen herum und fischt
den Brief aus dem Korb.
Serafina bemerkt es nicht. Yvette liest und grinst.)

(Tante Ophelia kommt durch die Terrassentür in den
Salon. Sie setzt sich unbeholfen auf das Sofa, da ihr
Kleid viel zu unbequem ist. Auf dem Kopf trägt sie
einen Blumenkranz.
Serafina verdreht die Augen.
Man hört ein knackendes Geräusch aus einem großen
Busch in der Nähe.
Die beiden Frauen sehen sich an.)

Serafina:
Wieder die Katze von nebenan.

Ophelia:
Wilbur hat sie gemocht und oft gefüttert.

(Die beiden Frauen beginnen, unkontrolliert zu
lachen.)

Serafina:
Das kann das dumme Tier jetzt vergessen.

(Aus dem Busch an der Terrasse kommt ein
Brummen).

(Der Anwalt der Familie erscheint.)

Peacock:
Ich werde das Testament morgen verlesen. Es ist sehr

247

kurz. Es steht nicht sehr viel darin.
Wilbur hat es vor ein paar Tagen geändert.

(Er wirft einen Blick auf den Busch und verlässt den
Salon.)

(Die beiden Frauen sehen sich entsetzt an.)

4. Szene:
Esszimmer, ähnlich dem Salon, Kamin,
Terrassentüren, Anrichte mit abgedeckten Schüsseln.
Großer Tisch, sechs Stühle ringsum. Auf einem
kleinen runden Tisch ein Telefon.

(Alle sind am Tisch versammelt. Frühstück.
Yvette kommt mit einem Tablett und
gießt den Anwesenden Tee ein.
Serafina springt auf, fasst an ihren Hals
und fällt stöhnend um.
Dr. Belly läuft zu ihr und tastet am Hals nach dem
Puls.)

Dr. Belly:
Sie ist tot.

(Tante Ophelia schreit auf. Yvette lässt die Teekanne
fallen.
Der Butler fällt über eine Bodenvase. Sie zerspringt
lautstark.
Father Mortimer fällt in Ohnmacht.
Robert sitzt auf seinem Stuhl und sagt nichts.
Der Anwalt betritt das Zimmer und schaut entsetzt

auf die Szene.
Er geht zum Telefon und ruft die Polizei.
Der Doktor bemüht sich um den Geistlichen und den
Butler.)

(Sergeant Witherspoon tritt auf. Er zwinkert Yvette zu
und befragt dann den Arzt.)

Sergeant:
(Er schaut auf die Leiche.)
Was denken Sie? War es ein Unfall? Sie sieht ganz
zufrieden aus, finden Sie nicht? Vielleicht ein Suizid?
Bitte, sagen Sie, dass es Suizid oder Unfall war. Der
Papierkram bei Mord ist schon allein mörderisch.
(Er lacht laut, fängt sich schnell, da er die betretenen
Gesichter sieht.)

Dr. Belly:
Ich vermute eine Vergiftung. Aufgrund des Geruches
tippe ich auf Arsen. Oder gab es Knoblauch zum
Frühstück? Es riecht danach. Ein sicheres Zeichen.

(Alle Anwesenden schieben ihre Teetassen weit von
sich.)

Sergeant:
Verdammt!

(Die Leiche wird von zwei Männern abtransportiert.)
Anmerkung des Autors: Statisten! Unwichtig.

Peacock:
(Er wendet sich an die Zurückgebliebenen, die unter

Schock stehen.)
Wir verschieben die Verlesung des Testaments auf
morgen. Es gibt nicht viel zu sagen.

2. Akt

1. Szene:
Esszimmer, der nächste Tag, Frühstück

(Niemand will etwas essen oder trinken. Man
belauert sich. Yvette bringt eine Kanne Tee. Niemand
trinkt.
Sergeant Witherspoon tritt auf.
Er stellt sich ganz nah neben Yvette und
flüstert ihr etwas ins Ohr.
Yvette kichert.)

Sergeant:
Father Mortimer wurde heute Morgen erhängt im
Glockenturm gefunden, an einem der Glockenseile.
Ging immer hoch und runter. Die Glocke wollte am
Morgen nicht aufhören zu läuten. Das brachte die
guten Dorfbewohner auf den Plan. Die arme Miss
Potterfield hat ihn gefunden. Ist vollkommen von der
Rolle seitdem. Vielleicht sehen Sie nach ihr, Dr.
Belly. Im Fall Serafina Willoby gibt es neue
Erkenntnisse.

(Er geht zu dem Ehemann der Toten und legt ihm
eine Hand auf die Schulter.)

Sergeant:
Sir, Sie müssen mich begleiten. Wir haben einen
Brief bei Father Mortimer gefunden, in dem er Sie als
Mörder Ihrer Frau anklagt. Er hatte Beweise, die wir
mit einer Durchsuchung in diesem Moment finden
werden. Kommen Sie mit mir.
(Er legt Robert Willoby Handschellen an.)

Robert:
Was für Beweise? Ich habe meiner Frau nichts getan.
Ihr müsst mir glauben, ich war es nicht! Peacock! Ich
brauche einen Anwalt!

Sergeant:
Das sagen sie alle! Warum sagen immer alle, man
solle es ihnen glauben?

Peacock:
(Wendet sich an Robert.)
Ich bin der Falsche für Kapitalverbrechen.
Ich rufe einen Kollegen an.
Nur keine Angst, Robert, der Strick kann noch
warten.

Ophelia:
Hast du etwa den allerliebsten Father umgebracht?
Robert, du Monster! Nur reden will ich Dolche, keine
brauchen! Du Unhold! (Dann flüstert sie.) Bleibt
mehr für mich.
(Sie wirft sich ihren Schleier über das Gesicht und
verlässt das Zimmer.)
(Der Polizist geht mit seinem Verhafteten.)

(Der Butler tritt auf. Er trägt ein Tablett mit einem Brief darauf.)

Hornsby:
Post für Mr Robert?!

(Mr Peacock nimmt den Brief und reißt den Umschlag auf. Er liest.
Yvette verlässt schnell den Raum.)

Peacock:
Das ist ein Erpresserbrief. Jemand verlangt von Robert Geld. Dafür würde der Erpresser nicht erzählen, dass er gewaltige Schulden bei einem Kredithai in London hat. Aber das wussten doch eigentlich alle schon. Was gibt es da noch zu erpressen? Erpresser sind irgendwie auch ganz schön dumm, oder?

(Der Butler sieht ihm heimlich über die Schulter und erkennt die Schrift. Er folgt Yvette. Man hört einen lautstarken Streit, etwas geht zu Bruch. Der Butler kommt zurück in den Essraum. Auf seiner Wange ist der Abdruck einer Hand zu sehen.)

Peacock:
Ich werde den Brief an die Polizei übergeben.

(Er geht.)

Pause

3. Akt

1. Szene: Salon, Nacht

(Wilbur, in einen schicken Anzug gekleidet und eine Zigarre im Mund, steht hinter einem Busch an der offenen Terrassentür. In der offenen Terrassentür zum Salon steht Peacock, sein Anwalt. Er schaut sich nervös um.)

Wilbur:
Meine geliebten Verwandten. Einer sitzt im Gefängnis, dieser Taugenichts hat nichts anderes verdient, und seine Frau sind wir los. Was denkst du, wer hat Father Mortimer an seine Kirchenglocke gehängt?
Ein sehr fantasiebegabter Mörder muss das sein.

Peacock:
Du solltest die Sache langsam abblasen, Wilbur. Es wird sehr ungemütlich in deinem Haus. Ich glaube nicht, dass es Robert war. Er ist zwar ziemlich dumm, aber nicht so dumm, einen Mord nach dem anderen zu begehen. Hier findet etwas anderes statt. Ich will damit nichts zu tun haben.

Wilbur:

Noch nicht. Es ist gerade so lustig. Robert sollte froh sein, dass er dieses Flittchen Serafina los ist. Die hat ihn doch nur ausgenutzt. Was denkst du, wer es war?

Peacock:

Ich kann mir noch keinen Reim daraus machen. Aber seit gestern Nacht ist die silberne Statue aus dem Salon verschwunden. Ich habe gesehen, dass Dr. Belly ein großes Interesse an der kostbaren Statue hatte. Er muss sie genommen haben, weil er genau wusste, dass er von dem Testament nichts zu erwarten hat. Da siehst du, was passiert, wenn du Verwandtschaft und Freunde so behandelst. Das war eine schlechte Idee.

Wilbur:

Der gute Doktor war noch niemals für seine Intelligenz bekannt. Aber ein Mörder ist er sicher auch nicht. Ich traue das dann doch eher Robert zu. In seiner Dummheit und weil ein Kredithai hinter ihm her ist, geht er vielleicht über Leichen. Obwohl ich so etwas eher Serafina zugetraut hätte. Aber sie ist ja nicht mehr unter uns. Sie war vollkommen skrupellos.
(Er kichert leise.)

Peacock:

Ich gehe, bevor uns noch jemand sieht. Überleg es dir. Mach ein Ende!

(Er geht in das Zimmer. Wilbur verschwindet hinter

dem Busch. Kleine Rauchwolken von seiner Zigarre
schweben über dem Busch.)

(Tante Ophelia tritt mit einer theatralischen Geste ein.
Sie trägt ein schwarzes Spitzenkleid und eine
glitzernde Tiara auf dem Kopf.)

Ophelia:
Wenn ich nicht wüsste, dass mein geliebter Bruder
von uns gegangen ist … ich erschnuppere den Geruch
seiner Zigarren. Honig und Tabak aus der Karibik.

Peacock:
Sicher hängt der Geruch noch lange in diesem Raum.
Das ist ganz normal, Miss Ophelia. Wie geht es Ihnen
denn heute? Ich hoffe, Sie haben gut geschlafen nach
den Vorkommnissen des Tages.

Ophelia:
Ich träumte in der Nacht von grauen Nebelschatten.
Drei blinde Hexenweiber sagten mir die Zukunft
voraus. Schillernd und wohlgefällig malten sie mir
ein Bild von Harmonie.

Peacock:
Na gut, dann weiß ich, wie es Ihnen geht.

(Ophelia sieht sich im Raum um. Sie sieht den leeren
Platz auf der Anrichte.)
Ophelia:
Diebe, Diebe im Haus! Mein Erbe wurde mir
genommen! Die silberne Statue ist fort! Ich weiß

genau, dass sie dort stand. Mein geliebter Bruder hatte sie mir aus Indien geschickt. Er war so ein mitfühlender Mensch.
Wie ich ihn vermisse, den Guten!
(Sie durchläuft den Raum und sieht sich um.)
Der Kerzenleuchter fehlt ebenfalls. Man will mich ruinieren, bevor ich das Erbe meines geliebten Bruders antreten kann. Was für eine Welt! So nehmt mir dann noch das letzte Hemd, ihr Bösewichter!

Peacock:
So beruhigen Sie sich doch, Miss, sicher hat die Statue einen neuen Platz bekommen. Ich werde den Butler daraufhin befragen. Sie werden sehen, es ist alles in Ordnung.

(Butler Hornsby erscheint mit einem Tablett.
Darauf ein Glas Champagner und ein Tablettenröhrchen.)

Hornsby:
Ihre Medizin, Miss Ophelia.

(Yvette kommt hereingetaumelt.
Sie fasst sich an den Hals, schreit kurz auf und fällt vor die Füße des Butlers.
Peacock läuft zu dem Hausmädchen, fühlt nach dem Puls und schüttelt den Kopf.)

Peacock:
Sie ist nicht mehr unter den Lebenden.

(Hornsby sieht gelassen auf sie hinab).

Hornsby:
Sie war eine Naschkatze. Immer, wenn ich eine
Flasche Champagner für Miss Ophelia öffnete, nahm
sie sich den ersten Schluck. Nun liegt sie da und kann
niemanden mehr erpressen. Sie hat es mir vor ein
paar Minuten gestanden. Ich wollte sofort die Polizei
verständigen. Sie hat sich selbst gerichtet. Friede
ihrer armen Seele.

(Ophelia nimmt das Glas Champagner und will
trinken.)

Peacock:
Nein, nicht trinken! Es könnte vergiftet sein!

(Sie wirft das Glas von sich.
Anwalt Peacock geht erneut zum Telefon
und ruft die Polizei.
Dr. Belly kommt ins Zimmer. In der Hand ein Glas
Champagner.)

Alle im Raum:
Nicht trinken!

(Sergeant Witherspoon kommt in das Zimmer. Er
bringt Robert Willoby mit.)

Ophelia:
Der Mörder ist zurück! Wehe mir, mir armen Maid,
so kommen die Schergen und holen meine Seele!

(Sie fällt in Ohnmacht.)

Sergeant:
Die Beweise reichen nicht aus. Mr Robert Willoby ist
wieder auf freiem Fuß. Welche Teufelei haben wir
nun hier schon wieder?
(Er beugt sich zu Yvette und schüttelt den Kopf.)

Sergeant:
Armes Ding. Ich hatte sie morgen zum Essen
eingeladen. So ein hübsches Kind. Was für eine
Verschwendung. Dr. Belly, Ihre Prognose, bitte.

Dr. Belly:
Wiederum Arsen. Man kann es erschnüffeln.

Peacock:
Der Butler meinte, sie hätte die Erpressung gestanden
und sich selbst gerichtet. Vielleicht hat sie auch den
armen Father Mortimer und Serafina auf dem
Gewissen. Ein Erpresser lebt meist nicht lange genug,
um seinen Lohn zu genießen.

Sergeant:
Möglich. Aber die kleine süße Yvette? Wie sollte sie
den großen kräftigen Father Mortimer an das
Glockenseil knüpfen? Ich glaube nicht an einen
Suizid. Warten wir die Obduktion ab und ich muss
nun dem Inspector Meldung machen. Er wird sich in
den nächsten Tagen bei Ihnen melden. Hat viel zu
tun, der gute Inspector. Einbruch in den Gemüseladen
im Dorf. Eine schlimme Sache. Brokkoli lag auf der

Straße. Es hätte zu einem Unfall kommen können.
Der Geheimdienst ermittelt in der Brokkoliaffäre.
Man ist auf höchster Ebene alarmiert und der MI5
vermutet einen Terroranschlag.
Darum muss ich mich um die Morde kümmern.

Peacock:
Das hört sich nach einem dummen Jungenstreich an.
Im Gemüseladen gibt es auch Bier und Zigaretten.
Das wird eher für die Kinder interessant gewesen
sein.

Sergeant:
Der Geheimdienst ist anderer Meinung und wird eine
Außenstelle in das Dorf verlegen.
(Er reibt sich in freudiger Erwartung die Hände.)

Dr. Belly:
Ich bleibe keine Minute länger in diesem Haus. Ich
habe noch Hausbesuche zu machen.
Miss Potterfield wartet auf ihre Beruhigungsspritze.
(Er geht zur Tür. Bevor er den Raum verlässt, greift
er noch zu einer kleinen silbernen Schnupftabakdose,
die neben der Tür auf einer Konsole steht, und steckt
sie lächelnd in die Tasche. Niemand hat es gesehen.
Nach einer Weile hört man einen Automotor starten
und einen Wagen fortfahren.)

(Hornsby bringt die ohnmächtige Ophelia mithilfe
Roberts in ihr Zimmer.)

2. Szene, Salon, Morgen des nächsten Tages.

(Hornsby läuft mit einer kurzen Schürze und
einem Staubwedel durch das Zimmer.
Peacock kommt in das Zimmer.)

Peacock:
Wie geht es Miss Ophelia? War sie heute schon
unten?

Hornsby: (Verbeugt sich.)
Es geht ihr wieder besser. Master Robert hat sich
allerdings noch nicht zum Frühstück eingefunden.
Vielleicht sollten Sie nach ihm sehen, Sir. Ich richte
sofort das Frühstück her.

Peacock:
Was ist mit der Köchin? Sollte sie nicht das
Frühstück vorbereiten?

Hornsby:
Unsere Köchin hat in der Nacht ihren Koffer gepackt
und das Haus verlassen, Sir. Sie ging mit den Worten,
ich bleibe keinen Moment länger in diesem Haus,
das Verrückte macht.
(Der Butler wedelt weiter mit dem Staubwedel
herum, eine Vase geht zu Bruch.)

(Peacock schüttelt den Kopf.
Er geht aus dem Zimmer. Man hört seine Schritte auf
der Treppe nach oben.
Nach ein paar Minuten ist er zurück. Er greift zum

Telefonhörer. Er ruft die Polizei an.)

Peacock:
Hier das Haus von Wilbur Willoby. Ich muss einen
weiteren Todesfall melden. Robert Willoby hat sich
offensichtlich umgebracht. Ich habe ihn in seinem
Zimmer gefunden. Es sieht so aus, als habe er
Tabletten genommen. Ein leeres Röhrchen der
Beruhigungspillen von Miss Ophelia stand auf dem
Nachttisch neben seinem Bett.

(Er legt auf und sieht zum Butler, der in seiner
Tätigkeit innehält.)

Peacock:
Kein Frühstück für Master Robert, Hornsby.
(Der Butler beugt den Kopf leicht, legt den
Staubwedel aus der Hand und nimmt eines der
Gedecke vom Tisch. Er verlässt den Raum.)

4. Akt

<u>1. Szene</u>, Salon, der gleiche Tag.

(Auf dem Sofa liegt Miss Ophelia, hält ihre rechte
Hand theatralisch an die Stirn und stöhnt laut.
Peacock steht vor der offenen Terrassentür und es
wirkt, als würde er mit einem Busch reden. Der
Butler, immer noch mit Schürze und Staubwedel,
steht vor dem Kamin.)

Ophelia:

Du weißt, es ist gemein: Was lebt, muss sterben. Oh guter Hamlet, mein. Was für eine Welt ringsum.

(Sergeant Witherspoon betritt den Raum. Er hat eine Aktentasche dabei.)

Sergeant:

Eindeutig Suizid. Die Schuld hat ihn dazu getrieben. Wir konnten ihm nichts beweisen, aber das ist ein eindeutiges Eingeständnis. Leider muss ich Ihnen sagen, dass Dr. Belly auf dem Weg in seine Praxis am gestrigen Abend mit seinem Wagen verunglückt ist.

Er war wohl zu schnell unterwegs und in einer scharfen Kurve kam sein Wagen von der Straße ab. Es war nichts mehr zu machen. Miss Ophelia, ich würde Sie bitten, sich diese Figur und ein paar andere Dinge anzusehen. Gehören sie in dieses Haus? Wir fanden sie nebst einer silbernen Tabaksdose und zweier Leuchter im Wagen des Doktors.

(Er holt die Silberfigur aus der Tasche und zeigt sie der Dame auf dem Sofa. Sie will sich erheben. Fällt aber zurück auf das Sofa. Seufzend.)

Ophelia:

Ach, Hornsby, schauen Sie doch bitte danach. Ich habe kaum Luft, zu atmen, nach diesen schrecklichen Todesfällen.

Hornsby:

Diese Figur stand hier im Salon auf der Anrichte. Ich erkenne sie wieder.

(Peacock steht immer noch am Fenster und streitet
mit dem Busch. Sergeant Witherspoon geht zu ihm
und sieht sich den Busch an. Er schüttelt den Kopf
und geht zurück
in den Salon.)

Peacock:
Ich gehe nun. Hier gibt es nichts mehr für mich zu
tun. Ich werde einen anderen Notar schicken, der
Ihnen das nun vollkommen nebensächliche Testament
verliest. Es ist nur noch Miss Ophelia aus der Familie
übrig. Sie werden alles erben. Ich verabschiede mich
und hoffe nicht auf ein Wiedersehen.

(Peacock verlässt, so schnell es geht, den Raum. Die
Anwesenden sehen sich erschüttert an.)

Sergeant Witherspoon:
Miss Ophelia, es ist nur ein Gedanke, aber Sie sollten
sich vorsehen. Zum Glück haben Sie noch Hornsby
an Ihrer Seite. Ich wünsche Ihnen viel Glück und
melde mich nochmals in den nächsten Tagen, um das
Protokoll zu unterschreiben.
(Er verbeugt sich und verlässt das Haus.)

2. Szene,
Salon

(Hornsby steht neben dem Sofa und streichelt die
Hand Tante Ophelias.)

Ophelia:

Nun stehe ich ganz allein auf der Welt. Kein Bruder, kein Neffe, noch nicht einmal ein vertrauter Arzt, der mir in meinen schwersten Stunden beisteht. Father Mortimer ist bei den Engeln und kann mir keinen Trost spenden. Wir sollten in die Kirche gehen und ein Gebet für die Verblichenen sprechen. Vielleicht lassen wir von dem neuen Kirchenmann eine Messe lesen.

Was denkst du, Hornsby?

(Sie steht auf und sieht Hornsby erwartungsvoll an. Hornsby nimmt endlich seine Schürze ab und wirft den Staubwedel zu Boden.)

Hornsby:

Nichts überstürzen, Milady. Ich denke, Father Mortimer ist eher unter unseren Füßen in der Hölle als oben im Himmel. Er war ein berechnender Egoist. Dort sitzt er wahrscheinlich mit Robert, dem Spielsüchtigen, dessen Ehefrau, dem Flittchen, Yvette, der miesen Erpresserin, und Dr. Belly, dem diebischen Arzt. Ich könnte mir vorstellen, dass die Herrschaften sich nicht verstehen und noch in den Feuern der Hölle mit dem guten Wilbur Willoby streiten.

(Vor der Terrasse beginnt der Busch, sich zu bewegen.
Ophelia und Hornsby sehen sich entgeistert an.
Wilbur erscheint im Salon.
Ophelia schreit.)

Ophelia:

So sehe ich nun den Geist meines Bruders vor mir wandeln!

(Sie fällt in Ohnmacht. Der Butler fängt sie auf und steht mit ihr im Arm da.)

Wilbur Willoby:

Tu doch nicht so, als wärst du verrückt. Ich habe dich inzwischen erkannt, du Luder!
Du verdammte Erbschleicherin! Niemals wirst du etwas bekommen. Du hast meine Freunde und Verwandten umgebracht! Wo ist Peacock, wenn man den Anwalt braucht! Es ist alles mein Geld! Ich habe dafür in dem verdammt heißen Indien geschuftet. Ich werde dich einweisen lassen, liebste Schwester!
Hornsby, holen Sie Sergeant Witherspoon zurück!

(Hornsby greift zu der silbernen Figur, die nun wieder auf der Anrichte steht, und zieht sie dem Geist des Wilbur Willoby über den Kopf. Wilbur stürzt zu Boden und haucht sein Leben aus.)

Hornsby:

Ich hoffe, der gute Teppich hat nicht gelitten, Miss Ophelia.
Wie wäre es nun mit einem Glas Champagner?

(Ophelia lächelt, wirft ihren Schleier von sich, steht auf und steigt über die Leiche ihres Bruders. Hornsby und Ophelia küssen sich leidenschaftlich.)

Ophelia:

Mein lieber guter Hornsby, du bist ein Künstler, wenn es darum geht, Erben aus dem Weg zu schaffen. Wir werden es so gut hier haben. Mach den Champagner auf. Vorher sollten wir meinen geliebten Bruder dorthin bringen, wo er hingehört. Eigentlich war seine Beerdigung schon gestern. Wie wäre der Platz hinter dem Gartenhaus? Da sitzt seine geliebte Katze oft. Er hat sich da etwas ausgedacht, was schiefgegangen ist. Böser Bruder. Niemand wird ihn vermissen. Oder, Hornsby, mein Darling?!

Hornsby:

Sag William, meine Liebe.
(Sie fallen sich in die Arme)

ENDE

(Tosender Applaus für den Autor dieses außergewöhnlichen Stückes! Anmerkung des Autors!)

Beanstock

-A.W. BENEDICT-

Ein Butler ermittelt.

In der Reihe sind bisher erschienen:

Mord auf Parsley Manor

Das Gänseblümchenkomplott

Die Barke des Teremun

Mörder an Bord

Ein Whisky zu viel

Das Haus der Lady Sherry

Das Geheimnis von Waterhill

Mörderische Teatime

Mord im Paradies

Mord in bester Gesellschaft

Rache kalt serviert

Geschichten aus Parsley Manor

(Ein Kurzgeschichtenband)

Das kleine Notizbuch des Butlers Beanstock

A.W. BENEDICT
BARRINGTON

Ein schottischer Pubwirt ermittelt.

In der Reihe sind bisher erschienen:

Mord in St. Applewood

Kleine Morde unter Gangstern

Eine mörderische Affäre

Weitere Infos unter awbenedict.de